# Les Démons
## de Bangkok

Camille Bouchard

# Les Démons de Bangkok

Stanké

**Données de catalogage avant publication (Canada)**

Bouchard, Camille, 1955-

   Les Démons de Bangkok

   ISBN 2-7604-0640-7

   I. Titre.

PS8553.O758D46 1998          C843'.54          C98-940471-4
PS9553.O756D46 1998
PQ3919.2.B65D46 1998

En couverture: *La Poésie jouant du luth* par Gustave Klimt

Infographie: Composition Monika, Québec

Les Éditions internationales Alain Stanké bénéficient du soutien financier du Conseil des Arts du Canada et de la Société de développement des entreprises culturelles (SODEC) pour leur programme de publication.

Distribué en Suisse par Diffusion Transat S.A.

ISBN 2-7604-0640-7

Dépôt légal: Bibliothèque nationale du Québec, 1998

Les Éditions internationales Alain Stanké
615, boul. René-Lévesque, bureau 1100
Montréal (Québec) H3B 1P5
Tél. : (514) 396-5151
Téléc. : (514) 396-0440

IMPRIMÉ AU QUÉBEC (CANADA)

# Note au lecteur

Comme il n'existe aucune translittération reconnue de l'alphabet thaï à notre alphabet romain, les noms des lieux ont été orthographiés soit selon le Royal Thaï General System of Transcription (RTGST) – le plus fréquemment utilisé –, soit selon le mode choisi sur les panneaux des villes thaïlandaises.

Précisons simplement qu'en thaï, «ph» se prononce «p» comme dans «poire» et non «f» comme dans «pharmacie». Par exemple, le mot «Phaeng» se prononce «Pang», en nasillant un peu, entre «Pang» et «Peng».

Le «r» se prononce «l». Ainsi, «farang», qui signifie «étranger», se prononce «falang». La ville d'«Udornthani» se prononce «Oudonne-tani».

Le «v» se prononce «w». Ainsi, «vit» se prononce «wit».

Le «u» se prononce «ou», «ee» se prononce «i» et «aw» se prononce comme le «o» de «port». Le «o» se prononce «eu» comme dans «beurre» et «er» se prononce «eu» comme dans «feu».

*Aux employés et bénévoles de
PLAN International (Canada et Thaïlande)
avec toute ma reconnaissance ;*

*À tous les membres de la famille Wongkhanuan
et à tous les habitants du village de Nonchad,
avec toute ma considération ;*

*À Kate, Thuntap et Bhusobung,
avec toute mon amitié ;*

*À P. et N., avec toute mon affection ;*

*À Ferng et Tata, avec tout mon amour.*

# Prologue

À travers la fenêtre givrée, de l'autre côté du creux où coulait un ruisseau en été, Marguerite apercevait le chapeau de neige qui couvrait chaque monument du cimetière. Dans le ciel intensément bleu de cette journée intensément froide, une volée d'étourneaux survola rapidement la rue et disparut derrière une rangée d'érables. La fumée noire que cracha une voiture qui passait trahit un moment la blancheur du paysage québécois. Marguerite renifla.

Du bout des doigts, elle repoussa une larme qui venait de franchir le bord de sa paupière et qui s'apprêtait à glisser sur les rides de sa joue. Elle garda la main contre son visage comme pour s'y appuyer, le coude posé dans la paume de son autre main. Elle inspira longuement avant de parler.

— C'est la première fois que je remarque combien ce cimetière exprime la détresse, dit-elle; pourtant, il y a des années que je l'aperçois, chaque jour, de cette fenêtre.

Elle avait parlé rapidement, dans un seul souffle, comme pour s'assurer de pouvoir terminer sa phrase. Elle paraissait maintenant hors d'haleine.

Éclairés à contre-jour par la fenêtre, ses cheveux gris dessinaient une aura cendrée qui se poursuivait le long de son corps, tracée cette fois par la robe de nuit qu'elle portait encore malgré l'avant-midi avancé. Ses épaules, dont elle s'était toujours fait un honneur de tenir droites, se voûtaient légèrement, accablées d'une peine insoutenable.

— Qu'ai-je fait au dieu des hommes, Christine? demanda-t-elle. Où ai-je manqué à mon devoir pour qu'il fauche ainsi tout ce qu'il y a de masculin autour de moi?

Christine était calée dans un fauteuil, les jambes en position du lotus. Elle était vêtue d'un chandail ample et d'un boxer. Ses yeux gris, d'ordinaire rieurs, étaient éteints, étouffés par des paupières enflées et rougies.

– Je n'ai que dix-huit ans, maman, dit-elle en reniflant bruyamment. J'ai perdu les mêmes hommes que toi. Est-ce qu'à mon âge on a le temps de fâcher un dieu à ce point?

Seul un mouvement léger des épaules laissa penser que Marguerite avait peut-être cherché à rire. Sa fille avait le don des répliques inattendues.

Marguerite se détourna de la fenêtre et s'approcha de la table. Elle tira une chaise et s'assit lentement, comme si elle cherchait à ne pas brusquer davantage un moment déjà trop pénible.

– Tu as vu Petite-pantoufle ce matin? demanda Christine.

Marguerite baissa légèrement la tête en guise d'affirmation.

– Elle se meurt aussi, précisa la jeune fille.

– Tous les signes sont là, soupira la femme.

– Je ne crois pas aux signes.

– Tu ne veux pas y croire aujourd'hui pour t'accrocher à un vague espoir. C'est un réflexe de défense. Ça ne fait rien. Tu vas passer au travers. Tu es comme moi; tu es forte. À deux, on se soutiendra.

De nouvelles larmes s'attaquèrent aux joues de Christine. Ses cheveux bruns et longs, habituellement peignés avec soin, pendaient en mèches désordonnées autour de son visage, accentuant davantage l'impression de détresse qui le ravageait.

– Ça fait mal, maman.

– Je sais.

Marguerite gardait les yeux fixés sur un motif du plancher. Une nouvelle goutte perla entre ses cils. Cette fois, elle ne fit rien pour la chasser. La larme descendit rapidement en ondulant sur les rides, demeura un moment suspendue tout près du menton, puis plongea dans les plis de sa robe de nuit.

– Refais jouer la cassette, demanda Marguerite.

Christine hocha rapidement la tête de gauche à droite.

– Je ne peux plus.

– Je t'en prie.

– Non, maman. Il semble si présent quand on l'entend comme ça, si près de nous...

– Je sais. C'est précisément pour cela que je veux l'entendre encore.

– Je ne peux pas, maman.

Elle éclata en sanglots. Marguerite n'insista plus. Un autre enregistrement se remit à jouer dans sa tête: celui de la voix du représentant du ministère des Affaires extérieures. Une voix monocorde qu'on s'efforçait de garder détachée. Une voix sans visage, au bout d'un téléphone. Des paroles de condoléances. La lecture d'un rapport de police.

«C'est avec tristesse que l'ambassade canadienne...

Corps criblé de balles, depuis quelques jours déjà dans le fleuve...

Autopsie retardera le rapatriement du corps...

Nos plus sincères condoléances.»

Marguerite frottait doucement ses paumes l'une contre l'autre. Le téléphone à peine raccroché, voilà que le courrier lui avait apporté la cassette ultime. Au début, elle s'était cramponnée au vague espoir que l'enregistrement annonçait une erreur de l'ambassade canadienne, que son fils s'était empressé de leur faire parvenir un démenti. Bien sûr, la logique voulait que, dans un cas aussi grave, il aurait plutôt utilisé le téléphone mais, en chute libre, on cherche à s'accrocher au moindre fil, si ténu soit-il.

Marguerite soupira. Oui, le fil était vraiment mince. La cassette, au contraire, venait confirmer l'annonce du ministère.

Christine toussa, arrachant sa mère à ses pensées. La jeune fille demeurait prostrée au fond du fauteuil, les yeux hagards, immobile. Marguerite se leva lentement et, passant près de l'appareil audio, pressa le bouton de mise en marche. Un grondement de moteur se fit entendre, puis des bruits de circulation, de klaxons, ce qui indiquait que l'enregistrement avait eu lieu à bord d'un véhicule.

– Tous les signes sont là, dit Marguerite. L'appel du gouvernement et la cassette qui arrivent en même temps et, surtout... Petite-pantoufle, qui se meurt.

Une voix s'éleva, tremblotante, hésitante; une voix que Marguerite elle-même mit un moment avant d'associer à celle de son fils.

Elle retourna s'asseoir pour écouter.

«Bonjour maman, bonjour petite sœur. Si vous écoutez présentement ces mots et que je n'aie pas appelé pour vous dire que je suis passé au travers, eh bien, c'est qu'ils ont gagné... et que j'ai perdu. Pourtant, ma cause était juste, je le sais.

Je suis à bord d'un autobus en direction d'Udornthani. Elle est près de moi, vous vous rendez compte? Elle est près de moi et elle dort paisiblement. Elle ne comprend pas bien ce qui se passe, elle est très apathique.

Enfin, c'est la situation au moment où je vous parle. Alors que vous écoutez ces paroles, elle est probablement retournée en enfer. Non, c'est pire que l'enfer. C'est... J'aurais aimé vous décrire... Je ne peux pas. C'est trop difficile. Elle...

Un instant!»

La voix s'éteint, le bruit de la circulation s'accentue. Quelques secondes s'écoulent, puis le garçon reprend.

«Je croyais que... Une voiture transportant des Chinois vient de passer l'autobus à toute allure. Je croyais que c'était pour moi. Je meurs de peur.

«Dès que le chauffeur effectuera un arrêt quelque part, j'expédierai cette cassette. Je crains de ne pouvoir vous la faire parvenir et que vous ne sachiez jamais à quel point j'ai été près de réussir.

«Je vous aime, maman et Christine. Si vous saviez comme vous me manquez; si vous saviez comme j'ai besoin de me blottir dans vos bras en ce moment. Pardonnez-moi de vous faire tout ce chagrin. Mais vous savez que ce n'est pas inutilement; il y avait cette épouvantable faute à racheter. J'ai échoué, d'accord, mais au moins, mes efforts, le sacrifice de ma vie auront un peu lavé cette tache terrible qui maculait nos âmes.

«Priez pour moi, pour l'enfant, mais surtout pour Henri. Oh, mon Dieu, oui! Priez pour Henri.»

– Non!

Christine s'était levée brusquement et, dans un seul mouvement, pressa le bouton d'arrêt de l'appareil et se dirigea vers la chambre à sa droite. Elle ouvrit la porte et sentit aussitôt la température plus fraîche de la pièce. Elle se pencha vers le sol et saisit une plante sans fleurs, aux larges feuilles tombantes. Le pot en grès ne se distinguait que par de vagues lignes décoratives.

Christine se dirigea vers la salle de bain, plaça sans ménagement la plante au fond de la baignoire et ouvrit les robinets.

– Non! répéta-t-elle. Petite-pantoufle ne mourra pas!

Première partie

# (Trois mois plus tôt)

**Petite-pantoufle**

«*Celui qui ne sait pas et ne sait pas qu'il ne sait pas est un fou,*
*Évite-le;*

*Celui qui ne sait pas et sait qu'il ne sait pas est un enfant,*
*Enseigne-lui;*

*Celui qui sait et ne sait pas qu'il sait est endormi,*
*Réveille-le;*

*Celui qui sait et sait qu'il sait est un génie,*
*Suis-le.*»

Proverbe chinois

# 1

Le Laos s'éloignait doucement au rythme du bac qui traversait le Mékong. Le fleuve tranquille glissait vers le sud en faisant clapoter des vaguelettes sur les parois de l'embarcation. Fabien songea que, de sa source, dans les hauteurs du Tibet, à son embouchure, dans la mer de Chine, le cours d'eau touchait six pays : la Chine, le Myanmar, la Thaïlande, le Laos, le Cambodge et le Viêt-Nam. Le jeune homme était émerveillé de se retrouver ainsi sur un fleuve dont le nom avait meublé son imagination tout au long des lectures de son enfance. Le nom Mékong avait pour lui une consonance d'aventures extraordinaires, de peuples fascinants et de jungles impénétrables. Fabien avait également été spectateur de ces innombrables reportages, de ces nombreux films américains sur la guerre du Viêt-Nam, où le nom du fleuve revenait régulièrement, où ses eaux se mêlaient à autant de sang, où la fureur de la guerre se mariait aux scènes les plus bucoliques de paysans semant le riz.

Fabien s'était appuyé contre une poutre et observait la berge thaïlandaise s'approcher du bac. Il était le seul étranger à bord, le seul farang, comme ils disent ici. On le dévisageait outrageusement depuis le départ, surtout les femmes, mais comme ce scénario se répétait depuis son arrivée en Asie, il avait fini par s'y habituer. Ses cheveux châtain-blond, ses yeux pers lui attiraient de nombreux compliments. Sa peau pâle et son long nez, surtout, séduisaient particulièrement. Comme quoi les canons de beauté varient d'une région du monde à l'autre. Ici, quand les femmes cherchent à séduire, elles se parent de fard à joues blanc. Nombre d'entre elles, d'ailleurs, avaient la peau du visage affectée de boutons et d'autres infections. Fard à joues de mauvaise qualité ? Nourriture trop épicée ? Fabien n'aurait pu dire. Mais, en général, il trouvait aux Indochinoises un attrait certain. Les lignes de leur visage, d'abord – les yeux bridés le séduisaient particulièrement –, puis par leur silhouette mince et gracieuse. Fascinants, leurs cheveux brillaient d'un noir profond. Oui, décidément, pour le Québécois, les Indo-chinoises pouvaient se targuer d'être les plus belles femmes du monde.

Le chapeau de Fabien faisait rire les enfants. Il s'était coiffé d'un Tilley's Ultimate, un chapeau de coton aux bords repliables que les militaires canadiens portaient pendant la guerre du Golfe. Vêtu d'une chemise sport à manches courtes, d'un blue-jeans et de chaussures de marche, il avait attaché autour de sa taille une sacoche de voyage contenant argent et papiers. Son sac à dos était posé à ses pieds. Malgré la fraîcheur apportée par les eaux du fleuve, son visage ruisselait et sa chemise collait à sa peau.

Le bac était composé de deux ponts en bois superposés et un toit de tôle en recouvrait la partie supérieure. De vieux bancs à la stabilité douteuse étaient disposés en rangs serrés sur les deux étages. Aucun espace n'était prévu pour les véhicules, ceux-ci ne pouvant emprunter les bacs pour traverser la frontière. Le moteur, aussi âgé que l'homme à la barre, crachotait une fumée noire et nauséabonde en provoquant une pétarade digne d'une attaque à la roquette. Accoudés au bastingage, de nombreux passagers, la chemise imprégnée de sueur, contemplaient le soleil, gigantesque boule rouge, s'immerger lentement en amont. Ce moment se voulait un répit à la fournaise du jour. Des femmes, vêtues de longues robes étroites en coton, un chapeau de paille conique sur la tête, un ngôp, circulaient sur les ponts, entraînant dans leur sillage des essaims d'enfants.

En face, la silhouette de Mukdahan, ville frontière thaïlandaise, se précisait. Les premières lumières, notamment celles des restaurants le long des rives du fleuve, commençaient à briller. Le poste frontière s'animait également de parents et d'amis qui attendaient l'arrivée des passagers. Normalement, le bac n'aurait pas dû arriver aussi tard en Thaïlande, mais des formalités relatives aux visas de certains ressortissants indiens travaillant au Laos avaient longuement retardé le départ. Au loin, à trois kilomètres environ vers le sud, les contours du Phu Narom, petite colline de cinq cents mètres, dominaient progressivement le paysage. Tout le long de la rive, de petites embarcations étaient amarrées ou rentraient au bercail. Un pêcheur solitaire, coiffé d'un chapeau de paille conique ou au dessus aplati, rassemblait ses prises – des poissons-chats – capturées au filet. Des buffles d'eau dormaient par endroits, le corps à demi immergé.

Fabien regarda sa montre: presque dix-huit heures. Chez lui, à Québec, il était donc tout près de six heures du matin. Il imagina

Marguerite, sa mère, les yeux bouffis de sommeil, s'attarder dans la chaleur des draps, grelotter sous la faible lumière givrée qui traversait les vitres. Il imagina Christine, sa sœur, grogner un moment comme elle enfonçait le bouton du réveil qui venait de la tirer de ses rêves. Fabien la voyait assise sur le bord du lit, les cheveux en broussaille, qui s'étirait en maugréant contre le froid, l'école, la routine en général. Puis, il se rappela cette confidence faite à l'aéroport, le jour du départ: chaque matin, Christine dédierait ses premières pensées à lui, son grand frère, à l'autre bout du monde. Elle lui adresserait une salutation silencieuse, qu'il savait remplie de tendresse. Comme il sentait naître en lui une vague nostalgie, Fabien s'empressa de chasser ses rêveries en s'intéressant aux manœuvres d'accostage du bac. Il rechercha dans sa sacoche les papiers à présenter aux douaniers.

Fabien s'arracha à la foule du poste frontière avec soulagement. Les douaniers, las de leur journée, avaient limité les formalités au minimum et le jeune homme se réjouit de pouvoir échapper à la curiosité des gens qui le considéraient comme un Martien tombé de sa soucoupe. Il héla un samlor, ces tricycles dont le siège arrière, couvert pour protéger les passagers de la pluie et du soleil, était conçu pour deux ou trois petites personnes. Fabien y monta. D'un ahan, le conducteur appuya sur les pédales et le véhicule s'ébranla cahin-caha en direction de la ville. Au coin d'une rue, une vieille femme faisait cuire des poulets sur charbon de bois. Fabien fit arrêter le samlor et acheta deux portions qu'il mangea pendant le reste du parcours.

Pour le jeune homme, Mukdahan n'était qu'une escale. Il s'agissait uniquement du port d'entrée en Thaïlande. Sa quête le mènerait plutôt à Nakhon Phanom, au nord. Des renseignements obtenus à Savannakhet, au Laos, lui indiquaient le nom d'un restaurateur qu'il devait y contacter. Aussi il loua, pour une nuit seulement, une chambre avec ventilateur au Hong Kong Hotel. L'endroit était vieux, mais propre. Après une douche hoquetée où l'eau chaude n'arrivait que de façon sporadique, il s'étendit nu sur le lit avant que la chaleur n'oblige ses pores à suer de nouveau. L'air déplacé par le ventilateur lui procura un agréable répit. Il sentait ses pieds augmenter de volume par intermittence, réaction de fatigue à la longue marche de la matinée. Fixant ses pensées sur les visages de Marguerite et de Christine, il s'endormit.

*   *   *

Au petit matin, Fabien se leva en pleine forme. En jetant un regard par la fenêtre de sa chambre, il constata que le soleil commençait déjà à poindre au-dessus du Laos. Encore une heure ou deux et la chaleur deviendrait accablante. Le jeune homme songea que la température augmenterait chaque jour au cours des prochains mois avant que les pluies de la mousson ne viennent enfin libérer les Indochinois de leur calvaire. Oui, au Québec, l'eau du ciel est une malédiction qui gâche le peu de journées d'été qu'on a; mais ici, c'est une délivrance. Elle rafraîchit le temps, remplit les puits, irrigue les cours d'eau asséchés, régénère les terres et réactive le processus des semences, essence même de la vie. Bien sûr, le miracle s'emballe parfois et force les fleuves à quitter leur lit. Il inonde vallées et villages, s'accompagne de cyclones, détruit les premières récoltes... La nature, comme une maîtresse colérique et frivole, nous oblige, pour l'aimer pleinement, à la craindre un peu.

Fabien déjeuna d'une bouillie de légumes et choisit de marcher jusqu'à la gare d'autobus. En chemin, il croisa les inévitables passants qui, même s'ils ne le saluèrent pas tous du sempiternel «Hello, farang!», ne manquèrent pas de le dévisager de la tête aux pieds.

Ce qui l'étonna le plus dans les rues de Mukdahan, c'était les affiches en caractères thaïs uniquement. Au Laos, une traduction en français ou en anglais figurait toujours sur les noms des rues ou les bâtiments. Mais pas de ce côté-ci de la frontière. Fabien se sentit illettré et en éprouva un certain malaise.

Avant de prendre le bus en direction du nord, le garçon choisit de parcourir le Talaat Indojiin, le marché indochinois réputé de Mukdahan, pour trouver un souvenir à envoyer à sa famille.

«Christine, tu trouveras une khaen, une flûte de pan isan. Dépêche-toi d'apprendre à en jouer pour ne pas me casser les oreilles à mon retour. Pour toi, maman, j'ai joint des étoffes laotiennes et vietnamiennes. Depuis le temps que tu veux te remettre à coudre, voilà l'occasion.»

Le bus de onze heures n'était qu'à moitié plein. Le chauffeur et ses placiers décidèrent donc d'attendre d'autres passagers afin de maximiser les profits. Habitué à ces manœuvres toutes asiatiques, Fabien ne s'en soucia par outre mesure et se concentra sur son guide de voyage. Les passagers arrivant au compte-gouttes, le chauffeur décida de partir. Lorsque le bus démarra enfin sur la Nationale 212, il était midi.

Comme c'était souvent le cas, personne ne s'était installé à côté de Fabien. Un garçon dans la jeune vingtaine, assis près de la fenêtre du côté opposé au Québécois, lui faisait signe en pointant l'index sur son poignet gauche. Fabien pensa tout d'abord qu'il demandait l'heure, puis se rappela que les Thaïs étaient très portés à connaître la valeur d'un bijou qu'on porte.

«Probablement pour déterminer notre rang social, pensa-t-il.»

Le Québécois ne portait ni bagues, ni chaîne, ni bijou d'aucune sorte. Il haussa les épaules et détourna la tête sans répondre. Une vulgaire Timex payée quarante dollars dans une boutique du Vieux-Québec, il n'y avait pas de quoi s'enflammer.

La Nationale 212 suivait les méandres du Mékong en remontant vers le nord. Entre la route et le fleuve, alternaient de larges rizières asséchées et des champs de maïs en pousse, de vastes étendues de forêt tropicale et de simples bouquets de manguiers ou de banians. Parfois, la route était bordée de marais où l'on distinguait des buffles, immergés jusqu'aux naseaux pour se protéger des insectes et de la chaleur. Les animaux restés sur les rives étaient si maigres que leurs cornes paraissaient démesurées.

Des hommes et des femmes, toujours coiffés du ngôp, tendaient des filets au milieu des eaux, cherchant une pitance, si maigre soit-elle, pour le repas du soir. En toile de fond, légèrement masquée par la distance et l'air humide, la silhouette grandiose des hauteurs du Laos se profilait de l'autre côté du Mékong.

Après plusieurs heures de route cahoteuse dans un véhicule bon pour la ferraille, conduit de manière peu orthodoxe par des chauffeurs thaïs, Nakhon Phanom apparut enfin. Fabien récupéra son lourd sac à dos et se fraya un passage parmi les chauffeurs de samlor et de tuk-tuk – des samlor motorisés – qui se disputaient la clientèle. Le Québécois ne se sentait pas la patience de marchander le prix de sa course. Les cahots l'avaient éreinté, la chaleur l'accablait et l'humidité était oppressante. Il repéra un jeune garçon sur un samlor non loin et lui fit signe d'approcher, le bras tendu, paume de la main vers le bas, et agitant les doigts. Le conducteur s'avança aussitôt.

– Au First Hotel. Dix bahts, ça va?

Fabien avait parlé en anglais, mais le garçon semblait ne rien comprendre puisqu'il le regardait sans réagir. Sa chemise était trouée à tous les cinq centimètres, et on aurait dit que son pantalon avait été confectionné avec la toile d'une vieille voile.

– First Hotel, répéta Fabien. Sìp bahts, O.K.?

Le garçon présenta deux doigts pour signifier les dizaines.

– Yîi-sìp bahts, dit-il avec un sourire édenté.

– Mâi. Phaeng pai, répliqua Fabien, qui dissimulait mal son impatience. Non, trop cher.

Il mit l'index à la hauteur du nez.

– Sìp bahts, O.K.? Sìp bahts.

Le garçon eut un léger mouvement de tête doublé d'un sourire narquois signifiant «Ouais, j'ai bien essayé, mais tu connais les prix». Fabien monta à bord en poussant un grand soupir.

– Je me demande si je m'habituerai jamais à cette manie de négocier continuellement le prix de la moindre chose, ronchonna-t-il en français.

Nakhon Phanom, tout comme Mukdahan, était beaucoup plus animée que les villes laotiennes. Des marchands étendaient leurs étals à tous les coins de rue. Nourriture, artisanat, jouets, bibelots... La communauté chinoise paraissait importante et de nombreux objets étaient directement importés afin de séduire et servir cette clientèle.

Le First Hotel était situé dans le quartier le plus dense de la ville. Sa mine un peu défraîchie lui donnait piètre allure, mais Fabien y trouva une chambre propre et confortable. En face de l'hôtel, la tour de l'horloge ainsi qu'un petit wat, un temple, séparaient en deux la rue Sunthorn Wijit, la transformant en «Y». À cette hauteur, la rue était bordée d'une magnifique promenade aménagée le long du Mékong. Le soir tombé, après s'être rapidement douché, Fabien choisit de s'y promener. Marchant en direction des restaurants, plus haut, il sortit de sa sacoche un petit magnétophone qu'il porta à sa bouche.

«Maman, Christine, comment vous dire le bonheur de longer ainsi ce fleuve magnifique. Écoutez. On entend le clapotis des vagues. Des enfants s'amusent. La musique que vous entendez vient des petits restaurants et des bars le long de la route. Je vois la lune se lever du côté du Laos. Elle émerge des collines en forme de pains de sucre. C'est une soirée superbe.

«Je retrouve la même atmosphère d'exotisme et d'aventures que dans les bandes dessinées de Corto Maltese ou de Bernard Prince. Je marche sur les pas de Tintin, d'Indiana Jones, de Phileas Fogg, de Bob Morane... et d'Henri.

«C'est bête, hein? Je suis un peu nerveux. Demain, je rencontrerai ce restaurateur qui a connu Henri. Ce sera la première fois depuis mon arrivée en Asie que je parlerai à quelqu'un qui l'a côtoyé. J'ai hâte. Ma quête progresse. Je vous embrasse, vous me manquez.»

# 2

Le samlor passa devant les hôtels Windsor et Charonsuk pour s'arrêter devant un petit restaurant au coin des rues Fuang Nakhon et Banmung Meuang. Le conducteur se tourna vers Fabien pour lui indiquer le commerce, de plusieurs mouvements secs des mains.

— Raan aahaan, dit-il en chantonnant. Restaurant.

Fabien mit un pied à terre, gardant le second à l'intérieur du véhicule, comme s'il hésitait à descendre. L'établissement, sans porte, comptait une dizaine de tables à l'intérieur et tous les appareils de cuisson étaient installés sur le trottoir à l'extérieur! Des odeurs invitantes de viande fumée, de soupe et de bouillie se mêlaient aux effluves des épices les plus diverses. Une vieille femme brassait le contenu d'une marmite à l'aide d'une grande cuiller de métal. Un homme d'âge mûr, une serviette maculée de sauce sur le bras, fit un pas en avant pour accueillir Fabien.

Le Québécois se pencha vers le conducteur de samlor et lui glissa une pièce de dix bahts dans la main.

— Loog Tung? demanda-t-il en mettant le second pied à terre.

— Raan aahaan, répéta l'homme en poussant son véhicule pour disparaître.

Fabien soupira et se tourna vers le restaurateur qui affichait un sourire forcé.

— Sawàt-dii khrawp, salua ce dernier, en inclinant le front vers ses deux mains jointes à la hauteur de la poitrine, les doigts pointant le ciel.

Il s'agissait du salut typique thaïlandais: le wai.

— Sawàt-dii khrawp, dit Fabien en imitant son geste. Loog Tung?

Le Thaï pencha la tête de côté et fit une moue.

– Loog Tung, ici? insista-t-il. Restaurant Loog Tung?

L'homme hocha la tête en s'efforçant visiblement de conserver son expression accueillante.

– Parlez-vous anglais? demanda Fabien.

– Mâi. No se-peak englisse.

– No se-peak, hein? fit le Québécois, un peu moqueur. Êtes-vous Samorn Sangwanndee?

– Samorn?

– Châi. Oui. Samorn Sangwanndee.

– Mâi.

Le restaurateur pointa un groupe de bâtiments à quelques coins de rue dans la direction d'où Fabien était venu.

– Samorn. Loog Tung.

– Oh! là-bas. Khop khun khrawp. Merci.

Fabien jura intérieurement contre le conducteur de samlor et traversa Banmung Meuang. En cette fin d'avant-midi, le soleil tapait déjà durement la terre séchée et la rue était pratiquement déserte. Quelques samlor et tuk-tuk, stationnés ici et là, à l'ombre de manguiers, servaient d'abri à leur conducteur endormi.

Arrivé à la hauteur des bâtiments désignés, Fabien songea une fois de plus qu'il y avait erreur. À Savannakhet, on lui avait parlé d'un restaurant. Or, il se trouvait présentement devant un boui-boui composé de réchauds au charbon de bois, de cinq ou six tables minuscules posées à même le sol en terre, le tout protégé du soleil par une vulgaire toile de plastique supportée par des poteaux de métal. Sur le mur extérieur, des calendriers exposant l'effigie du roi Bhumibol Adulyadej côtoyaient un menu exclusivement en thaï. Une femme d'une cinquantaine d'années leva la tête vers le jeune homme, puis se concentra de nouveau sur les petits contenants de riz qu'elle plongeait dans l'eau bouillante.

Fabien jeta un œil autour de lui: aucun autre restaurant en vue. Il fit un pas vers la femme.

– Raan aahaan Loog Tung? demanda-t-il.

– Châi, répondit-elle sans lever les yeux.

– Henri!

Un homme venait d'apparaître, arrivant de l'intérieur du bâtiment. Il semblait dans la jeune cinquantaine, les cheveux à peine grisonnants. Il portait une chemise de coton blanc aux motifs géométriques bleu pâle, des pantalons chinois et des sandales. Sa démarche, légèrement courbée, trahissait une vie difficile, un passé marqué de travail rude et de privations. Il tenait une cigarette entre les doigts.

— Henri, mon ami! s'exclama-t-il dans un anglais fort correct. Comment vas-tu?

Il lui donna la main en souriant.

— Vous êtes Samorn? s'informa Fabien.

Le sourire de l'homme s'estompa.

— Oh! Excusez-moi, dit-il. Je vous ai pris pour quelqu'un... Vous ressemblez d'une façon extraordinaire à un ami.

— Henri est mon frère, dit le Québécois.

— Vous êtes?... Ah bien, ça me fait drôlement plaisir de te connaître alors. Les frères de mes amis sont mes amis.

— Je suis Fabien Denault.

— Samorn Sangwanndee. Tu as faim?

— Heu... Oui, je n'ai pas déjeuné et...

— Choisis tes morceaux.

Il y avait des poulets coupés en deux qui reposaient à l'air libre sur une petite tablette près d'un réchaud. Le garçon évalua la quantité de mouches qui voletaient au-dessus de chacune des portions.

— Eh bien, heu... Celui-ci et... celui-là.

— Parfait. Je m'occupe moi-même de les cuire, dit Samorn en portant la cigarette à ses lèvres.

Il tapota l'épaule de Fabien.

— Va t'asseoir à la table de ton choix, dit-il. Je te rejoins dans une minute.

Fabien s'exécuta en choisissant une place près du mur. Il sourit intérieurement; le bonhomme lui était sympathique. Il tira vers lui une chaise fatiguée et s'y assit. À ses pieds, il posa le sac d'un jour qui l'accompagnait dans tous ses déplacements. La femme le regarda et sourit. Fabien passa une main sur son front pour essuyer la sueur qui menaçait d'attaquer ses yeux.

— Vous m'apporteriez une bouteille d'eau froide, madame, s'il vous plaît?

Elle continua de lui sourire sans réagir.

— Naam yen khùat karúnaa, répéta-t-il lentement en thaï.

C'était comme s'il venait de la réveiller. Elle hocha rapidement la tête de haut en bas.

— Châi!

Elle quitta ses plats de riz pour se diriger vers le réfrigérateur d'où elle sortit une carafe d'eau. Fabien protesta aussitôt.

— Mâi. De l'eau de source en bouteille, s'il vous plaît. Heu... Mâi naam plào. Naam khùat.

La femme haussa les épaules sans oublier de sourire. Elle remit la carafe au frais et revint cette fois avec une petite bouteille en plastique, au bouchon scellé.

— Châi, approuva Fabien. Khop khun khrawp. Merci.

Elle croisa les bras en le regardant.

— An-lee, hm?

— Pardon? Heu... non. Henri était mon frère. My brother. Je m'appelle... Phm chêu Fabien.

— Fff... Fff..., fit-elle en cherchant à répéter le nom.

— Fa-bien, reprit le Québécois en riant. Ff... Fa, bbb... bi-en.

— Ffaa... biin...

Il éclata de rire. Elle aussi.

— C'est ça, oui, Fabine.

Samorn réapparut, deux morceaux de poulet fumants sur une assiette. Il demanda à sa femme d'aller chercher un petit plat de riz non gluant. Elle s'exécuta en continuant à rire.

— Tu permets que je m'assoie avec toi pour parler un peu? demanda l'homme en anglais.

— Bien sûr, répondit Fabien en montrant la chaise en face de lui.

— Tu ressembles vraiment à ton frère, hein. C'est extraordinaire.

— Oui, je sais.

Samorn tendit le bras vers la table voisine pour y prendre le cendrier.

— Je n'ai pas souvent l'occasion de parler anglais, ici, dit-il. J'aime ça. Ça me rappelle l'ancien temps.

— L'ancien temps? s'étonna Fabien, qui coupait les pattes et les griffes repliées qui tenaient encore au bout de la cuisse de la volaille.

Samorn continuait à tenir la cigarette entre ses doigts, mais la portait rarement à sa bouche.

– Le temps de la guerre du Viêt-Nam, dit-il. Je travaillais sur une base américaine stationnée au sud de la Thaïlande. Mon équipe s'occupait de ravitailler en carburant les avions qui revenaient du combat. C'était le bon temps.

– Pas pour les Vietnamiens.

Il sourit. Ses yeux se fixèrent sur une scène vide pendant une seconde ou deux, puis, fumant sa cigarette, il regarda Fabien.

– Non, pas pour les Vietnamiens.

Sa femme posa un plat semblable à un petit panier tressé d'herbes dures. Sous le couvercle, il y avait du riz fumant. Elle sourit à «Fabine» et retourna à ses plats.

– Pour nous, c'était extraordinaire, reprit Samorn; c'était la richesse. Jamais l'argent n'avait été aussi facile à gagner. Nous travaillions à peine quelques heures par jour et les paies valaient dix fois ce que nous aurions récolté pendant une semaine, le dos courbé dans les rizières.

– C'est là que vous avez appris à parler anglais? demanda Fabien.

– Oui. Et après la guerre, les Américains m'ont permis de travailler en Arabie Saoudite, en Libye et en Irak. Grâce à eux, j'ai voyagé et j'ai pu faire vivre convenablement ma famille.

– C'est bien la première fois que j'entends parler de l'altruisme des marines américains, plaisanta Fabien en français.

– Pardon?

– Rien. Je me demandais... Maintenant, que faites-vous ici? Vous ne travaillez plus à l'étranger?

Samorn eut un petit mouvement de tête accompagné d'un demi-sourire. Il tira une bouffée de cigarette, puis regarda Fabien dans les yeux.

– Maintenant, je suis vieux.

– Allons donc! Vous avez à peine cinquante ans.

– Cinquante-cinq. Ici, c'est vieux. Quand je suis revenu d'Irak, juste avant la guerre du Golfe, j'ai acheté ce petit restaurant. Mes enfants sont partis; je vis maintenant seul avec ma femme. Ça nous suffit.

Fabien prit une motte de riz entre ses doigts et la porta à sa bouche. Samorn écrasa sa cigarette au sol, laissant le cendrier immaculé, et s'accouda sur la table pour s'approcher davantage du garçon.

— Parle-moi d'Henri, dit-il. Qu'est-ce qu'il devient?

La bouchée s'immobilisa dans la bouche de Fabien.

— Mais je... Pardon, je...

Le Québécois s'empressa d'avaler le riz.

— Je ne sais pas. Je croyais que vous pourriez me dire... enfin, que vous saviez où il se trouvait.

Samorn plissa les lèvres dans une moue.

— Non. Il y a déjà un bon moment que je ne l'ai vu. Plusieurs mois, en fait. La dernière fois, il était de passage en provenance du Laos. Il se dirigeait vers le nord, je ne sais pas où. Il cherchait un homme.

La déception s'abattit sur le visage de Fabien.

— Je croyais... balbutia-t-il. Mon Dieu, j'étais tellement certain que vous sauriez m'indiquer où je pourrais le trouver.

— Non, je suis désolé.

L'homme posa une grosse main affectueuse sur l'épaule du garçon.

— Je comprends maintenant quel extraordinaire hasard a mené le frère de mon ami directement dans mon restaurant. On t'avait orienté chez moi, pas vrai?

Fabien repoussa son assiette, l'appétit coupé.

— Ouais. Des relations au Laos.

— Henri n'a plus de contact avec sa famille?

— Depuis près de deux ans. Il a toujours été un gars très solitaire, ne donnant de ses nouvelles que de façon sporadique, au gré de ses déplacements... et de ses humeurs, j'imagine.

— Pourquoi cherches-tu autant à le retrouver, maintenant?

Fabien grimaça en portant distraitement une poignée de riz à sa bouche.

— Pour rassurer un peu notre mère sur son état, sa santé... Et puis pour l'aviser de... du décès de notre père.

— Votre père est mort? J'en suis navré. Il y a longtemps?

— Depuis bientôt un an. Mais Henri l'ignore. Ce serait quand même important qu'il l'apprenne.

— Ouais, bien sûr.

Samorn se leva. Un groupe de jeunes Thaïs venaient de s'approprier deux tables et demandaient à être servis. Il posa encore sa main sur l'épaule du garçon.

— Je suis vraiment désolé Fabian, je ne peux t'en dire plus.

Le Québécois hocha la tête et chercha à étirer un sourire, mais en vain.

— Ouais, ça ne fait rien. Mâi pen rai, comme vous dites ici. Merci quand même.

Il se leva à son tour, saisit son sac pour le porter en bandoulière, et jeta quelques bahts sur la table. Samorn se tourna vers lui.

— Non, Fabian. Oublie ça, c'est pour moi. Un cadeau pour le frère de mon ami.

— Oh! Merci, Samorn, vous êtes gentil.

Il reprit ses pièces, but une grande rasade d'eau et se dirigea vers la rue. Il s'immobilisa un moment, regarda le soleil, puis évalua rapidement ce qu'il devait faire. Samorn surgit à son côté.

— Je viens de penser à quelque chose, dit-il.

— Oui?

— Ton frère, quand il venait ici à Nakhon Phanom, il fréquentait une jeune fille. Elle se nomme Paeng, je crois.

— Paeng?

— Tu la trouveras au Nûat Phan Boran.

Fabien souleva les sourcils en exagérant l'étonnement.

— Nûat? Ça signifie...

Samorn sourit.

— Massage, oui. Le Phan Boran est une maison de massage. Mais, tu sais, c'est du sérieux, là-bas. Ce n'est pas une vulgaire maison de prostitution.

— Mon œil.

L'homme éclata d'un petit rire coquin.

— En tout cas, là-bas, ça se fait proprement et toujours avec protection. Enfin, c'est ce que m'ont dit des connaissances. Je te le recommande, tiens.

– Mon frère fréquente des salons de massage?

– Il fréquente une masseuse quand il vient ici à Nakhon Phanom. Il y a une nuance, là. Peut-être qu'il aura donné davantage de détails à la jeune fille sur l'endroit où il demeure présentement. Peut-être qu'ils ont gardé contact par téléphone; je ne sais pas.

– Où se trouve-t-il, ce salon?

– La rue en face, là-bas. Va tout droit. Tu le trouveras sur ta gauche, juste après le cinéma.

Fabien serra fermement la main de l'homme.

– Merci, Samorn. Vous êtes un chic type.

– Reviens quand tu veux, mon garçon. On est copains, maintenant.

*  *  *

Fabien ne pouvait s'y tromper. Les salons de massage étaient bien les seuls établissements à afficher de petites notes en anglais pour souhaiter la bienvenue aux touristes. Il poussa la porte et il dut attendre un moment avant que ses yeux s'habituent à la pénombre des lieux. Il se trouvait dans une salle réduite aux fenêtres condamnées, et qui, avec ses tables et ses chaises, ressemblait à un bar. À sa droite, trois marches menaient à un comptoir où était assise une jeune fille. Ses cheveux étaient courts et elle lisait un magazine de mode. Fabien s'approcha.

– Sawàt-dii khâ, salua la fille dans un wai des plus respectueux, appuyant son front très bas contre les doigts de ses mains jointes.

– Sawàt-dii khrawp, répondit Fabien, en prenant soin de terminer sa formule par le pronom khrawp, qui désignait un homme, et non par khâ, de genre féminin.

– Oh! Ang-lee! s'étonna soudain la jeune Thaïe en souriant.

Puis, elle lui adressa une longue phrase que Fabien ne comprit pas.

– Mâi, protesta-t-il. Mâi Henri. Mâi khâo jai. Je ne comprends pas.

La jeune fille figea un peu son sourire et le regarda d'un air incrédule.

– Je ne parle pas thaï. Phûut phaasa thaï mâi pen.

– Ang-lee!

Une femme dans la trentaine, d'une bonne corpulence, venait d'apparaître derrière lui. Elle sortait d'une petite salle qui se trouvait derrière Fabien. On y distinguait une chaise droite sur laquelle une jeune fille – de quinze ans à peine, jugea le garçon – était assise, la tête basse. À gauche, une autre porte ouverte permettait de distinguer sept à huit jeunes filles, vêtues de jeans et de t-shirt, assises sur le lit et qui devaient regarder la télévision lorsque Fabien est entré. Maintenant, elles le dévisageaient toutes en riant.

– Ang-lee, répéta la grosse femme.

Elle porta sa main ronde contre le bras du Québécois.

– Comment vas-tu? demanda-t-elle en anglais, avec un accent terrible.

– Je ne suis pas Henri, protesta Fabien. Je suis...

– Paeng!

La femme s'était retournée pour crier en direction de la chambre.

– Paeng! répéta-t-elle. Puis elle lança une longue phrase en thaï.

Un visage supplémentaire apparut au milieu des filles sur le lit. Un petit visage rond, aux traits fins, aux yeux doucement bridés, aux pommettes saillantes et aux lèvres pulpeuses. Sans se réclamer d'une beauté sans faille, la jeune femme attirait l'attention, ne serait-ce que par la gentillesse que dégageait son regard.

– Henli! s'exclama-t-elle en bondissant sur ses pieds.

Elle s'approcha en trottinant, les cheveux balayant ses épaules. En arrivant à la hauteur de Fabien, elle s'immobilisa, son sourire effacé.

– Toi pas Henli.

– Henri est mon frère. Je m'appelle Fabien.

– Oh.

Un nuage obscurcit la lumière qui émanait des yeux de Paeng. Elle baissa légèrement le menton, puis s'adressa en thaï à la femme derrière elle. La jeune fille au comptoir se pencha vers Fabien.

– Vous vouloir Paeng massage? demanda-t-elle.

– Heu... Je... Non. Je... Hum! Paeng peut s'asseoir avec moi, un moment, à une table ici? J'aurais quelques renseignements à lui demander.

La grosse femme fit une moue.

– Oui. Mais seulement si vous boire et payer verre à Paeng.

– Heu... Bien sûr. Apportez-nous deux Pepsi.

– Seulement Coca-Cola.

– Alors, deux Coke.

Fabien choisit une table d'où les filles dans la chambre ne pouvaient les observer, puis invita Paeng à s'installer en face de lui.

– Henli jamais dit à moi avoir un frère, fit-elle en s'assoyant.

– Henri n'a jamais été un grand bavard.

– Toi beaucoup ressembler lui.

– Oui, je sais.

Elle effleura vaguement sa joue avec la main.

– Mais plus jeune, précisa-t-elle.

– Nous avons dix ans de différence. Henri a trente-cinq ans; je viens d'en avoir vingt-cinq.

– Lui plus grand.

– Plus petit.

– Plus petit, oui, excuse-moi. Moi pas parler bien anglais.

– Où as-tu appris?

Elle sourit en penchant un peu la tête, gênée.

– Clients touristes. Mais Henli surtout. Lui patient avec moi. Lui jamais choisir autre fille quand venir. Lui, moi...

Elle hésitait, comme si elle cherchait ses mots.

– Amour? risqua Fabien.

Elle hocha la tête, les yeux baissés, accentuant son petit sourire timide. Elle finit par hausser les épaules en faisant une moue.

– Je sais pas.

La fille au comptoir déposa les verres sur la table en reluquant Fabien d'un air invitant. Il fit semblant de ne pas le remarquer. Paeng but une petite gorgée du bout des lèvres. Il évalua qu'elle avait peut-être deux ou trois ans de plus que lui. Ses joues à elle aussi étaient marquées par quelques boutons mal guéris. Son corps était aussi frêle que celui d'une adolescente. Une silhouette menue avec de petits seins.

– Il y a longtemps que tu as vu Henri?

Elle acquiesça d'un signe de tête sans le regarder.

— Tu sais où il se trouve?

Elle leva les yeux vers lui, légèrement surprise.

— Non, je sais pas.

Fabien sentit le désespoir remonter à la surface.

— Est-ce qu'il... Est-ce qu'il t'appelle de temps à autre? demanda-t-il.

— Henli? Non, jamais. Lui venir, partir, revenir. Jamais savoir quand. Jamais dire pourquoi.

Fabien se laissa aller contre le dossier de sa chaise. Il but une longue gorgée de coca avant de constater qu'un cube de glace flottait à la surface.

— Ah, merde! jura-t-il en français. J'aurais bien besoin d'attraper une tourista, tiens!

D'un geste brusque, il repoussa le verre sur la table. Paeng, légèrement troublée, se pencha vers l'avant.

— Pourquoi toi chercher Henli?

— Pour lui donner des nouvelles de la famille. Notre père est mort; il l'ignore.

— Oh. Je suis désolée.

— Écoute...

Fabien prit une grande inspiration, cherchant une solution à l'impasse. Il lui semblait impossible qu'après tous ces kilomètres, tous ces efforts déployés pour retrouver son frère, la piste s'arrête aussi brusquement, sans autre moyen de poursuivre la route.

— Dis-moi, Paeng, lorsque tu l'as vu la dernière fois, t'a-t-il parlé de son itinéraire? De ce qu'il comptait faire? Sais-tu où il a pu aller?

— Non. Lui...

Elle s'interrompit soudain, mais reprit aussitôt.

— Nong Khai, je crois.

— Nong Khai?

— Oui, lui parler Nong Khai.

— C'est au nord. Qu'allait-il y faire?

— Ça, lui pas dit. Nong Khai frontière importante avec Laos. Peut-être lui Laos.

– Non, ça ne tient pas; il arrivait du Laos. Et puis, si Nong Khai était sa destination, pourquoi avait-il choisi de traverser la frontière à Mukdahan?

Une petite lueur brilla dans les yeux sombres de Paeng.

– Pour voir moi, dit-elle. Lui vouloir passer par Nakhon Phanom.

Fabien sourit. Peut-être. Dans ce cas, Henri aurait pu traverser à Nakhon Phanom, il y a un poste frontière là aussi. Mais les routes sont meilleures de ce côté-ci du fleuve, ce fameux Mékong qui sert de démarcation entre les deux pays. Oui, Paeng avait probablement raison.

«Et Henri a eu raison aussi, songea-t-il. Elle est absolument charmante.»

– Mais où le trouver à Nong Khai? demanda-t-il. Sais-tu où il aurait pu descendre?

– Un soir, moi entendre lui parler téléphone. Lui réserver chambre. Pantavee Hotel.

Fabien se leva, tout revigoré. Enfin, la piste réapparaissait, éclipsant le cul-de-sac dans lequel il pensait s'être engagé depuis sa rencontre avec Samorn. Il tendit la main vers la jeune femme.

– Merci, Paeng. Tu m'as été d'un grand secours.

– Moi contente aider frère Henli.

Fabien paya les verres et comme il tournait les talons pour sortir, Paeng le retint par le bras.

– Fabianne, toi vouloir faire quelque chose pour moi?

Elle le regardait du haut de sa petite taille, la tête presque complètement renversée vers l'arrière et le visage triste comme un soir de pluie.

– Quand toi trouver Henli, dire à lui que manquer à moi. Dire à lui venir bientôt. Ma vie être seulement attendre. Moi pas heureuse quand lui absent.

Touché, il mit sa main contre la joue de la jeune femme en caressant du pouce sa pommette.

– C'est promis, Paeng. Je lui parlerai de toi.

– Khop khun khâ.

– Khop khun khrawp à toi.

Il ouvrit la porte et, aussitôt, la chaleur et la lumière l'assaillirent. En refermant derrière lui, il entendit Paeng renifler.

# 3

À cinquante-sept ans, Marguerite Denault ne pouvait plus prétendre être une jolie femme. Il y avait quelques années déjà qu'elle avait renoncé à masquer les rides qui sillonnaient ses joues, des marques précoces qui lui avaient toujours donné de cinq à dix ans de plus. Ses yeux pâles étaient enfoncés dans leur orbite et son nez, trop long, accentuait maintenant sa courbe en direction du menton. Ses lèvres étroites, presque invisibles, s'auréolaient de fines lignes. Des cheveux gris, sans éclat, coupés juste sous les oreilles, intensifiaient sa physionomie de «bonne vieille grand-maman», même si elle n'avait toujours pas de petits-enfants. De ses bras pendaient des chairs flasques, en raison d'une récente et rapide perte de poids. D'innombrables taches brunes parsemaient déjà ses mains et ses avant-bras.

Marguerite conservait malgré tout son port fier et altier. Ses épaules, toujours maintenues vers l'arrière, projetaient sa poitrine vers l'avant, courbaient ses reins et donnaient à son allure force et assurance. Bien qu'elle ait vécu des années difficiles, jamais son entourage n'aurait pu se douter du fardeau qu'elle transportait, puisque Marguerite ne laissait jamais la peine, ni le devoir, altérer son image de femme puissante et inébranlable.

Surtout pas aujourd'hui.

Surtout pas alors que le facteur venait de glisser dans sa boîte aux lettres un colis couvert de timbres représentant des éléphants et des sculptures de pierres. Des timbres aux caractères incompréhensibles sauf pour une inscription en alphabet romain: «Postes Lao». Des nouvelles de Fabien.

Marguerite l'ouvrit et y découvrit une minuscule cassette audio. Bien sûr, Fabien détestait écrire.

– Je fais une faute aux trois mots, maman, disait-il pour se justifier. T'écrire serait une insulte à l'institutrice que tu étais.

— Toi aussi, tu utilises cette excuse, mon saligaud? avait-elle répondu en lui donnant un coup de poing sur l'épaule. J'ai enseigné deux ans au primaire, et ça, c'était avant la naissance d'Henri. Alors, oublie l'«institutrice».

Fabien l'avait tirée contre lui pour poser un baiser dans ses cheveux. Il était si doux, si affectueux. Tout le contraire d'Henri et de Michel, son défunt mari.

— Je reviendrai, moi, maman.

— Je sais.

— Tu ne pleures pas?

— Plus tard, quand je serai seule.

— Tu auras de mes nouvelles, je te le promets. Je te tiendrai au courant de mes progrès.

Il l'avait serrée de nouveau contre lui. Elle avait passé ses bras autour de son fils et bien qu'il la dépassât de huit pouces, elle avait la curieuse impression de tenir encore son bébé dans ses bras.

— C'est important pour toi, Fabien?

— C'est important, maman.

— Prends soin de toi.

— Prends soin de Petite-pantoufle. N'oublie pas qu'elle annoncera mon retour. Dès que les premières fleurs apparaîtront, tu sauras que ma quête est terminée. Qu'elle soit fructueuse ou non, je reviendrai.

Petite-pantoufle. Voilà qui faisait sourire Marguerite. Quand Fabien n'était encore qu'un enfant, Henri, qui habitait alors à la maison, se plaisait à rire des petits pieds de son frère cadet et lui avait donné ce surnom. Ainsi, Fabien avait trouvé cette plante, une calcéolaire. Son nom commun: Petite-pantoufle. Il y avait vu le cadeau idéal à offrir à sa mère pour son départ. La floraison ayant lieu au printemps, elle marquerait le moment du retour.

— Si, par vos mauvais soins, la plante ne fleurit pas, avait-il prévenu à la blague, vous étirerez d'autant mon voyage.

Puis, il avait enlacé Christine. Le frère et la sœur étaient restés un moment dans les bras l'un de l'autre, à essuyer mutuellement leurs larmes. Peu après, un énorme avion avait arraché un fils à sa famille pour le porter vers des mondes si lointains que les femmes en avaient le vertige.

— Maman?

Christine tira Marguerite de sa rêverie.

– Tu as vu ma petite blouse avec... Qu'est-ce que c'est?

La jeune fille venait d'apercevoir la cassette dans les mains de sa mère.

– C'est Fabien? s'exclama-t-elle. Tu as reçu des nouvelles de Fabien?

Marguerite était tout sourire.

– Petite-pantoufle tient ses promesses, dit-elle.

– Ben alors? Qu'est-ce que tu attends? s'enthousiasma Christine en se précipitant sur sa berçante préférée où elle s'assit en tailleur. Fais-la jouer!

Marguerite s'assura que le colis ne contenait rien d'autre, puis inséra la cassette dans le magnétophone qui trônait sur la tablette près du grille-pain. Elle enfonça la touche de mise en marche et s'empressa de retourner s'asseoir.

Lorsque la voix de Fabien s'éleva dans la pièce, mère et fille se regardèrent, les joues empourprées de bonheur.

«Bonjour maman, bonjour petite sœur. Je vous vois toutes les deux. Maman est assise, le coude appuyé sur le coin de la table, le menton dans la main. Christine, toi, tu te prends encore pour un grand sachem dans ta chaise berçante. Quand tu auras appris à t'asseoir convenablement, les garçons commenceront peut-être à te remarquer.

«Eh bien, voilà, j'y suis. C'est... Comment je dirais? Différent? Oui, différent est bien le moindre des mots pour décrire ce qu'on découvre quand on arrive ici. L'environnement est différent, les gens sont différents, le rythme aussi est différent. Je me sens terriblement dépaysé. Un astronaute qui pose son appareil sur une autre planète ne se sentirait pas davantage loin de chez lui.

«Mais, c'est si beau. Contrairement à chez nous où la neige couvre déjà tout le sol, il fait excessivement chaud. La verdure... la jungle est omniprésente. Le parfum des fleurs nous suit partout – sauf dans certains quartiers des villes où c'est plutôt les relents d'urine. La nourriture est bonne, quoique parfois un peu trop épicée à mon goût; mais on s'habitue. Oui, maman, je fais attention aux salades et à l'eau. Je ne bois jamais de lait et j'évite les glaçons dans mes boissons gazeuses.

«Les gens sont excessivement gentils et les filles, particulièrement belles. C'est drôle de voir combien elles sont délicates et menues.

«Le plus difficile est peut-être de se détacher des images de pauvreté qui nous entourent. Les enfants sont sales, les conditions d'hygiène, déplorables. Mais, en dépit de tout ceci, les gens sourient continuellement et sont toujours prêts à offrir quelque chose. On peut donc se plaire beaucoup ici. Je comprends mieux Henri.

«J'ai transité au Laos par le Cambodge. Je serai bientôt à Savannakhet, où l'on me donnera le nom d'un contact en Thaïlande. C'est de là que mes recherches commenceront réellement. Je suis excité. Je sens Henri si près. On dirait que je respire son odeur partout.

«Voilà. C'est tout pour le moment. Vous me manquez. J'aimerais que vous puissiez partager avec moi toutes ces découvertes merveilleuses. Je vous donnerai d'autres nouvelles bientôt. Prenez bien soin de Petite-pantoufle. Je vous embrasse.»

# 4

19 février 2540. Fabien ne s'étonna qu'une seconde. Évidemment, ici on se moquait bien de l'ère chrétienne. L'année zéro débutait à l'époque de Bouddha, non à celle du Christ. Une femme à l'air sévère notait la date sur la carte d'enregistrement. Âgée d'une quarantaine d'années – peut-être moins –, elle affichait un visage froid, et ses lèvres, minces pour une asiatique, demeuraient hermétiquement closes. «Même lorsqu'elle parle, songea Fabien.» Ses cheveux arrivaient à égalité avec son menton. Elle était entièrement vêtue de noir: une blouse en coton et des pantalons à la coupe occidentale. Pour lui faire contrepoids, à ses côtés, une jeune fille de seize ans environ souriait largement. Elle était ravissante.

   – Voilà, dit la femme en conservant son air austère et dans un anglais difficilement compréhensible. Si vous avez besoin de quoi que ce soit, mon nom est madame Charphakdee. Suivez cette jeune dame, elle vous indiquera votre chambre.

   Fabien se tourna vers l'adolescente, mais ce n'était pas d'elle dont il s'agissait. Une autre fille apparut, si petite qu'il pensa d'abord que c'était une enfant. Vêtue d'un t-shirt et d'un jeans – décidément à la mode ici –, elle ne mesurait guère plus de quatre pieds dix pouces et devait peser dans les quatre-vingt livres. Ses cheveux aux épaules étaient attachés en une queue de cheval. Elle devait aussi avoir environ seize ans. Elle sourit à Fabien et brandit une clé, accompagnée d'un petit bloc en plastique composé de deux dents de métal, le tout attaché par une chaînette à un manche en bois sur lequel était pyrogravé «B-1». D'un geste de la main, la jeune fille invita le client à la suivre.

   Fabien replaça son sac à dos sur ses épaules et s'engagea sur les pas de son hôtesse. Ils suivirent un long couloir qui les mena à l'extérieur, mais par l'arrière du bâtiment. Ils croisèrent la «maison des esprits», où résidaient les phra phum, les esprits du lieu. Il s'agissait d'une maquette de l'hôtel, grande comme une maison de poupées, où de nombreuses figurines représentaient le châo thîi, le seigneur des lieux, et la plupart des employés – à moins qu'il ne s'eût agit de deux ou trois clients. Toutes les résidences et tous les immeubles thaïs se doivent de ménager un endroit réservé aux esprits, sinon ces derniers risquent de vagabonder partout dans les habitations, causant de nombreux problèmes. Pour inciter les phra phum à habiter la maison des esprits plutôt que la résidence principale, les propriétaires s'efforcent de rendre la première plus agréable en l'inondant chaque jour d'offrandes telles que de la nourriture, des fleurs et de l'encens.

Le Québécois et la Thaïe longèrent une rue bordée de chaque côté par de hauts murs qui les mena à une cour fermée et gardée par un employé du Pantavee Hotel. Là encore, le tout jeune homme avait moins de dix-huit ans. Au passage, il salua Fabien en anglais, qui lui répondit sans s'arrêter. Après avoir traversé l'enceinte extérieure meublée d'une longue table basse et de quelques causeuses, Fabien et son guide parvinrent enfin à l'habitation où se trouvaient les chambres. La jeune fille pénétra dans la première à gauche.

– Hâwng, dit-elle, tout en insérant le petit bloc de plastique dans une cavité du mur.

La lumière s'alluma et l'appareil de climatisation se mit en marche.

«Ingénieux, songea Fabien. Dans ce pays où on rationne l'énergie et l'électricité, on doit nécessairement couper le courant quand on emporte la clé avec soi en quittant la chambre.»

La jeune Thaïe se mit à parler dans sa langue, montra la salle de bain et le lit, et ouvrit les rideaux.

– Han-han! nasilla Fabien d'un air distrait et en constatant qu'un mur avait été construit à environ trois pieds de la fenêtre à l'extérieur.

La jeune fille éclata d'un rire franc.

– Han-han, répéta-t-elle d'un air moqueur. Han-han!

– Quoi? s'étonna Fabien en riant à son tour. Ça t'amuse ça, han-han?

Elle rit de nouveau. Visiblement, elle n'était pas familière avec cette façon toute occidentale de marquer un acquiescement.

– Comment t'appelles-tu? demanda Fabien en lui tendant quelques pièces en guise de pourboire. Khun chêu arai?

– Orang, répondit-elle en baissant les yeux, mais en continuant à rire.

– Phm chêu Fabien.

– Han-han, Fabine, dit-elle.

Et elle s'éclipsa en éclatant d'un nouveau rire.

\* \* \*

– Ça, par exemple! Oh! Excuse-moi, je croyais que tu étais Henri, un ami.

L'homme qui venait de s'exclamer ainsi n'était pas très grand. Il était dans la trentaine et accusait un léger embonpoint. Son visage ruisselait de sueurs et sa chemise collait à sa peau. Ses cheveux, séparés sur le côté, dévoilaient une calvitie naissante. Il venait d'entrer dans le lobby de l'hôtel et avait déposé un dossier rempli de documents sur le comptoir lorsqu'il avait aperçu Fabien, assis à une table près de la porte. Le garçon avait choisi cette place un peu retirée de la salle à manger pour sa proximité de la fenêtre, ce qui le plaçait pratiquement dans le lobby, mais lui permettait d'observer la circulation sur la rue Hai Sok. Il soupait d'un kaeng plaa dùk, un curry au poisson-chat.

– Ce n'est pas Henri, mais son frère, dit madame Charphakdee, installée à un bureau en face du comptoir. Une affiche sur le mur annonçait: Lao Tours Agency.

La femme semblait tout faire dans l'établissement. Elle recevait les clients, répartissait le travail des employées, prenait les réservations et dirigeait la Lao Tours, l'agence de voyage spécialisée dans les excursions au Laos. À condition d'en avoir les moyens, elle pouvait même obtenir les visas nécessaires à ceux qui n'en possédaient pas. De plus, c'est elle qui avait servi le repas de Fabien à sa table. «Si elle n'est pas le patron ici, pensa Fabien, elle fait une gérante extraordinaire.» Pour l'aider dans son travail, une autre employée avait pris le poste derrière le comptoir vers la fin de l'après-midi. Une femme mûre, pas très jolie, mais d'une bonne humeur contagieuse. Elle riait, taquinait les clients, tout le contraire de madame Charphakdee. Auprès de la nouvelle venue, la jeune fille de seize ans continuait à distribuer les sourires. Fabien remarqua à plusieurs reprises que celle-ci lui lançait des regards à la dérobée.

– Comment savez-vous qu'Henri est mon frère? Demanda-t-il à madame Charphakdee.

Elle haussa les épaules.

– Tu lui ressembles comme un frère et tu portes le même nom de famille. Pas besoin de faire une enquête.

– Alors, très heureux de te connaître, frère d'Henri, dit l'homme en tendant la main vers le Québécois. Je me nomme Khaek.

Son anglais altéré d'un fort accent asiatique demeurait intelligible. Ce qui était une denrée rare en Indochine, même dans les hôtels. Il est vrai que Nong Khai était une ville frontière stratégique pour qui voulait transiter au Laos. Le pont de l'Amitié, qui reliait les deux pays, était situé à trois kilomètres de la ville et constituait l'un des trois ou quatre points de passage pour les véhicules automobiles. Les voyageurs étrangers étant plus nombreux, le personnel des établissements touristiques et les conducteurs de samlor et de tuk-tuk se devaient de mieux parler et comprendre cette langue véhiculaire.

– Je m'appelle Fabien, dit-il en se levant à demi pour serrer la main de Khaek.

– Comment va ton frère?

– Je ne sais pas, je suis à sa recherche justement.

– Ah? Bon. Tu crois qu'il serait à Nong Khai? J'espère qu'il va venir voir ses vieux amis.

– Eh bien, disons que je comptais précisément sur ses... vieux amis pour m'aider à le retrouver.

– Vraiment?

Khaek regarda madame Charphakdee.

– Il y a bien trois ou quatre mois qu'on l'a vu dans le secteur, hein? lança-t-il tant pour questionner la femme que pour obtenir son acquiescement.

– Ça fait un moment, ouais, répondit-elle sans lever les yeux de la paperasse qui couvrait son bureau.

Khaek fit une moue en passant une main sur son front pour essuyer la sueur.

– Trois ou quatre mois, c'est ça, répéta-t-il. Pas longtemps après les pluies.

Il se tourna vers la jeune fille au comptoir et s'adressa à elle en thaï. Fabien en saisit le sens: Khaek voulait une bière.

– Vous êtes mon invité, dit Fabien en lui offrant la chaise en face de lui.

– Je te remercie, répliqua Khaek en s'assoyant. Ça va faire du bien après cette journée interminable à courir derrière mes touristes.

Malgré une relative corpulence, l'homme paraissait en pleine forme à ses mouvements rapides et assurés.

— Ah? Où ils sont, vos touristes? demanda Fabien.

— Oh, ils seront ici tout à l'heure. Ce sont des Japonais. Présentement, ils sont coincés avec les formalités d'usage à la frontière. C'est ma copine qui s'occupe d'eux. Moi, j'ai pris la moto sans les attendre, mais leur bus ne devrait pas tarder.

— Vous les avez guidés au Laos?

Khaek acquiesça.

— Ouais. De Vientiane à Luang Prabang. On est partis depuis trois jours. Ça fait du bien d'être de retour.

La jeune fille apparut à la table, tendit à Khaek une bouteille de Singha suintante de buée, mais c'est à Fabien qu'elle souriait.

— Vous? Prendre? demanda-t-elle.

— Non, répondit Fabien. Tu mettras sur ma note, poursuivit-il en mimant le geste d'écrire, dans l'air, avec un crayon invisible.

Elle s'inclina légèrement, les mains jointes, son sourire encore plus grand. Fabien remarqua l'œil désapprobateur de madame Charphakdee.

Il savait que la jeune Thaïe percevait les Occidentaux comme le cinéma américain les présentait. Pour elle, Fabien était une espèce de cow-boy, fort et invincible, capable de surmonter toutes les difficultés. Intelligent, tendre, honnête, dévoué... et riche.

— La dernière fois qu'on l'a vu, il est bien resté une semaine, dit Khaek en remplissant un verre.

— Pardon?

— Ton frère. Lorsqu'il est venu la dernière fois, il est resté ici plusieurs jours.

Fabien poussa son assiette presque vide et appuya ses coudes sur la table.

— Vraiment? Vous savez ce qu'il était venu faire? demanda-t-il.

Khaek pinça les lèvres avant de boire une grande gorgée de bière qui lui laissa une épaisse moustache blanche.

— Non, dit-il, en essuyant sa bouche du revers de la main. Tu connais Henri; il ne parle pas beaucoup. Il vient à Nong Khai trois ou quatre fois par année. Par affaires. Qui il voit? De quoi ils discutent? Je ne crois pas que quiconque le sache ici. Peut-être qu'il achète ou vend du matériel qui transite par la frontière.

Il fit un clin d'œil à Fabien.

— Peut-être aussi qu'il a tout simplement une copine ici.

L'homme pointa du pouce les bâtiments de l'autre côté de la rue.

— Tu vois cette terrasse en face? Excellent endroit pour les filles. Tu entres, tu prends une bière, et elles te proposent tout ce que tu veux. Du plus honnête au plus véreux.

Il se laissa aller sur le dossier de sa chaise, le verre au bord des lèvres.

— Les filles l'aiment bien, Henri. Il a beaucoup de succès avec elles. Je pense que c'est un bon gars.

Il but. Fabien retint un soupir et se pencha vers le centre de la table.

— Mais vous n'auriez pas une vague idée de l'endroit où je peux le trouver? Sur sa fiche d'hôtel, par exemple, il doit indiquer son adresse de résidence?

— Ces fiches sont confidentielles, répondit madame Charphakdee à la place de Khaek, et sans lever les yeux.

Khaek ne changea pas d'expression, mais Fabien se tourna vers elle.

— Cette réserve est tout en votre honneur, madame Charphakdee, mais c'est un cas exceptionnel. Je suis venu de très loin pour le retrouver. Et puis, je suis de sa famille. Henri ne vous reprochera sûrement pas cet accroc à votre politique de discrétion.

— Qui sait? Quand un homme veut garder contact avec sa famille, il ne la tient pas dans l'ignorance.

Fabien sentit un pincement à la poitrine. Il allait répliquer, presque supplier, quand la femme tourna vers lui un visage impassible.

Ces renseignements sont privés, insista-t-elle, et servent exclusivement aux dossiers de l'hôtel. Il n'est pas question qu'une personne autre qu'un employé y ait accès.

— Mais...

— On peut facilement contourner ce problème, coupa Khaek doucement en s'adressant à madame Charphakdee. Il suffit que l'un de nous relève le numéro de téléphone sur la fiche d'Henri, l'appelle et lui demande s'il désire entrer en contact avec son frère. S'il refusait, pour une raison ou une autre, nous ne divulguerions rien des données que nous possédons. Ainsi, nous rendrions service à ce garçon tout en conservant la confidentialité de notre client.

La femme posa sur Khaek un regard difficile à interpréter. Fabien le trouva sans chaleur, mais sans contrariété non plus.

— Et s'il n'y a pas de numéro de téléphone? s'obstina-t-elle.

— Alors, nous écrirons à son adresse et Fabien attendra quelques jours, c'est tout.

Elle se replongea dans sa paperasse.

— Pas ce soir. Je suis occupée. Demain, peut-être. Je verrai.

Khaek cligna de l'œil en direction de Fabien et leva son verre.

— Demain, on regardera tout ça et on fera notre possible pour que ton frère puisse entrer en contact avec toi.

L'espoir déferla à nouveau en Fabien, plus frais que la plus rafraîchissante des brises dans la fournaise thaïlandaise. Il tapota l'avant-bras de l'homme devant lui.

— Merci, Khaek.

Puis il se tourna vers la femme.

— Et merci à vous, madame Charphakdee. C'est très gentil de...

— N'oublie pas de payer ton repas en te levant de table, coupa-t-elle, les yeux rivés sur son travail. Ici, on n'inscrit rien sur la note de la chambre.

\* \* \*

Fabien descendit la rue Hai Sok, thanon Hai Sok, pour croiser Meechai Road au milieu d'un petit marché. Sans trop s'y attarder, il poursuivit sa marche tranquille jusqu'à un petit temple bouddhique, le Wat Hai Sok. De là, il traversa un mince chemin de terre battue qui le mena jusqu'à thanon Rimkhong. L'artère n'avait de rue que le nom. En fait, ça ressemblait davantage à une venelle, encombrée d'une multitude de flâneurs qui ne laissaient guère de place à la circulation automobile, si ce n'était les incontournables samlor et tuk-tuk. Des restaurants la bordaient sur tout son parcours, notamment du côté du fleuve, où les terrasses se succédaient. Partout, on prétendait offrir aux dîneurs le meilleur panorama sur le Mékong et ses eaux tranquilles.

Des fumets de poulet, de porc rôti et de poisson se confondaient aux parfums des caris, des épices et des sauces pimentées. Parfois, dans l'air humide et stagnant, des odeurs d'urine émanaient des rigoles qui serpentaient le long du pavage fatigué.

Près de l'Udom Rot, l'un des meilleurs restaurants de Nong Khai, un belvédère aménagé par la ville permettait aux promeneurs de contempler les diverses embarcations sillonnant le fleuve. On pouvait y suivre, en contrebas, toute l'activité de Tha Sadet, le quai du bac qui fait la liaison avec le Laos. Au milieu de quelques touristes japonais qui mitraillaient le panorama avec leurs appareils photo, Fabien s'assit sur le rebord du belvédère. Il s'était chaussé de ses éternelles bottines de randonnée, avait enfilé un jeans et une chemise safari. Le soleil, déjà à fleur d'eau, rendait – toutes proportions gardées – la température plus agréable et fraîche.

Il observa, pendant un long moment, les embarcations de pêcheurs qui rentraient au quai. Une dizaine d'enfants se baignaient autour d'une vedette de police amarrée. Leurs cris de joie et leurs rires se mêlaient à la musique diffusée par les commerces en haut de la pente. Un petit bateau-restaurant promenait doucement ses clients en descendant le fleuve jusqu'au Phra That Klang Nam, un chédi laotien immergé jusqu'au toit, et remontait le courant en s'assurant de rester dans les eaux thaïlandaises.

Fabien rêva au paradoxe du bonheur de voyager à l'étranger tout en s'ennuyant de sa famille et de ses amis. Il rêva également à Henri, maintenant plus accessible que jamais, et se laissa porter par des espoirs fous auxquels il aurait refusé de s'abandonner quelques heures auparavant.

Ce n'est qu'après trois fois, lorsque la voix d'un homme se fit plus forte, que Fabien prit soudain conscience qu'on l'appelait.

– Farang!

– Heu... Oui? Yes?

Un Thaï d'âge mûr, un peu courbé, s'apprêtait à abaisser une immense porte qui fermerait l'accès au belvédère. Le soleil était couché et la pénombre ne permettait de distinguer qu'une silhouette éclairée à contre-jour par les lumières de la rue derrière lui.

– On ferme, dit l'homme dans un anglais hésitant.

Le garçon constata que tous les touristes étaient partis.

– Oh, désolé.

Il se leva et se dirigea vers la sortie en boitant légèrement, une fesse engourdie. Il salua l'homme au passage et reprit sa marche sur Rimkhong Road jusqu'au marché chinois. De là, il remonta la rue Haw et bifurqua sur Meechai Road pour revenir sur ses pas et atteindre enfin thanon Hai Sok. Les hauts murs qui flanquaient la cour de l'hôtel Pantavee se rapprochaient au rythme de sa promenade.

La rue était déserte, à l'exception d'un homme solitaire, plutôt grand pour un Asiatique, qui marchait d'une allure incertaine. L'homme s'arrêta, regarda autour de lui, puis fit encore un ou deux pas avant de s'immobiliser de nouveau et d'attendre que Fabien parvienne à sa hauteur.

— Oh, farang!

Fabien ralentit sa marche sans vraiment s'arrêter et jugea rapidement l'homme qui l'interpellait. La quarantaine avancée, cinquante ans peut-être, le visage mince et triangulaire, terminé par un menton pointu. Il portait une chemise boutonnée jusqu'au cou. De longues manches rattachées aux poignets donnaient l'illusion que ses bras descendaient au milieu des cuisses. Il jetait de nombreux et rapides regards autour de lui, indécis maintenant de s'adresser au garçon, paraissant à la fois nerveux et hésitant. Fabien raidit discrètement ses muscles et ferma les poings.

— Farang.

— Oui?

Fabien avait stoppé à quelques pas de l'homme. Il gardait son pied gauche un peu en avant, l'épaule droite légèrement déplacée vers l'arrière, son poing droit serré, prêt à frapper.

— Tu veux une fille?

La voix de l'homme était rêche comme des ongles glissant sur un tableau noir.

— Non, répondit Fabien.

— Elles sont belles, mes filles, insista l'homme. Elles sont jeunes.

— Non.

Fabien fit semblant de vouloir reprendre son pas.

— Elles sont très jeunes, s'obstina l'homme.

Il porta sa main à la hauteur du genou comme pour indiquer une mesure.

— Très jeunes, répéta-t-il. Bébé.

– Quoi?

– Cinq ans, huit ans. Comme tu veux.

La rue autour de Fabien se changea en volutes sombres. Elle n'existait plus. Il ne voyait rien qu'un triangle pâle au sourire malsain. L'impression dura une seconde, l'étourdissement disparut. Son cœur battait à tout rompre; il avait reçu une violente décharge d'adrénaline.

– Je... Je n'ai pas bien compris. Je ne suis pas certain... balbutia le Québécois.

– Une petite fille, dit l'homme de nouveau. Elle va tout te faire. Dans la bouche ou ailleurs, comme tu veux. Mais peut-être tu préfères les garçons? J'ai aussi, mais c'est plus cher.

Fabien ne put jamais se rappeler à quel moment il décida que c'en était trop. Sa mémoire ne conserva pas les détails de cet instant. Il se rappellera seulement une douleur au poignet, un craquement et le hurlement de l'homme. Un petit nuage de poussière s'était élevé alors que le Thaï, jurant dans sa langue, se roulait sur le sol, les mains à la hauteur du visage. Fabien songea à frapper avec le pied, mais se ravisa. Il cracha sur l'homme et reprit sa route en direction du Pantavee. Insensible à son poignet qui doublait de volume, il pestait en lui-même, en proie à une colère comme rarement il en avait connu.

Quand il traversa le lobby de l'hôtel, il ne remarqua pas la mine déconfite de la jeune fille de seize ans à qui il n'avait pas rendu son salut.

\* \* \*

Le taux d'humidité avait augmenté. Le soleil ne perçait pas encore au-dessus des toits, mais chacun savait que la journée serait particulièrement torride. Dans thanon Hai Sok, les moteurs des tuk-tuk et les ahans des conducteurs de samlor commençaient à se dissiper, signe que la plupart des travailleurs avaient rejoint leur lieu de travail. L'activité des transporteurs diminuerait encore graduellement pendant une heure ou deux, puis une période d'attente suivrait jusqu'à la fin de l'après-midi. À l'occasion, un couple de touristes ou un commissionnaire hélerait un conducteur et, sous une atmosphère étouffante, celui-ci peinerait à mener son client à destination.

Fabien était assis dans une des causeuses de la cour extérieure de l'hôtel. Incliné sur la table de ciment, il feuilletait son guide de voyage – une brique de huit cents pages –, le poignet droit enveloppé de cubes de glace retenus par un pansement de coton. Ses cheveux en broussaille, les traits tirés, il trimballait la mine de celui qui avait peu dormi. De sa main gauche, il tenait une tasse de café qu'il portait à ses lèvres à intervalles réguliers.

L'adolescent qui gardait la cour pendant la nuit avait quitté son poste une heure plus tôt pour aller se coucher. Les femmes de chambre allaient et venaient d'une porte à l'autre, traversaient la cour pour se rendre à la buanderie, tirant un chariot rempli à pleine capacité de serviettes et de draps. Orang, la jeune fille qui ressemblait à une enfant, passa avec un plateau de déjeuner en saluant Fabien d'un sonore «Han-han». Son rire résonna un moment.

— Oh, Fabien! Comment vas-tu?

Khaek venait de franchir la porte principale de la cour. Chemise pastel à manches courtes, pantalon foncé et sandales de cuir, il avait chaussé des verres fumés et tenait une liasse de papiers regroupés dans un carton. Son pas vif et assuré témoignait de son excellente forme physique.

— Sabàay dii, répondit Fabien sans conviction. Je vais bien.

— Qu'est-ce qui t'est arrivé? demanda Khaek en apercevant le poignet bandé.

Fabien fit un geste vague de la main gauche. Il referma son livre et le mit de côté.

— Rien. Une mauvaise foulure. Dans deux jours, ça ne paraîtra plus.

— Eh bien, je l'espère pour toi, car tu n'as pas très bonne mine.

Khaek s'assit dans la causeuse en face de Fabien et déposa ses feuilles sur la table.

— Grande randonnée prévue aujourd'hui? demanda le garçon.

L'homme plissa le nez en secouant la tête.

— Non. Quelques Chinois de Hong Kong à promener dans le jardin des sculptures géantes, puis à guider dans le marché de la rue Rimkhong. Ensuite, dans l'après-midi, deux couples de Japonais à récupérer sur le pont, à la sortie des douanes. Ils sont partis ce matin visiter Vientiane.

Khaek parlait tout en fouillant dans ses papiers. Il retira un petit carton annoté en thaï.

— J'ai un peu de peine pour toi ce matin, poursuivit-il, car je croyais venir t'annoncer une bonne nouvelle.

– Et?

– Et ce n'est pas le cas.

Fabien retint un soupir. Il essayait de lire dans le regard de Khaek, mais les verres fumés l'en empêchaient.

– Vas-tu m'annoncer une mauvaise nouvelle, alors?

– Plutôt pas de nouvelle du tout.

Khaek se cala dans le canapé en tenant le carton à la hauteur des yeux.

– La dernière fiche remplie par Henri remonte à trois mois et demi, dit-il. L'adresse et le numéro de téléphone indiqués renvoient à un établissement de Nakhon Phanom. J'ai appelé. Il s'agit d'un salon de massage où la tenancière m'a informé que tu étais déjà passé la voir et qu'une jeune fille de l'endroit t'avait orienté chez nous. Rien de plus.

Fabien s'adossa à son tour, surpris de la rapidité avec laquelle un sentiment d'abattement l'envahit. «Sans doute à cause de la mauvaise nuit que je viens de passer, songea-t-il.» Il avait peu dormi, tant à cause de la douleur au poignet que de la colère qui avait continué de le secouer en vagues successives jusqu'au matin.

– Une autre fiche, poursuivit Khaek, le nez sur son carton, indique une seconde adresse à Nakhon Phanom. Là encore, un homme m'a dit qu'il t'avait rencontré et qu'il ignorait où l'on pouvait joindre ton frère.

Il regarda Fabien par-dessus ses verres.

– J'ai bien l'impression qu'Henri n'avait pas l'intention de laisser qui que ce soit le retracer trop facilement.

– Mon frère est bien mystérieux, répliqua le garçon en mordillant sa lèvre inférieure. Il n'y a pas d'autres fiches?

– Je n'ai pas eu le temps de tout passer en revue, ce matin, mais Therng poursuivra les recherches aujourd'hui et, cet après-midi, à mon retour, je pourrai peut-être faire de nouveaux appels avec ce qu'elle aura récolté.

Khaek replaça des feuilles qui tombaient de la chemise et se leva pour prendre congé.

– Qui est Therng? demanda le garçon.

– C'est elle.

La jeune fille de seize ans arrivait à l'instant, un plateau chargé dans les mains. Des œufs frits, des toasts, du beurre, de la confiture et des tranches de jambon. Elle déposa le petit déjeuner sur la table, face à Fabien, en lui lançant son plus ravissant sourire.

– American breakfast, dit-elle.

– Mais... C'est une erreur, je n'ai rien commandé, protesta-t-il.

Khaek traduisit pour la jeune fille, qui ne se départit pas de son sourire. Elle était jolie, ce matin-là. Ses cheveux dénoués tombaient sur ses épaules, aussi légers qu'un voile de soie. Sa blouse blanche au col relevé, pudiquement boutonnée jusqu'au cou, ne laissait deviner qu'une légère courbe au buste et une taille très fine. Sa jupe ample descendait jusqu'aux genoux et dévoilait des jambes au teint hâlé et des petits bas blancs en coton. Ses souliers de toile usés avaient été longuement frottés afin de leur redonner une apparence plus neuve. Elle répliqua à Khaek d'une voix douce et se retourna vers Fabien, mais en gardant cette fois les yeux baissés.

L'homme chercha visiblement à masquer son amusement.

– Eh bien, dit-il, elle sait que tu n'as rien commandé. Elle dit qu'elle a profité de l'occasion pour t'offrir à manger.

Le Québécois se leva à demi en regardant tour à tour Khaek et la fille.

– Mais je ne peux pas accepter! Ce déjeuner est beaucoup trop cher pour elle. Il doit lui coûter une journée de travail.

Khaek sourit en haussant les épaules.

– On n'y peut rien. Ici, une femme qui désire s'attirer les faveurs d'un homme choisit souvent de passer par son estomac. Et... Et je crois que Therng a un béguin pour toi.

Fabien ouvrit la bouche pour émettre une nouvelle protestation, mais Khaek lui coupa la parole.

Tu dois accepter, Fabien, sinon ce serait une terrible insulte pour elle.

Il se rassit en s'efforçant de sourire à la jeune fille.

– Eh bien... Mon Dieu, je suis très mal à l'aise mais, dans ce cas, dis-lui... dis-lui que j'accepte son présent.

Khaek traduisit et les joues de l'adolescente s'empourprèrent aussitôt. Fabien joignit le bout des doigts dans un wai un peu gauche – à cause de son poignet blessé – et remercia Therng dans sa langue. Elle inclina la tête très bas, les mains jointes au-dessus de son front en signe de profond respect.

– Sawàt-dii khâ, salua-t-elle d'un voix faible.

Puis elle tourna prestement les talons et disparut dans la ruelle.

Khaek laissa échapper un petit rire en calant son dossier sous son bras.

– Bon appétit, mon ami. Je crois bien que tu viens de te trouver une excellente alliée pour fouiller dans les fichiers de l'hôtel. Si un feuillet au nom d'Henri a été égaré quelque part, cette charmante jeune fille saura bien remuer toute l'Indochine pour toi, afin de le retrouver.

– N'empêche que ça me rend inconfortable, tout ça, répliqua Fabien en regardant le plateau. Je vais essayer de lui trouver un petit cadeau en échange.

Khaek se détourna pour prendre congé et agita la main par-dessus son épaule en signe d'au revoir. Il rit.

– Comme tu veux, dit-il sans se retourner, mais n'en fais pas trop ou il te faudra l'épouser.

* * *

Le ciel n'était pas bleu, mais blanc. L'immense masse d'air humide véhiculée par le Mékong baignait le Nord-Est du pays dans un véritable sauna à ciel ouvert. Toute activité sur la rue Hai Sok semblait s'être arrêtée et l'hôtel lui-même paraissait plongé dans une torpeur impossible à secouer. Orang était accoudée au comptoir, les yeux à demi fermés. Derrière le bureau de la Lao Tours Agency, madame Charphakdee, penchée sur quelques documents, paraissait davantage dormir que lire. Aucun client, ni plus aucune femme de chambre, ne circulait maintenant dans l'établissement.

Réfugié dans sa chambre, l'appareil de climatisation au maximum, Fabien avait dénoué le petit sac en plastique autour de son poignet, l'avait vidé de son eau et rempli de glace pilée. Il replaça le tout sur sa blessure et l'entoura d'un bandage qu'il attacha au moyen d'une épingle. Tant qu'il ne touchait pas à sa blessure, la douleur était supportable. Il s'était assuré, en effectuant quelques mouvements du poignet, qu'aucun os n'était cassé.

Il s'étendit sur le lit et pensa à Henri. Pourquoi s'efforçait-il de brouiller ses pistes? Avait-il des ennemis? Le commerce auquel il s'adonnait était-il honnête? Fabien s'étonna de constater à quel point il ignorait tout de son frère. L'idole de son enfance, le modèle que calquait alors un adolescent gauche, qui cherchait à donner de lui-même l'image forte d'un homme en devenir. Henri. Sa voix puissante, son rire clair. Sa démarche assurée, son corps musclé.

Ses engueulades avec son père.

Fabien avait maintenant de la difficulté à visualiser les traits de son aîné dans sa mémoire. Des photos lui rappelaient son front un peu haut, la courbe osseuse de ses joues, son menton carré qui pointait vers l'avant. Un cliché le montrait près de la rivière, une casquette profondément enfoncée jusqu'aux yeux, qui enseignait la pêche à son petit frère. Une autre photo, prise dans la maison familiale lors d'une fête de Noël, trahissait son sens de l'humour. Déguisé en père Noël, il faisait mine de frapper Fabien – alors tout jeune – avec un bâton de baseball en plastique. Derrière eux, souriante, la petite Christine de trois ans à peine les regardait, une poupée de chiffon entre les mains.

« Qu'es-tu devenu, Henri, après toutes ces années ? se demanda Fabien. Ai-je raison de toujours autant t'aimer ? »

Il ferma les paupières. La scène avait joué tant de fois devant ses yeux clos qu'elle ressemblait maintenant à un vieux film qui aurait trop tourné. L'image aux couleurs délavées devenait floue, le décor s'effaçait. Henri serrait Marguerite dans ses bras en enfouissant le visage de sa mère dans le creux de son cou. Ils étaient restés ainsi un long moment. Une minute ? Quinze minutes ? Ce qui avait surpris Fabien, c'était que les yeux de sa mère étaient toujours secs après l'étreinte.

– Tu écriras ? avait-elle demandé à son fils.

– À une ancienne institutrice aussi pointilleuse que toi sur le français ?

Marguerite avait souri sans insister.

Christine avait à peine cinq ans. Pour elle, partir longtemps signifiait plus d'une semaine. Alors, elle ne comprenait pas trop pourquoi son grand frère, ce jour-là, cherchait autant à répandre de l'affection autour de lui. Ne voulant surtout pas être en reste, elle s'était avancée pour recevoir sa part. Henri l'avait soulevée pour la bercer doucement contre son épaule, puis, après un baiser bruyant sur la joue, l'avait reposée au sol.

– Tu ne feras pas pleurer maman, hein ? Tu seras gentille ?

– Oui, oui, avait-elle simplement répondu avant de s'en retourner vers ses poupées.

Puis il s'était tourné vers Fabien. L'adolescent de douze ans s'efforçait de réagir en homme, mais ses joues s'étaient malgré tout mouillées de larmes.

— Tu ne pleures pas, là, Fabien, hein?

— Non. J'ai simplement les yeux qui suent.

Il avait ri. De ce rire franc et fort qui le caractérisait. Il avait pris son frère par les épaules dans un geste viril et l'avait tiré vers lui. Joue contre joue, il avait murmuré à son oreille:

— Tu feras comme moi un jour. Toi aussi, tu choisiras cette solution.

Fabien avait baissé les yeux.

— Je ne sais pas.

— Je le sais.

Des tapes dans le dos, des mots étouffés dans la gorge, Henri s'était retourné une dernière fois vers sa mère.

— Bien sûr, tu n'attendras pas ton père, dit-elle d'un ton résigné.

— Non.

Elle avait hoché la tête et s'était montée sur la pointe des pieds pour l'embrasser sur la joue.

— Va, avait-elle dit. Finissons-en de ces adieux qui ne font que prolonger la douleur.

Il avait pris son sac et était sorti.

Quand Fabien s'éveilla, il n'était pas certain de ce qui l'avait tiré de son sommeil. Il s'était endormi sur le lit, son organisme prenant sa revanche sur la nuit précédente. Trois coups retentirent de nouveau sur la porte. Il se leva précipitamment en regardant sa montre. Seize heures! Il s'empressa d'aller répondre. Lorsqu'il ouvrit, une vague de chaleur envahit la chambre climatisée comme une bête furieuse. Devant ses yeux plissés en raison de la lumière vive, Fabien vit Khaek et Therng qui attendaient.

— On peut entrer? s'informa l'homme, sans attendre de réponse et en passant le seuil.

Therng le suivit en lançant un sourire timide.

— Je vous en prie, entrez, répliqua Fabien, moqueur, alors que Khaek s'installait déjà sur la chaise près de la commode.

Sa chemise du matin était de beaucoup défraîchie et deux cercles foncés apparaissaient sous ses aisselles. Ses cheveux collaient à son crâne, la sueur couvrait son visage. À côté de lui, Therng semblait aussi fraîche qu'une pêche.

— Voici peut-être quelque chose qui va nous aider à retrouver Henri, dit-il en glissant sur le bureau une enveloppe brune.

Fabien se réveilla complètement.

— Ah oui? Qu'est-ce que c'est?

— Des documents oubliés par ton frère lors de son dernier séjour.

— Sans blague!

Fabien avait allongé le bras vers l'enveloppe, mais Khaek le retint au passage.

— Attention, dit-il d'un air mystérieux. Il ne faudrait surtout pas que madame Charphakdee apprenne que cette enveloppe s'est trouvée entre tes mains. Elle en ferait une crise d'apoplexie. Avec son sens du devoir et de l'honnêteté, elle ne le supporterait pas.

Il désigna Therng.

— Et cette jeune fille, poursuivit-il, perdrait son emploi, ce qu'elle ne peut évidemment se permettre.

Fabien hocha rapidement la tête.

— Bien sûr, aucun problème en ce qui me concerne, dit-il, mais... mais d'où vient cette enveloppe?

— D'un classeur du bureau. Quand un client oublie quelque chose dans sa chambre après son départ – généralement un bijou ou une pièce de vêtement –, on conserve l'objet dans ce classeur pendant six mois. Si le propriétaire est un client régulier, on lui rend son bien lors de son passage suivant ou on lui retourne par courrier s'il le réclame. Le règlement de l'hôtel interdit aux employés de toucher à ces objets avant les six mois prescrits.

— Therng prend un sacré risque pour tes beaux yeux.

— Khop khun khrawp, Therng, dit Fabien, les doigts joints dans un wai. Et merci à toi aussi, Khaek. Tu as pris le même risque.

Khaek haussa les épaules en reprenant l'enveloppe dans ses mains.

— Oh, moi, tu sais, il y a longtemps que la Charphakdee ne m'impressionne plus. Bon, voyons maintenant ce que cette découverte peut nous apprendre.

Il vida l'enveloppe sur le bureau. Des bouts de papier de tout format et de toutes couleurs apparurent, plusieurs froissés, d'autres carrément chiffonnés. Khaek et Fabien en entreprirent rapidement le tri sous l'œil attentif de Therng. Des horaires de train entre Nong Khai et Bangkok, des billets d'autobus périmés qu'Henri avait utilisés entre Mukdahan et Nong Khai et entre Pakse et Savannakhet, des reçus de restaurant, des reçus de change, des documents en thaï que Khaek élimina, expliquant à Fabien qu'ils étaient, eux aussi, sans intérêt. Une liste de buanderie du Pantavee Hotel, un reçu de consommation au bar de l'hôtel et un billet d'avion poinçonné d'une ligne aérienne au Laos. Rien de précis, rien qui n'indiquât une adresse, un contact, une piste permettant de poursuivre les recherches. Fabien était abattu.

— Ce ne sont que des documents inutiles dont il se débarrassait, dit-il. Il les avait probablement triés dans cette enveloppe pour les jeter et les aura oubliés sur la commode de la chambre.

Khaek remua la tête, aussi résigné devant l'évidence.

— Probablement, oui.

— Merde!

Fabien lança une boule de papier sur le bureau en faisant voler quelques-uns des plus petits documents. Certains accomplirent quelques loopings avant d'atterrir sur le sol. Fabien pivota sur lui-même et se laissa tomber lourdement sur son lit.

— Je ne peux quand même pas l'attendre ici pendant des semaines en espérant le voir apparaître à tout moment, se plaignit-il en glissant sa main gauche entre sa tête et l'oreiller. Il doit bien exister un moyen de le retracer quelque part.

— Il ne vous écrivait jamais au Canada? s'informa Khaek.

— Jamais. Jusqu'à il y a deux ans, il téléphonait une ou deux fois par année pour prendre de nos nouvelles. Il s'informait de moi, de ma sœur, de la santé de notre mère. Jamais, il ne parlait de lui. Si on cherchait à savoir ce qu'il devenait, d'où il appelait, il restait vague et orientait la conversation sur l'un de nous. Il raccrochait dès que les propos risquaient de devenir sentimentaux. Henri est très orgueilleux.

— Ça, c'est quelque chose que j'avais cru noter, oui.

— Mystérieux et orgueilleux. Pourtant, il faudra bien...

— Khaek?

Therng venait de ramasser l'un des papiers sur le sol. Il s'agissait d'un reçu sans intérêt qui, en tombant, avait exposé une note griffonnée au crayon au verso. Elle montra le document à Khaek.

— Qu'est-ce que c'est? s'informa Fabien, déjà sur son séant.

— C'est le nom d'un homme, dit Khaek. Pramool Sukharan.

— C'est tout?

— Pramool Sukharan, Nonchad.

— Qu'est-ce que ça veut dire Nonchad?

Khaek leva les yeux au plafond.

— C'est le nom d'un village, je crois. Oui, je me souviens. Il est situé entre ici et Udornthani. Une bourgade de quatre cents habitants environ, pareille à des centaines d'autres qui pullulent dans la région. Nonchad. C'est bien ça.

Fabien s'approcha pour lire la note.

— Pramool Sukharan, répéta-t-il.

— Il y a peut-être un homme de ce nom à Nonchad qui pourrait nous éclairer.

— Khaek?

— Pas question, je n'ai pas le temps.

— Khaek, je t'en prie, c'est la seule piste qui me reste. Tu dois m'aider.

— Non, sérieusement, je n'ai pas le temps. J'ai un autobus d'Allemands à guider jusqu'à Luang Prabang pour les trois prochains jours.

Fabien passa sa main gauche dans ses cheveux, ramenant vers l'arrière les quelques mèches tombées sur son front.

— Zut! Comment je vais faire, moi, pour retrouver seul ce village perdu? Je parie tout ce que tu veux qu'il ne figure sur aucune carte.

— Pari gagné, répliqua Khaek. Et en taxi, ça va te coûter une fortune.

— Alors, quoi? Tu me dis que c'est de nouveau l'impasse?

Khaek entreprit de remettre les papiers dans l'enveloppe. Il parla sans regarder le garçon.

— Je te dis que si tu peux réprimer ton impétuosité pour trois jours, je pourrais te servir de guide à mon retour. Je dois me rendre à Udornthani pour une affaire. Je te dépose à Nonchad en passant et je te reprends le soir en revenant.

— Ça me convient parfaitement.

Khaek se retourna et dissimula l'enveloppe sous sa chemise. Fabien le regardait plein de reconnaissance.

– Dans ce cas, on se revoit dans trois jours, dit Khaek. Sawàt-dii khrawp.

– Sawàt-dii khrawp. Et merci pour tout.

– Remercie plutôt cette jeune fille, dit-il en sortant. C'est elle qui a trouvé l'enveloppe et la note derrière le bout de papier.

Fabien se tourna vers Therng qui s'apprêtait à emboîter le pas.

– Khop khun khrawp, Therng, dit-il en plaçant une main sur sa poitrine pour montrer qu'il était touché. Moi, très content. Toi, très gentille.

Elle sourit en baissant les yeux. Visiblement, elle n'avait pas compris les mots, mais devinait que le garçon lui adressait des paroles de gratitude. Un grand bonheur colora ses joues une fois de plus. Elle voulut émettre une formule de politesse, mais la phrase se perdit en un petit rire timide. Elle sortit.

# 5

— Tu as vu? demanda Fabien.

— Non. Quoi? s'informa Khaek.

— La pancarte. Il y était inscrit «Bon voyage», et en français, s'il vous plaît.

— Pas vu.

— Ça, par exemple. Je croyais que cette partie de l'Indochine n'avait jamais été colonisée par les Français.

Khaek leva un index.

— La Thaïlande est le seul pays du Sud-Est asiatique à avoir résisté à toutes les invasions et à n'avoir jamais été sous le joug de l'un ou l'autre des pays colonisateurs.

— Mais alors, la pancarte?

— Aucune idée. En tout cas, personne ici ne peut la lire, ça c'est certain.

— Mais enfin, il doit bien y avoir... Attention!

Khaek appuya brusquement sur la pédale de frein. La voiture dérapa dans un crissement de pneu et s'immobilisa de travers, deux roues en dehors du pavage.

— Quel idiot! jura Khaek, les yeux exorbités, les mains tremblantes sur le volant, le cœur battant à lui ouvrir la poitrine.

Au détour d'une courbe, sur la voie de gauche – la voie de circulation en Thaïlande –, une charrette tirée par un âne bloquait le passage. Quelques bidons et trois enfants constituaient le chargement de l'attelage. L'homme qui tenait les rênes ne paraissait même pas avoir remarqué la petite Toyota qui avait failli l'emboutir. Khaek embraya en première et passa lentement sur la voie de droite après s'être assuré qu'aucun autre véhicule n'arrivait en sens inverse. En arrivant vis-à-vis du conducteur de la charrette, il baissa la vitre de la portière pour lui lancer quelques mots en thaï. L'homme haussa les épaules et garda son regard sur le chemin devant lui.

— Quel idiot! répéta Khaek en remontant la glace et en accélérant pour reprendre la route. Il aurait pu tous nous tuer.

— Je me demande pourquoi il ne circule pas sur le côté du pavage, s'interrogea Fabien. Après tout, c'est bien assez large avant les mares sur le bas-côté.

— Probablement pour éviter les pierres que tu vois. Il ménage sa bête et les roues de sa charrette.

Il jura en thaï.

— Il a quand même failli nous tuer, l'idiot, insista-t-il.

— Moi, je ne trouve pas qu'il ménage quoi que ce soit, ajouta Fabien. La route est couverte de fissures et de nids-de-poule. Aussi bien rouler sur l'accotement.

— Et avec tout ça, moi, je suis en retard, continua à grommeler le Thaï.

— Je suis désolé, Khaek, c'est de ma faute.

— Mais non, tu n'es pas responsable. Je croyais que Nonchad était beaucoup plus près. J'espère que je n'ai pas manqué un embranchement quelque part.

— J'aimerais bien t'aider, mais toutes les pancartes sont en thaï.

— Ça ne peut pas être loin. Il me semble que c'était juste après le Bouddha dhyanna que l'on a croisé il y a dix minutes.

— Le Bouddha quoi?

— Dhyanna. Enfin, c'est-à-dire le Bouddha qui médite.

Khaek leva les yeux au ciel une seconde. Il cherchait les mots qui lui permettraient d'expliquer le plus simplement possible la symbolique complexe et rigide d'une iconographie millénaire.

— Les règles permettant de représenter le Bouddha sont très strictes. Le drapé des robes, par exemple, la direction des boucles de ses cheveux, les proportions du corps, etc. Même les postures sont minutieusement réglementées. On ne peut montrer le Bouddha n'importe comment dans n'importe quelle situation. La statue que nous venons de croiser, par exemple, exprimait la méditation, car ses deux mains reposaient sur ses jambes en position du lotus, paumes vers le ciel. Parfois, le bout des doigts de la main droite touche le sol, c'est un bhumisparsa. Il symbolise le moment où le prince Gautama, assis sous un banian, fit vœu de ne plus bouger jusqu'à ce qu'il ait reçu l'Illumination. En touchant ainsi la terre, il rendait la nature témoin de sa résolution. On retrouve aussi des bouddhas dhammachakka, où les mains imitent le geste de tourner la roue de Dharma; des bouddhas abhaya, debout, une main levée, la paume tournée vers l'extérieur, indiquant l'absence de peur; des bouddhas allongés, etc.

— Ça semble drôlement strict comme normes, non? fit remarquer Fabien.

— Pas plus que vos représentations d'un Jésus cloué sur une croix.

Khaek plissa le nez.

— Et nos icônes sont beaucoup moins cruelles!

La petite Toyota croisa un troupeau de vaches qui marchaient à la queue leu leu, suivi d'un petit garçon en haillons.

— Ça me paraît très rural, ici, pas vrai? s'informa Fabien.

— Ici, c'est la région la plus pauvre de la Thaïlande. On est loin des circuits touristiques du nord, à la frontière birmane. Les gens vivent principalement de la culture du riz. En ce moment, c'est la saison sèche; pour la plupart des villages, ça signifie la misère. Nombreux sont ceux qui doivent se déplacer vers les centres industriels pour gagner l'argent nécessaire pour faire vivre leur famille. Ils restent des mois éloignés de leur femme et de leurs enfants, attendant le retour des pluies afin de revenir cultiver les rizières.

Fabien approuva d'un léger «han-han».

— Tu fais bien rire Orang avec tes «han-han», dit Khaek, moqueur.

Le garçon sourit.

— Oui, je sais.

Puis il pointa quelques habitations le long de la route, des maisons de bois au toit de paille ou de tôle.

— Toutes ces maisons, dit-il, sont montées sur pilotis. Pourquoi? Les rizières sont pourtant loin derrière et les cours sont toutes en sable et en pierre. Est-ce que l'eau monte aussi haut à la saison des pluies?

— Non, ça n'a rien à voir. Les terrains deviennent plus vaseux, c'est certain, mais ce n'est pas la cause. Regarde, tu vois tous ces petits animaux qui grouillent dans la cour au milieu des enfants? Des poules, des canards, des cochons. C'est simplement pour éviter que les animaux entrent et sortent continuellement dans les habitations. C'est une question d'hygiène.

— Plutôt ingénieux.

Fabien remarqua les poteaux surmontés d'isolateurs qui étiraient vers les maisons de longs fils minces. Il s'étonna de nouveau.

— Ils ont l'électricité, ici?

— Bien sûr. En fait, pas comme en Amérique ou en Europe, mais chaque logis dispose de suffisamment de courant électrique pour allumer quelques ampoules et un téléviseur, et faire tourner un ventilateur. Pas question, évidemment, de brancher un réfrigérateur ou une cuisinière, mais c'est mieux que rien. En plus du transport de l'électricité, tous les puits artésiens des villages ont été creusés grâce à des subsides gouvernementaux. Notre roi bien-aimé se soucie du bien-être du peuple et il voit à ce que les élus – ou les militaires au pouvoir, ça dépend, précisa-t-il en riant – engagent des crédits pour l'aide directe aux communautés afin de pourvoir aux besoins de base.

Khaek donna une tape sur le volant en poussant un soupir bref.

— Ah! Nous y sommes!

Au détour d'une courbe, la route apparut bordée de chaque côté d'une arche primaire en bois où on pouvait lire des inscriptions en thaï. En général, il s'agissait de proverbes ou de souhaits de bonne chance. Sur l'une d'elles, Khaek avait probablement lu le nom du village, ou un message y référant.

La Toyota se stationna sous l'une des arches alors qu'un groupe d'enfants, non loin, cessait ses activités pour observer cet homme étrange à la peau blanche qui descendait de voiture.

— Je vais prendre mon sac à l'arrière, dit Fabien.

— Tu es sûr que tu ne préfères pas que je repasse te chercher à la fin de la journée, Fabien? demanda l'homme par-dessus son épaule.

— Non, ça va aller. Merci.

— Que feras-tu si tu ne trouves pas d'indice pour retrouver Henri? Pas facile de faire de l'auto-stop par ici pour revenir à Nong Khai.

Fabien chargea son sac en bandoulière et s'approcha de la portière du chauffeur. Il s'adressa à son ami par la vitre abaissée.

– Je te remercie pour tout, Khaek, tu as été un vrai copain pour moi. Si je ne trouve rien ici, c'est que la piste s'est éteinte. Dans ce cas, je partirai pour Bangkok, où je prendrai un vol pour retourner dans mon pays. D'un autre côté, si je découvre une piste, elle ne passera sûrement plus par Nong Khai. Alors, tu vois? D'une façon ou d'une autre, nos routes ne se croiseront plus.

– Tu vas briser des cœurs au nord.

Fabien revit les yeux rieurs de Therng, plus tôt ce matin-là, comme elle lui souhaitait une bonne journée, ignorant que le garçon ne reviendrait plus. Au cours des trois derniers jours, alors que le Québécois attendait le retour de Khaek pour partir, elle était devenue une compagne fidèle, apparaissant à tous les instants, s'informant des progrès de guérison de son poignet blessé, lui apportant à boire, à manger... Chaque fois que l'occasion se présentait, elle quittait sa place à la réception de l'hôtel pour venir le retrouver et, à défaut de pouvoir communiquer avec lui dans sa langue, échanger des sourires et des wai. Il avait fini par apprécier sa compagnie. Il en ressentit un léger pincement.

– Elle est très jeune. D'autres garçons auront amplement le temps de lui faire oublier le méchant farang parti sans au revoir.

Khaek tendit la main. Les enfants au loin s'approchèrent.

– Sois prudent, mon ami, dit-il. Et si tu retrouves ton frère, fais-nous le grand plaisir de revenir nous voir en sa compagnie.

– Je n'y manquerai pas, promit Fabien en lui serrant la main aussi fort que le lui permettait son poignet sensible. Tu as été très chic; je penserai souvent à vous tous à Nong Khai.

La voiture redémarra, contourna la bande d'enfants et disparut au loin derrière une rangée de bananiers. Fabien pivota pour observer les alentours. Il se demandait un peu par où il débuterait ses recherches. Les maisons de bois sur pilotis se ressemblaient toutes, construites selon les mêmes règles architecturales. Les toits de paille et d'herbes sèches, parfois surmontés de feuilles de tôle, s'étiraient pour couvrir une véranda d'une superficie égale à l'habitation elle-même. Une échelle en bois permettait l'accès à la terrasse où s'empilaient des jarres en terre cuite et des batteries de cuisine plus modernes. On pouvait également voir quelques maisons des esprits rudimentaires. De longues clôtures de bois séparaient les terrains les uns des autres en ondulant selon les caprices du terrain. Partout, des animaux de basse-cour allaient et venaient en toute liberté, d'une propriété à l'autre. Derrière certains regroupements de maisons – appartenant probablement aux membres d'une même famille –, des rizières offraient leur peau desséchée aux rayons de soleil meurtriers.

Les enfants encerclaient maintenant Fabien. Une dizaine de garçons et fillettes, âgés de six à douze ans, vêtus de t-shirts usés, illustrés de logos de marques de bière ou de groupes rock américains, qui portaient des pantalons et des jupes de coton, sauf une fillette habillée seulement d'un slip. Pieds nus et terriblement sales, ils regardaient le Québécois de haut en bas en chuchotant et en pouffant de rire.

— Sawàt-dii khrawp, salua Fabien.

— Sawàt-dii, répétèrent en chœur les enfants.

— Aucun de vous ne parle anglais, hein? Non, bien sûr.

Un garçon un peu plus âgé lui posa une question en thaï.

— Mâi khâo jai; phûut phaasa thaï mâi pen, répondit simplement Fabien. Je ne comprends pas; je ne parle pas thaï.

— Farang!

Le Québécois se retourna. Un groupe d'hommes approchait. Ils étaient six. L'un d'eux, au centre, était plutôt grand pour un Thaï. Sans être obèse, il était corpulent et ses «seins» pointaient sous sa chemise, pareils à ceux d'une femme. Il tenait dans ses mains un poteau de clôture.

— Farang, quoi tu fais avec enfants? demanda ce dernier dans un anglais boiteux.

Fabien fut surpris du regard mauvais que ces hommes lui lançaient. C'était la première fois qu'il décelait de l'hostilité chez les Asiatiques.

— Ces enfants cherchent à me parler, répondit-il, mais je ne comprends pas votre langue.

— Toi, Denault, hein? s'informa un homme derrière.

— Hein? Mais oui!

«Ils connaissent Henri! eut le temps de songer Fabien.»

— Alors, toi parles thaï! dit un homme avant de lancer un flot de paroles incompréhensibles au visage du Québécois.

— Écoutez, protesta Fabien alors que l'homme corpulent faisait un pas vers lui sans cesser de le fixer dans les yeux, les lèvres scellées. Je ne suis pas...

Du coin de l'œil, il vit arriver l'extrémité du poteau de clôture. Il chercha à l'éviter en faisant un pas de côté, mais il ne fut pas assez rapide et sentit la pointe s'enfoncer dans son ventre, juste sous la dernière côte. Le bout arrondi ne perça pas la peau, mais Fabien perdit son souffle. Rejetant d'un seul coup tout l'air dans ses poumons, il s'écroula sur le sol par-dessus son sac de voyage. Rapidement, il voulut se relever, mais un coup de pied qu'il ne vit pas venir l'atteignit sur l'arcade sourcilière, provoquant un feu d'artifice. Il roula sur le pavé en terre, soulevant un nuage de poussière. Il resta groggy une seconde ou deux, puis sentit qu'on le tirait par les cheveux et le col de sa chemise. Il se protégea le visage avec le bras et tenta d'anticiper la prochaine attaque, mais ses yeux étaient remplis de sable et un liquide chaud rougissait sa vision et l'aveuglait. Il encaissa un autre coup dans les côtes et un autre encore sur le haut de la joue. La chaleur disparut en même temps que le goût de terre dans sa bouche. La lumière s'éteignit comme on ferme un commutateur.

\* \* \*

La vitre était totalement givrée. Au travers, Fabien distinguait confusément la silhouette d'Henri qui lui tendait la main. Le garçon tourna la tête et vit qu'il flottait à quelques mètres du sol. Il tendit la main à son tour, mais Henri n'était plus là.

Puis des têtes asiatiques apparurent autour de lui. Des visages étaient menaçants, grimaçants, d'autres, seulement étonnés. La plupart étaient muets, mais certains parlaient. Fabien n'entendait rien. Un grondement sourd vibrait dans ses oreilles.

Un ange apparut.

Un ange magnifique, avec de longs cheveux blonds et des yeux d'un bleu intense. Sa peau semblait si blanche au milieu des visages thaïs. L'ange chantait un cantique, sûrement, car ses lèvres psalmodiaient des paroles. Fabien aurait bien aimé entendre, mais il y avait toujours ce bourdonnement.

Et l'ange s'évanouit.

Il ne resta que les visages thaïs. Il vit des mains qui le touchaient, le palpaient, le remuaient, mais il ne sentait rien. Pas même de douleur là où on l'avait pourtant frappé. Des sarongs se mirent à flotter autour de lui, pareils à de larges rideaux qui tournoyaient, entraînant un maelström de couleurs. Le bourdonnement s'accentua. Ses yeux montèrent d'eux-mêmes vers le ciel; le soleil y brillait, mais sans chaleur.

Puis il eut soif. Une sensation si intense et soudaine qu'il se surprit à en souffrir. C'était la première fois de sa vie. Lui qui venait d'un pays où l'eau se trouve en abondance, il s'était transformé en grain de riz, perché au bout d'une tige, réclamant de ses racines l'humidité qu'elles ne puisaient plus. Il était le buffle, immergé dans la vase, qui cherchait la mare évaporée vers le ciel et transformée en nuage. Il était l'insecte surpris dans la plaine et brûlé sur la pierre.

Le commutateur s'éteignit de nouveau.

\* \* \*

L'ange était revenu, les yeux encore plus bleus, les cheveux plus blonds, la peau plus pâle. Il chantait toujours et Fabien savait qu'il entendrait bientôt ses paroles, car le bourdonnement diminuait. Il sentit ses lèvres trembler et eut l'impression que son corps baignait dans l'eau jusqu'aux narines. Un liquide froid coula sur son cou comme la douleur montait de son côté. Un martèlement dans son crâne le fit geindre et il constata que le décor brouillé autour de lui venait uniquement de son œil droit. Ses reins lui renvoyaient la dureté du sol où il était étendu et il sentit ses omoplates appuyées contre les boucles d'attache de son sac de voyage.

– Ça va, Fabien?

Reprenant totalement ses esprits, il s'aperçut qu'on l'avait tiré à l'ombre d'un banian. Il souffrait atrocement. Curieusement, ce qui le dérangea le plus était que l'ange fut toujours là. La créature céleste retirait doucement la bouteille qui l'avait abreuvé.

– Mais... Mais qui êtes-vous? Qu'est-ce que vous m'avez fait boire?

L'ange posa la bouteille sur le sol. Ses cheveux flottèrent dans le mouvement, créant une vague blonde qui se répandit jusqu'au milieu du dos. Il s'agissait d'une femme magnifique comme rarement Fabien en avait connu. Il remarqua qu'elle portait de petites lunettes cerclées de métal.

– Qu'est-ce que j'ai bu? insista-t-il.

– Rassurez-vous, c'est de l'eau en bouteille.

La voix était douce, chantonnante. L'accent était nord-américain. Des provinces de l'Atlantique ou le Nord des États-Unis.

Elle revint vers lui, son visage plus près.

– Alors? Comment vous sentez-vous? Vous avez mal?

Fabien essaya de se lever sur les coudes, mais la douleur au côté lui tira un gémissement. Sa tête se renversa sur le sac sous lui.

– Ne bougez pas, dit l'ange. Vous avez une vilaine blessure à l'œil. Le sang a cessé de couler, mais il faudrait la nettoyer un peu.

Elle était si douce, si calme auprès de lui qu'il ne sentit pas le besoin de protester. De ses mains légères et fines, elle humecta un mouchoir avec l'eau et frotta doucement l'arcade sourcilière de Fabien, juste au-dessus de son œil fermé. Il éprouva une vive douleur, mais se garda de geindre.

– Qui êtes-vous? demanda-t-il.

Elle répondit sans qu'il puisse voir son visage, masqué par son côté aveugle.

– Je me nomme Gail Carson. Je suis de New York. Manhattan, plus précisément.

– De New?...

Fabien aurait bien voulu voir le décor autour de lui, mais tout était encore trop brouillé. Les arbres ressemblaient bien à des bananiers, oui; les visages, au loin, tournés dans sa direction, avaient l'air asiatiques. Les cheveux étaient noirs. Le soleil plombait aussi fort qu'avant.

– On est bien toujours en Thaïlande? demanda-t-il. Combien de temps ai-je dormi?

Elle ne riait pas.

– Si vous avez gardé votre sens de l'humour, dit-elle, c'est sans doute que les blessures ne sont pas tellement graves. Bien sûr, nous sommes en Thaïlande; vous avez été inconscient à peine cinq minutes.

Fabien constata avec soulagement que sa vue brouillée retrouvait peu à peu son acuité. Il put constater que l'Américaine portait une blouse légère en soie bleu cendré, boutonnée jusqu'au cou. On devinait un soutien-gorge noir en dessous. Une amulette à l'effigie de Bouddha se balançait au bout d'une chaînette en or. Des jeans salis de poussière moulaient ses longues jambes fines au bout desquelles de simples babouches étaient retenues par une lanière de plastique passant entre deux orteils.

Il distinguait mieux les Thaïs, également, rassemblés autour de lui. Apparemment, l'Américaine leur avait demandé de ne pas s'approcher trop afin de faciliter son intervention. Un premier groupe de trois hommes se tenait plus près, juste derrière elle. Sans doute l'accompagnaient-ils, car ils paraissaient moins agressifs que les autres villageois qui le dévisageaient. Parmi ceux-ci se tenaient hommes, femmes et enfants confondus. Des mères avec des poupons dans les bras, de vieilles dames, des bambins qui s'amu-saient à courir autour des adultes, quelques hommes aux bras croisés, des adolescents, appuyés sur une jambe, qui cherchaient à prendre un air dégagé, mais que la scène troublait inévitablement. Fabien reconnut le petit groupe qui l'avait attaqué. Il retint un frisson en croisant leur regard froid.

— Voilà, Fabien, dit la femme en réapparaissant dans son champ de vision. Votre œil n'a pas été touché; il est fermé unique-ment en raison de l'enflure de votre sourcil. Un beau beigne noir pendant quelques jours, puis ça deviendra un souvenir. Mainte-nant, voyons votre côté.

Le garçon vit les longs doigts délicats détacher les boutons de sa chemise. Quand elle tira sur le vêtement pour le dégager, il sentit une douleur moins vive qu'il ne l'avait craint. Il respira le parfum léger des cheveux qui caressaient son visage.

— Comment savez-vous mon nom? demanda-t-il alors qu'elle examinait ses côtes.

— Votre passeport, répondit-elle simplement. Pendant que ces messieurs vous tiraient sous l'arbre, j'ai vérifié pour savoir à qui j'avais affaire.

— Et pouvez-vous m'expliquer pourquoi... Aïe! S'il vous plaît, allez-y doucement!

— Pardon.

— Pourquoi ces gars m'ont attaqué? Je n'avais rien fait, moi.

— Il y a peut-être eu une petite maldonne, répondit l'Améri-caine en changeant de côté et en s'intéressant à une tache de sang qui commençait à sécher. Vous ressemblez manifestement à un homme qu'ils ne portent pas dans leur cœur, un homme qui a causé beaucoup de tort à certains habitants du village. De plus, il porterait le même nom de famille que vous.

— Il s'agit de mon frère, dit Fabien en grimaçant lorsque le mouchoir humide toucha sa blessure. J'aimerais bien savoir ce qu'ils lui veulent. Aïe!

— Désolée.

Elle recula, le mouchoir taché de sang.

— Il faut mettre de la pommade et protéger le tout avec un pansement propre. Comme je ne connais pas l'état de vos côtes et que je ne sais pas si vous souffrez de blessures internes, je vais demander à ces messieurs de vous installer dans notre voiture et de vous transporter à Udornthani. Je connais un médecin, un copain, qui saura vous soigner.

– Non. Attendez, non, je ne sais pas. Je... Dites-moi, qui êtes-vous?

– Je vous l'ai dit, je me nomme Gail...

– Je veux dire: que faites-vous ici? D'où sortez-vous?

Elle rit enfin. Ses dents étaient blanches et bien disposées. Les incisives un peu longues, peut-être. Fabien remarqua que sa beauté n'était pas parfaite, finalement. Son nez un peu trop retroussé, son menton trop pointu, trop proéminent, ses joues un peu creuses...

Elle s'assit sur ses talons en reprenant le sac que tenait l'homme derrière elle. Elle y plongea la main tout en répondant.

– J'enseigne l'anglais à Vientiane, au Laos. Ce n'est pas loin d'ici. Par l'entremise d'une société philanthropique basée en Amérique, Plan International, je participe au développement communautaire de cette région défavorisée. Je parraine une petite fille du village et j'étais en visite ce matin avec des représentants de la société lorsque les cris de vos attaquants nous ont attirés.

Elle hocha la tête.

– Je crois bien que sans notre intervention, on vous servait comme dessert aux animaux de la basse-cour, ce soir.

Elle aida Fabien à se lever sur un coude. Il ne grimaça pas.

– Et vous? demanda-t-elle à son tour. Que faites-vous tout seul ici, dans ce village perdu au fin fond de nulle part? Que cherchiez-vous auprès des enfants?

– Je m'apprêtais à m'informer. Un ami m'a déposé ici, plus tôt. Je cherche mon frère, Henri, dans toute l'Indochine et j'ai de bonnes raisons de croire que quelqu'un dans Nonchad pourrait m'indiquer soit où le trouver, soit où continuer à le chercher.

Elle tourna la tête vers les hommes qui gardaient leur expression méfiante. Fabien poursuivit.

– Qu'est-ce que tous ces hommes font ici, d'ailleurs? Ne devraient-ils pas travailler à l'extérieur de la région pour faire vivre leur famille?

– Précisément, dit Gail en se levant. Ces hommes n'ont pas osé quitter leur famille cette année pour les protéger.

– Les protéger? s'étonna Fabien en cherchant à se lever à son tour. Les protéger de quoi?

– De votre frère, entre autres.

Il retomba sur son coude et sentit une douleur cuisante sur le côté. Il en perdit le souffle une seconde.

– De mon?... Qu'est-ce que vous racontez?

Elle fit signe aux trois hommes qui l'accompagnaient et leur glissa quelques mots en thaï. Ils s'approchèrent vers Fabien et, le saisissant par les aisselles, le soulevèrent pour l'aider à se remettre sur ses pieds. Les dents serrées, transpirant sous l'effort, il y parvint, mais dut se résigner à rester debout uniquement avec l'aide de ses deux béquilles humaines.

– Qu'est-ce que vous dites, Gail? répéta-t-il. Qu'est-ce que ces villageois ont à craindre de mon frère?

Elle baissa les yeux, puis s'adressa de nouveau aux Thaïs. Elle discuta ensuite avec une vieille femme et, finalement, elle se rapprocha de Fabien.

– Si vous pouvez marcher jusqu'à cette maison là-bas, nous allons nous rassembler et je vais prendre un moment pour vous raconter une bien triste histoire.

– Une histoire? Gail, ça semble...

Il fit un geste las de la main. Il avait mal, il avait soif, il avait chaud.

– D'accord. Quelle histoire?

– L'histoire d'un homme qui ne possédait que du bonheur et qui, maintenant, chaque jour, doit lutter contre l'enfer et ses démons. L'histoire de Pramool Sukharan.

\* \* \*

Fabien avait été soulagé de constater que ses blessures n'étaient sans doute que superficielles. Il était parvenu, après quelques pas, non seulement à marcher seul jusqu'à la maison, mais également – avec d'infinies précautions – à monter l'échelle. Il était maintenant étendu sur l'un des tapis de paille tressés qui recouvraient la véranda. Un oreiller avait été glissé dans son dos, appuyé contre le garde-fou. Au-dessus de sa tête, un toit de tôle, conçu pour protéger de la pluie davantage que du soleil, réverbérait une chaleur vive, en dépit de l'ombre prodiguée par un bouquet de cocotiers.

Dans la cour, le caquètement des poules et des canards, le grognement des cochons et les aboiements des chiens se mêlaient aux rires des enfants. Pendant un moment, un groupe d'adolescents s'étaient amusés à jouer une partie de takhâw, un jeu de ballon typiquement asiatique. Deux équipes s'étaient fait face de chaque côté d'un filet comme au volley-ball. Le jeu consistait à envoyer d'un côté à l'autre du filet une balle de rotang tressé, à peine plus grosse qu'un poing, sans que les joueurs aient le droit d'y toucher avec les mains ou les bras. Il s'en était suivi un ballet d'acrobaties extraordinaires où la tête et les pieds étaient principalement mis à contribution. Fabien s'émerveilla de voir ces garçons sauter pour frapper la balle par-dessus le filet avec leurs pieds nus. À côté d'eux, des enfants plus jeunes tapaient sur un ballon de soccer en se poursuivant mutuellement à la lisière d'un champ où broutaient des chèvres.

La vie du village en cette saison sèche semblait se limiter à tuer le temps. Les gens allaient et venaient sans but précis, recherchant l'ombre du moindre feuillu, de la moindre construction. Bientôt, la fournaise trop ardente de la mi-journée les convaincrait de se réfugier dans leur logis pour dormir un peu. La préparation des repas, les tâches ménagères comme puiser l'eau du puits se feraient à la brunante, lorsque l'air redeviendrait supportable.

Dans la cour de la maison, une table basse à l'ombre avait réuni quelques voisins qui s'y étaient assis pour observer Fabien. En face du garçon, sur la véranda, une vieille dame vêtue d'un gilet et d'une longue jupe en coton tressé s'était assise en tailleur, le dos appuyé contre le mur. Au-dessus d'elle, un calendrier, quelques photos du roi Bhumibol, deux affiches aux dessins naïfs prévenant du danger causé par le sida côtoyaient des crochets auxquels étaient suspendus des sacs, des pièces de vêtements et quelques boîtes de conserve vides contenant du répulsif à insectes. Près de la vieille dame, deux femmes, des enfants, les trois hommes qui accompagnaient Gail et, finalement, l'Américaine elle-même, placée directement en face de Fabien, s'étaient assis par terre en prenant soin d'éviter que les pieds, la partie la plus basse, donc la moins noble du corps, ne pointe vers quelqu'un d'autre, ce qui aurait dénoté l'irrespect. Une fillette coiffée de couettes et vêtue d'un t-shirt aux couleurs du drapeau américain et d'un vieux pantalon de jogging hérité probablement de ses frères et sœurs plus âgés se tenait tout près de Gail, la tenant par la main, sa petite tête appuyée contre le bras de la jeune femme.

— Je vous présente Wadcharee, dit Gail à Fabien. C'est l'enfant que je parraine. Elle a huit ans. Elle vient de commencer l'école et obtient d'excellentes notes.

Un des hommes se pencha vers l'Américaine pour lui parler. Gail répondit et Fabien remarqua que la jeune femme terminait ses phrases, même les plus banales, dans un ravissant sourire. Ils échangèrent encore deux ou trois phrases en lorgnant successivement le Québécois et les hommes demeurés en bas pour observer la véranda.

– Vous parlez couramment leur langue? demanda Fabien à Gail.

– Pas couramment, répondit-elle, mais suffisamment pour comprendre et être bien comprise. Ici, ils ne parlent pas thaï, vous savez. C'est de l'isan, la langue parlée au Laos. Dans la région, elle est pimentée de mots et d'expressions thaïs qui en font un curieux mélange, ce qui rend parfois difficiles les échanges entre communautés.

Les hommes en bas lancèrent quelques phrases qui exprimaient une vive colère. Puis, les représentants de Plan International qui accompagnaient Gail leur signifièrent leur opinion, et ils s'en furent retrouver les femmes assises sur la table basse et se tinrent cois.

– C'est vraiment étrange, dit Gail en observant les hommes. Les Thaïs sont en général des gens d'une extrême sérénité qui considèrent la colère comme une attitude honteuse. Leur philosophie est celle du mâi pen rai: ça ne fait rien, ce n'est pas grave. Ils vous répètent souvent cette phrase plutôt que de se fâcher ou de vous mettre dans l'embarras.

Elle plongea ses immenses yeux bleus dans le regard de Fabien et poursuivit.

– Or, ces gens en bas vous en veulent à mort. Pas pour ce que vous avez fait, mais pour ce que votre frère a fait. Ils en veulent au sang qui coule dans vos veines.

Fabien se sentit étourdi. Ses lèvres s'asséchèrent.

– Mon Dieu, Gail, que s'est-il passé ici? demanda-t-il.

– Je vous avais promis une histoire, dit-elle, la voici:

«Pramool Sukharan est un habitant du village. Il vit, ou plutôt vivait, dans la maison que vous apercevez là-bas, de l'autre côté du chemin de terre. Il a une femme, un fils de dix ans, une fillette de huit ans et une autre de trois ans. L'an dernier, après la récolte du riz et au début de la saison sèche, il est parti comme la plupart des villageois pour travailler à la construction d'une route près de Bangkok. La tâche et l'exil étaient difficiles et Pramool, par son esprit peut-être un peu plus faible, son caractère plus fragile, peinait davantage que les autres. Le travail des champs lui manquait, la tendresse de sa femme également. Un soir, alors que les travailleurs rejoignaient leur couche, des hommes de la ville sont arrivés avec des filles. Après les bakchichs d'usage aux contre-maîtres du chantier, ils ont partagé des bières et du Maekhong, un whisky local à base d'alcool de riz. Des villageois ont accepté les faveurs des filles, la fête a perduré. Au petit matin, plusieurs travailleurs avaient dilapidé leurs gains. Qu'importe, se disaient-ils, quelle nuit ils avaient connue! Au soir du surlende-main, les hommes et les filles sont revenus. Cette fois, ils appor-taient avec eux, outre la bière et le Maekhong, des sachets de mort blanche: de l'opium. En trois visites, Pramool était accroché à la tueuse. Tous les gains qu'il avait accumulés pour faire vivre sa famille y ont passé. Pour lui, femme et enfants n'existaient plus. Il ne travaillait maintenant que pour le mirage de la poudre.

«Mais la drogue est exigeante et, rapidement, Pramool n'eut plus les moyens de se payer ses rêves. Alors, il vendit sa montre, ses chaussures, puis hypothéqua ses gains à venir. Quand arriva la fin du chantier et qu'il fallut retourner au village, il se trouva devant un dilemme terrible: sa famille ou la tueuse. Il fit le mauvais choix.

«Pramool refusa de suivre ses compagnons et se retrouva à Bangkok, où il pourchassait son faux paradis. Des quais malsains où clapotaient les eaux des khlong aux rues fiévreuses du quartier de Patpong, Pramool erra quelques jours, vivant d'expédients, perpétrant mille larcins pour se procurer l'argent réclamé par sa chimère. Un homme en particulier lui procurait sa petite dose de mort. Un soir, il lui fit crédit. Puis le soir suivant. Et d'autres soirs encore, jusqu'à ce que Pramool ne puisse plus voir la fin du gouffre où il s'était précipité. Dans son esprit germa alors le projet le plus aberrant qu'il puisse fomenter, un dessein si résolument contraire à son caractère qu'on se demande depuis si Pramool est bien toujours Pramool. Il avait décidé de tuer un homme pour le voler. Un touriste quelconque, un inconnu. Pas un Thaï. Un homme venu de si loin qu'il aurait l'impression qu'il n'existait pas vraiment et que, par conséquent, il n'aurait pu avoir tué. Sur les quais de Tha Tien, un soir, il s'exécuta. Un touriste australien qui marchandait les faveurs d'une prostituée opérant sur les bacs fut sa victime. La fille hurla, les proxénètes s'en mêlèrent, la police arriva. Par un coup de chance extraordinaire, Pramool réussit à s'enfuir. S'il s'eut agi uniquement de petits meurtres entre racailles thaïes, la police ne se serait pas émue du crime, mais le gouvernement australien, en pleine période électorale, fit des pressions. Pramool dut se cacher. Son signalement parut partout.

«Il est arrivé au village comme un mort vivant. Sa propre femme ne l'a pas reconnu et l'a repoussé. Il a fallu ses compagnons de voyage pour le reconnaître et permettre à sa famille de l'héberger. Lui, le mari amoureux, le père aimant, le vaillant agriculteur, il est resté des jours sans parler, sans manger, sans dormir presque, à dépérir et à pleurer sa drogue. Il souffrait de convulsions et vomissait à tout instant. Personne ne connaissait l'épisode de l'Australien. On cherchait à le rassurer, à le soigner, à ramener le Pramool d'antan.

«Un matin, un homme blanc est arrivé de Bangkok. Un cowboy magnifique aux bras musclés, à la démarche sûre, au sourire généreux. Il s'appelait Henri Denault. Il cherchait Pramool. On le conduisit auprès de lui. En l'apercevant, Pramool bondit sur ses pieds. Lui si amorphe redevint soudain exubérant, bavard. Il remerciait l'homme de sa venue, le touchait, lui baisait la main. Une attitude déplacée, voire choquante. Denault l'emmena à l'écart et ils parlèrent un long moment. La conversation s'animait parfois, non pas parce que Denault perdait patience, mais plutôt parce que Pramool, le Thaï, avait perdu toute sa dignité et s'emportaient en plaidant ses arguments. Tantôt il criait, tantôt il pleurait, mais jamais il ne sembla parvenir à modifier la position du cowboy blanc. Celui-ci n'était pas venu offrir à Pramool ses bonheurs cachés au fond d'un petit sac en plastique, il venait réclamer son dû. Le montant du crédit accordé par un revendeur à la solde des Triades, la puissante mafia chinoise.

«Pramool n'avait pas les moyens de rembourser. De plus, il ne pouvait même pas se permettre de quitter son village pour travailler sans risquer de se faire prendre par la police. L'impasse était totale, le fond du gouffre, atteint. Alors, Denault proposa une solution de paiement. Pramool lui donnerait sa fille Khiang en guise de remboursement. Elle deviendrait, à huit ans, prostituée dans les bordels de Bangkok. La conscience de Pramool était descendue à un niveau tel qu'il n'hésita pas une seconde. Il fit une contre-offre: sa fille en paiement de ses dettes et d'un sachet d'opium. Denault marchanda le grammage, l'accord fut conclu, et il repartit avec l'enfant, qui se demandait bien pourquoi son père l'autorisait ainsi à monter dans la voiture d'un étranger. Quand la femme de Pramool apprit ce qui s'était passé, elle tomba d'épilepsie. Elle saliva en se contorsionnant sur le sol, sous le regard d'un mari qui souriait, sans méchanceté, simplement sous l'effet du bonheur que lui procurait la destruction qu'il venait de s'injecter.

«Les villageois ont vivement réagi à ce qui s'est passé. Trois d'entre eux – parmi ceux qui vous ont attaqué – sont partis pour Bangkok en espérant ramener l'enfant. Après des semaines, ils sont revenus bredouilles et vivement secoués par les horreurs qu'ils y ont vues. Ils ont également rapporté l'histoire du touriste australien. À force d'arguments, de menaces, ils ont fini par convaincre Pramool de se livrer à la police. Rejeté par sa famille, détruit par le manque de poudre, celui-ci avait conclu qu'il valait mieux retourner là où il pourrait éventuellement renouer des liens avec les vendeurs. Un matin, sans un regard pour sa famille, il a pris le bus.

«Ensuite, les pluies sont venues, le riz a été semé, les récoltes vendues. On n'a plus revu Pramool Sukharan. Il doit se trouver en prison quelque part à Bangkok, ou les pieds liés au fond d'un khlong, l'un de ces canaux qui quadrillent la capitale.

«Aujourd'hui, les villageois cherchent à oublier, mais craignent désormais de quitter leur famille. Les femmes refusent de laisser leur mari partir. L'épouse de Pramool Sukharan, quant à elle, vit recluse avec ses deux autres enfants, en réclamant matin et soir sa fille disparue. On dit qu'elle est devenue folle, qu'elle parle seule et que la nuit elle hante les chemins de terre en appelant son enfant.»

Gail avait baissé le ton et chuchota presque les dernières phrases. Ses yeux étaient fixés dans le vague, ses doigts trituraient distraitement un brin de paille du tapis.

– Je ne croyais pas au démon avant, reprit-elle en relevant doucement la tête. Maintenant, je sais qu'il existe. C'est votre frère.

Fabien ne réagit pas. Il était resté immobile tout au long du récit, le regard rivé sur les dessins dans la fibre du bois. Son œil valide était noyé d'eau et, en relevant la tête à son tour, il ne distingua de Gail et des Thaïs qu'une image embuée. Sa douleur au côté, son sourcil blessé lui paraissaient bien dérisoires en comparaison avec les malheurs que son frère, son sang, avait apportés au village. Étourdi, il fut pris d'un haut-le-cœur. Il vomit sur le tapis. Le liquide rejeté s'infiltra dans les fibres, coula sur le bois et s'écoula dans la cour en contrebas. Personne ne réagit. Les poules ne caquetaient plus, les chiens n'aboyaient pas. Les oiseaux s'étaient réfugiés dans le couvert des arbres et les buffles s'étaient étendus dans les plans séchés des rizières. On aurait dit que la nature elle-même était touchée par les épreuves de l'épouse Sukharan et le désarroi soudain de Fabien.

Le garçon demeura penché sur le côté, le nez toujours en direction du sol. Son œil chargé d'eau se libéra des larmes qui s'écoulèrent en suivant les traces des vomissures. Il tourna la tête et se laissa choir contre l'oreiller sous lui. Il se demanda comment ces hommes pouvaient rester sans rien faire, alors que les dévorait l'envie de monter le rejoindre et finir le travail commencé plus tôt. Il se sentait terriblement coupable de leur tragédie.

Lorsque la main de Gail vint essuyer les larmes sur sa joue, il éclata en sanglots.

# 6

Robert Spence était plutôt grand : six pieds deux ou six pieds trois. Il portait une blouse blanche dont les manches, même longues, n'arrivaient pas jusqu'à ses poignets. Son visage émacié ressemblait à celui d'un patient plutôt qu'à la figure d'un médecin. Ses yeux étaient exorbités, ses lèvres tremblotantes et son teint verdâtre. Une calvitie prononcée lui laissait une couronne de cheveux courts en broussaille, ceignant l'arrière de son crâne tel un diadème renversé. Son front vermiculé de rides surmontait d'épais sourcils hirsutes qui remontaient à leur extrémité comme des cornes de buffles. Fumant cigarette sur cigarette, l'homme déplaçait autour de sa tête un perpétuel nuage gris.

Spence était agité de nombreux tics nerveux. Par exemple, lorsqu'il parlait, sa tête était secouée de petits et rapides mouvements de côté ou encore, ses paupières se mettaient à cligner sans pouvoir s'arrêter. Quand il écoutait un patient, il étirait des grimaces qui pouvaient passer pour des sourires, mais qui s'éteignaient aussi vite qu'elles étaient apparues.

Malgré son physique peu séduisant, Spence était l'un des hommes les plus merveilleux que Gail ait connu. Bien qu'il approchât de la cinquantaine et qu'elle ne fût que dans la trentaine, elle ressentait une attirance irrésistible envers le médecin. La grandeur de son âme et la bonté de son cœur n'avait d'égal, lui disait-elle parfois, que l'étendue des terres d'Asie – l'Est de la Russie y compris. Dès sa sortie de l'université, il y a déjà si longtemps qu'il prétend ne plus s'en souvenir, il rêvait de soigner des fièvres jaunes sur le continent noir et des blessures rouges aux îles Turquoises. Sa vie s'était résumée en une suite d'hôpitaux de brousse et de dispensaires de fortune, dans les pays dévastés par la guerre ou les catastrophes naturelles. Embauché par diverses organisations caritatives, il avait parcouru des continents entiers, en agitant ses mains magiques qui soignaient et apaisaient des patients de toute appartenance ethnique, politique ou religieuse. Aujourd'hui, il exploitait sa propre clinique privée près d'Udornthani, dans la partie la plus défavorisée de la Thaïlande.

Spence avait été marié une fois, mais c'était il y a si longtemps qu'il avait oublié le prénom de sa femme. Infirmière dans un hôpital de Londres, elle ne s'était jamais résolue à suivre son mari au bout de ses «folies». Ils se sont quittés quelques semaines après la noce et ne se sont plus jamais revus. Gail ne croyait pas toujours les confidences de son copain, surtout que celles-ci ne survenaient en général que pendant les soirs de beuverie, mais elle ne laissait rien voir de son incrédulité et s'amusait à écouter ces récits qui péchaient davantage par humilité que par véritables mensonges. La jeune femme se plaisait vraiment dans les bras de cet homme qui, répétait-elle souvent, n'avait pour tout défaut que celui de tirer sur une cigarette aux dix secondes ou de se donner des cognements dans le cerveau en abusant du Maekhong Whisky.

À l'aide d'une bande adhésive, Spence noua un bandage à la hauteur du dos de Fabien en clignant plusieurs fois des paupières. Il fouilla dans la poche intérieure de sa blouse, en sortit un paquet de gomme à mâcher et porta un morceau à sa bouche. Puis il ralluma la cigarette qui s'était éteinte entre ses lèvres. Sa voix parut aussi râpeuse qu'une feuille de papier sablé glissant sur la tuile d'un toit.

– Pas plus de bobo que ça, dit-il. Des bleus pour quelques jours, et des contusions.

Il émit un petit rire étrangement saccadé ressemblant à la sonnerie étouffée d'un téléphone.

– Ton œil poché a même quelque chose de romantique, reprit-il. Beaucoup de Thaïs en ont puisque la boxe est le sport national, ici. Tu te sentiras davantage accepté par la population locale.

Il rit de nouveau, mais Fabien n'avait pas envie de s'amuser.

– Combien je vous dois? demanda-t-il en reboutonnant sa chemise.

Spence eut quelques mouvements de tête nerveux, puis fit une moue.

– Sais pas. Je ne connais pas ces détails, c'est ma secrétaire qui voit à cela.

Fabien se leva de la table de consultation. Il dut ajuster ses mouvements au bandage qui l'enveloppait de la poitrine à l'abdomen. Son sourcil était dissimulé sous un pansement propre. Gail était près de lui ; elle avait insisté pour être présente à l'examen. Elle voulait se rassurer de l'état du garçon en espérant qu'il n'avait pas été touché trop sérieusement par les villageois de Nonchad. Elle lui sourit et posa une main amicale sur son épaule.

— Je suis bien contente, dit-elle, sans trop chercher d'encouragements affectés. Que vas-tu faire, maintenant ?

Fabien haussa les épaules. Les dessins d'un homme et d'une femme écorchés, présentant les muscles sur une moitié du corps et le système nerveux de l'autre, le regardaient d'un air sévère sur une affiche piquée sur le mur. Un écaillement de la peinture laissait courir une longue fente du plafond au plancher, dessinant une courbe brisée pareille à un trait de foudre. D'autres embranchements partaient dans toutes les directions, signe de l'urgent besoin de repeindre la pièce et trahissant le budget inadéquat de la clinique. Un prélart bon marché recouvrait le plancher en retroussant les coins et laissant le bois à découvert. Des bestioles auraient pu facilement trouvé refuge dans ces angles humides, mais une odeur récurrente d'eau de javel laissait soupçonner que le médecin était pointilleux sur la propreté du lieu.

Fabien se dirigea vers la porte donnant sur la salle d'attente. Au moment où il allait ouvrir, Gail l'arrêta.

— Fabien, attends, dit-elle.

Elle se tourna vers Spence.

— Bob, pour combien de temps en as-tu encore ?

Il se gratta la joue en donnant quelques coups de tête. Il portait une barbe de trois jours.

— Sais pas. Ça dépend combien il reste de patients qui attendent de l'autre côté.

— Il est tard. Je vais accompagner Fabien jusqu'à Udornthani. Nous irons au Yawt Kai Yang ; j'ai faim. Viens nous y rejoindre.

Le médecin regarda Fabien, puis revint vers Gail.

— Il est jeune et beau ton nouveau copain, dit-il en isan.

— Tu es bête, répliqua-t-elle dans la même langue.

— Dans le fond, je crois qu'il ferait un meilleur parti qu'un vieux cendrier inondé de Maekhong.

— Bob ! s'indigna-t-elle. Tu me fais une jalousie, là, ou quoi ?

— Non. J'ai simplement une vive crise de lucidité. Je dois être dû pour une bonne cuite.

Il rit en tirant une longue bouffée de cigarette. Ses dents un peu jaunies s'enveloppèrent de fumée. Gail prit un air plus sérieux qu'elle ne le voulait vraiment.

– Je n'ai pas envie de discuter d'une telle connerie, dit-elle.

Puis, en anglais, elle reprit.

– Nous t'attendons au restaurant. Ne tarde pas trop.

Elle s'étira sur le bout des pieds pour l'embrasser. Sa tête blonde ondoya un moment dans le nuage gris.

– Viens, Fabien, dit-elle en l'entraînant avec elle.

– Je n'ai pas faim, protesta-t-il d'un ton monocorde, sans la regarder.

– Je sais bien et c'est pour cela que j'ai décidé de t'accompagner. Il est tard, tu n'as rien avalé depuis ce matin, alors il est temps de manger un peu.

Elle ouvrit la porte. Cinq ou six femmes tournèrent la tête vers eux tandis que deux hommes décroisaient et recroisaient les jambes dans un synchronisme que l'on aurait cru étudié. Il y avait des enfants nichés dans les bras de leur mère ou accroupis à leurs pieds. On entendait des pleurs contenus, des chuchotements.

Fabien s'approcha du bureau derrière lequel une grosse infirmière gardait un œil jaloux sur ses papiers. Elle portait un uniforme d'une blancheur un peu fatiguée et dont les fils jaunes et bleu pâle marquaient, telles des cicatrices, les reprises fréquentes que les années de service avaient nécessitées. Sous les aisselles, des taches circulaires avaient fini par s'incruster en permanence malgré les lavages. Quand le garçon s'arrêta près d'elle, la femme daigna enfin le regarder.

Elle avait les yeux fortement bridés, le visage très rond, les pommettes plus hautes que la moyenne. «Probablement d'origine chinoise, supposa Fabien.» Elle étira un sourire sans joie, dévoilant une incisive cariée, puis prononça des mots en isan en griffonnant un chiffre sur un bout de papier. Le garçon lut cent quatre-vingt-cinq bahts.

– Elle dit que c'est pour la consultation et les pansements, traduisit Gail.

– Mais enfin, protesta-t-il en faisant une rapide division mentale, ça fait à peine dix dollars canadiens!

– C'est le prix, Fabien. Tu peux offrir plus si tu le juges à-propos; Lao se fera un plaisir de verser le surplus dans une caisse spéciale dont la clinique se sert pour les besoins d'urgence, tels l'achat d'un médicament spécial ou la réparation d'un appareil de laboratoire. La générosité des clients plus fortunés est toujours bienvenue.

Elle rit et dit:

— Et crois-moi, même le plus pauvre des Nord-Américains en voyage est fortuné ici.

Fabien sortit un vingt dollars américain qu'il tendit à l'infirmière. Elle le regarda, interdite, ne sachant trop comment elle évaluerait en bahts la monnaie à rendre.

— Prends-le, Lao, dit Gail en isan. C'est pour la caisse spéciale.

La Chinoise allongea son sourire jusqu'à ce qu'elle ressente de la douleur dans les mâchoires. Elle prit son air le plus reconnaissant, mais ne parvint qu'à dévoiler d'autres dents cariées. Elle reproduisit une grimace clownesque qui, dans un moment plus serein, aurait amusé Fabien.

C'est sous les regards de toute la salle d'attente que le Québécois et l'Américaine quittèrent la clinique.

Le Yawt Kai Yang était un grand restaurant-terrasse au coin des rues Mukhamontri et Pho Si, à Udornthani. De nombreuses plantes dispersées entre les tables agrémentaient son décor soigné, lui conférant ainsi une atmosphère de parc paisible. Des colonnes soutenaient un toit de bois et séparaient également les aires de la salle à manger. Après le coucher de soleil, manger au Yawt Kai Yang était une expérience agréable, où les convives prenaient le temps de goûter la douceur de l'air vespéral.

Fabien et Gail avaient choisi une table le long de la haie et du muret de ciment qui séparaient l'établissement de la rue Pho Si. Ils étaient si près du trottoir qu'un passant, en étirant le bras, aurait pu dérober les objets sur leur table. Quand le soir poussait parfois un souffle de brise, des relents d'urine montaient des rigoles le long du pavage. Les deux jeunes gens ne se souciaient guère de ce détail, si commun dans les grandes villes, et auquel plus personne ne prêtait attention.

Fabien avait commandé un Khài phàt mét mà-mûang, un poulet frit aux noix de cajou, mais il n'avait pas plus d'appétit qu'à son arrivée. Un verre de Singha trônait près de son assiette et il en avalait de longues gorgées à intervalles réguliers. Gail croquait avec bonheur dans un kaeng phànaeng néua, un curry salé au bœuf, qu'elle avait demandé phèt phèt, bien épicé, ce qui avait comblé de bonheur la petite serveuse.

La conversation entre les deux convives s'était limitée à quelques banalités et Gail se demandait bien comment elle pourrait tirer son compagnon de la morosité. Elle chercha bien, à plusieurs occasions, à briser le malaise en racontant des anecdotes sur ses étudiants mais, après un sourire poli, Fabien retournait à la tristesse de sa rêverie.

— Kin khâo, farang. Kin khâo.

Un petit garçon d'environ dix ans, le visage barbouillé, les cheveux ébouriffés et décolorés, tendait la main par-dessus la haie tandis que les doigts de son autre main étaient ramenés ensemble à la hauteur de sa bouche. Accrochée au rebord de son pantalon troué, une fillette d'environ six ans regardait les étrangers, les yeux aussi hagards qu'un zombi. Tous les deux avaient le torse et les pieds nus.

Une serveuse arriva aussitôt et les fit s'éloigner en les menaçant de châtiments si terribles que les enfants ne cherchèrent pas à l'affronter. Puis, elle se tourna vers les deux Occidentaux pour s'excuser. Satisfaite de son intervention, elle repartit servir la table qu'elle avait délaissée.

— Elle dit que c'est la faute des clients qui leur donnent le pain sur leur table, traduisit Gail à l'intention de Fabien.

— Si ces enfants demandaient simplement à manger, ajouta-t-il en figeant son verre à la hauteur des lèvres, je ne vois pas le mal à leur donner un peu de nourriture.

Gail fit une moue et, à l'aide de son couteau, s'attaqua à un morceau de viande.

— Ce n'est pas aussi simple, dit-elle. Ces enfants peuvent devenir envahissants si on leur montre un peu d'intérêt. Ce ne sont pas tous des crève-la-faim, tu sais. En général, il s'agit de petits futés qui connaissent bien le sentiment de culpabilité qui s'empare de nous dès qu'on les aperçoit, tout dépenaillés et tout crottés. Ils harcèlent alors le «client» potentiel jusqu'à ce que celui-ci ait donné tout ce qu'il pouvait. Cela se termine souvent par de l'argent. Les gosses s'empressent alors soit d'acheter des bonbons et des cochonneries, pour les plus jeunes, soit de se procurer de la drogue, pour les plus vieux. Et quand je dis vieux, je parle d'un enfant de dix ans. Ils respirent de la colle jusqu'à ce que leur cerveau éclate et oublient ainsi, pendant un moment, leur vie misérable d'enfants de rue.

Gail, comme à son habitude, termina sa phrase dans un ravissant sourire. Le seul indice qui pouvait trahir son malaise était qu'elle ne leva pas les yeux de sa fourchette lorsqu'elle la porta à sa bouche.

— Tu parles de ces choses terribles avec tant de détachement, fit remarquer Fabien.

Elle le regarda enfin.

— C'est un simple constat, dit-elle. Inutile de s'alarmer chaque fois qu'on en parle. Bien sûr, ces enfants souffrent et, par le fait même, me font souffrir aussi. Qu'y puis-je, sinon leur lancer à l'occasion un morceau de pain comme je le ferais au chien de la maison?

Fabien regarda son assiette, à laquelle il n'avait pas touché. Le poulet baignait toujours dans un amalgame de légumes et de noix dont le parfum élevait dans l'air une invitation insistante. Il jeta un regard aux enfants et constata qu'ils avaient rejoint un autre groupe de jeunes de l'autre côté de la rue. Il se résigna enfin à piquer sa fourchette dans la chair blanche.

— Parle-moi d'Henri, dit Gail à brûle-pourpoint.

Il parut surpris par la requête.

— Pourquoi? demanda-t-il en logeant une première bouchée sous ses dents.

— Ça va te faire du bien. Tu es morose et tu as besoin d'en parler.

— Qu'en sais-tu?

Elle posa les coudes sur la table, sa fourchette pendant entre ses doigts.

— Fabien, tu as parcouru l'Indochine à sa recherche. Tu sembles le suivre comme un enfant court derrière son père. Tu es malade depuis qu'on t'a raconté les gestes qu'il a posés. Ne me dis pas que ce frère, ou ce qu'il a fait, ne représente rien pour toi! Tu es affecté par ce que tu as appris, c'est palpable. Je suis ton amie, je veux savoir ce qui te blesse.

— Eh bien, je suis heureux d'apprendre que j'ai une amie par ici.

— Ne joue pas les amers avec moi. Si je n'étais pas ton amie, tu dormirais présentement quelque part à Nonchad, dans une auge à cochons.

Fabien baissa son œil valide.

— Excuse-moi.

Il prit une petite bouchée, une longue inspiration, puis se mit à parler en faisant glisser distraitement sa fourchette entre les légumes dans son assiette.

– L'histoire de mon attachement à Henri n'est pas ordinaire. Tout a débuté dès mon plus jeune âge, alors que l'indifférence d'un père brutal m'a fait immédiatement cherché la protection et l'affection chez mon aîné. Papa nous battait, mon frère, ma plus jeune sœur et moi... et il battait aussi maman. Il était un ennemi terrible, omnipuissant, incontournable. Nous devions tous, sans exception, nous plier à ses exigences et subir ses sautes d'humeur. Surtout lorsqu'il avait bu.

– Ton père vous battait? s'étonna Gail.

– Ça a été mon enfance. Quand les tempêtes se calmaient, maman nous retrouvait et, tous ensemble, nous pansions nos plaies, en nous encourageant mutuellement. Chaque fois, nous nous disions que c'était la dernière fois, que papa finirait par comprendre qu'il nous faisait du mal et que les raclées disparaî- traient. Nous nous réconfortions ainsi surtout après ses cuites, lors- qu'il pleurait en s'excusant de sa violence, en promettant, comme il disait, de ne plus jamais toucher à sa femme chérie, à ses enfants adorés. Alors, l'espoir renaissait et on s'efforçait de croire que l'enfer était terminé et que nous finirions par mener une vie normale comme toutes les familles du voisinage.

«Seulement, ça n'était jamais fini. C'était maman, en général, qui subissait le pire des sévices. Moi, devant toute cette violence, mon petit cerveau avait cherché à se protéger. L'enfant que j'étais ne voulait surtout pas comme modèle d'un homme qui faisait autant de mal autour de lui, d'un homme qui n'avait jamais un mot gentil ou un geste d'encouragement. Je copiai alors mes idées et mes dires sur ceux de mon frère, de dix ans plus vieux. Pour moi, il était le type même de l'adulte que je voulais devenir. Ce n'était alors qu'un adolescent, mais il tenait souvent tête à mon père, le provoquant volontairement au moment de ses crises violentes, afin de détourner sa fureur et de protéger notre mère. Henri, pourtant beaucoup plus petit de taille, allait jusqu'à se battre avec lui, accep- tant le plus dur des coups afin d'épuiser et de calmer papa.

«Mon frère demandait souvent à maman de partir avec nous tous, mais elle refusait. Son éducation judéo-chrétienne lui interdi- sait une telle réaction. Elle avait marié cet homme devant Dieu pour le meilleur et pour le pire. Elle avait récolté le pire, c'était de la malchance, mais elle ne renierait pas sa promesse.

«Je crois qu'Henri aurait quitté la maison beaucoup plus tôt si ce n'était qu'il cherchait à nous protéger. Un jour, la bagarre fut si terrible qu'il cassa une chaise sur le dos de papa. Je crois que c'est à ce moment qu'il a choisi de partir. Il avait peur que les rixes deviennent incontrôlables et que ce soit l'un de nous qui en paie les frais. C'était il y a treize ans; il avait alors vingt-deux ans.

«Depuis, nous ne l'avons jamais revu. Quelques fois, il a parlé avec maman au téléphone, mais il n'a en aucun temps remis les pieds chez nous.»

Une mélodie provenant du karaoke à l'arrière du restaurant s'éleva, très douce, comme pour marquer avec plus d'ampleur la tristesse de la dernière phrase. Il y eut une longue pause, comme une scène lente nappée de musique à la projection d'un film. Ce fut Gail qui brisa la magie.

— Et toi, tu es resté?

La fourchette de Fabien continuait de fourrager entre les légumes.

— Oui, répondit-il. Je n'avais que douze ans. Je devenais le protecteur des femmes de la maison. Mais je n'avais ni le courage ni la force physique d'Henri. J'ai souvent été sévèrement battu par papa, mais le pire, c'était que je ne parvenais jamais à détourner sa fureur de maman ou de Christine.

— Pourquoi n'avoir pas demandé de l'aide? La police aurait pu le freiner, des professionnels le soigner.

— Maman refusait catégoriquement toute intervention de qui que ce soit. Elle disait que les affaires de famille se réglaient en famille.

— Votre mère a joué un peu d'inconscience dans toute cette histoire.

— Ma mère est une sainte!

La réplique était venue si sèchement que Gail sursauta légèrement. Elle venait de recevoir une discrète mise en garde du garçon: il ne fallait surtout pas exprimer le moindre reproche à l'égard de sa mère.

— Et maintenant, tu es ici, reprit-elle un ton plus doux, regardant la fourchette de Fabien, désormais immobile, les pointes appuyées sans force contre la chair du poulet.

— Papa est mort d'un infarctus il y a huit mois, reprit-il, lui aussi d'une voix plus douce. Je voulais en informer Henri, essayer de le ramener à la maison. Ainsi, la famille aurait de nouveau été réunie et nous aurions pu goûter enfin, tous ensemble, une partie du bonheur qui nous a été refusé depuis notre enfance.

Gail posa une main sur celle de Fabien. Le garçon abandonna sa fourchette dans l'assiette, appuya ses coudes contre la table et tourna distraitement la tête vers Pho Si Road sans la voir. Il sentit les doigts de la jeune fille caresser les siens et en éprouva un grand plaisir.

— Maintenant, je ne sais plus si j'ai envie de revoir Henri, dit-il d'un ton las. Ce qu'il a fait à cet homme, à cette enfant, dépasse toutes les histoires abjectes que j'ai entendues. Lui, que j'admirais pourtant à la limite de l'adoration. J'ai déjà maudit le sang qui coule dans mes veines, car il me vient d'un homme à l'âme laide dont la lâcheté le faisait s'attaquer à une femme et à des enfants. Depuis ce matin, j'ai deux fois plus de raisons d'haïr ce sang.

— Mais toi, tu n'es pas comme ces hommes.

— Qu'est-ce que ça change? Je traîne en moi toutes les graines de leur cruauté et de leur bassesse.

— Ta sœur également, suggéra Gail sur un ton des plus prudents. Ta sœur et toi avez exactement la même combinaison de chromosomes, pourtant tu n'as pas à la détester pour ce que les autres ont fait.

Il tourna enfin son regard vers elle et découvrit des yeux bleus d'une douceur infinie. Il regretta aussitôt les deux ou trois répliques un peu plus cassantes qu'il avait lancées plus tôt.

— Je ne sais plus que faire, Gail, dit-il en dodelinant de la tête. Je ne peux plus rester ici, car ma quête a perdu sa valeur. Je ne veux pas rentrer chez moi, car il me faudra confronter une fois de plus ma mère et ma sœur à la violence et à la laideur. Je ne sais plus. Je ne sais plus.

Gail tapotait la main de Fabien. Elle aurait aimé pouvoir le réconforter, mais elle ignorait quelles paroles ou quels gestes employer.

Elle s'étonna que l'œil ouvert de Fabien restait obstinément sec. Elle ne lisait pas en lui de tristesse comme telle, ni de désespoir. Elle détectait plutôt une colère contenue, une révolte apprivoisée, que le garçon contrôlait à merveille. Sans doute la laisserait-il éclater au moment jugé opportun, lorsque aucun témoin ne pourra ni s'en amuser ni en souffrir. C'était là un aspect positif de sa personnalité, qu'il avait acquis au cours des nombreuses années passées à apprendre à dompter sa violence et à la canaliser à un moment choisi et en direction d'une cible précise.

L'arrivée de Spence les tira tous deux de leurs réflexions.

– Lâchez-vous les mains, vous deux. C'est très mal vu, ici, en public.

Fabien perdit à regret la poigne douce de Gail. Spence tira une chaise libre de la table voisine et l'enfourcha en passant sa jambe par-dessus le dossier. Il se retrouva assis entre les deux amis, face à la rue.

– Alors? s'informa-t-il en regardant l'assiette vide de Gail et le poulet presque intact du garçon. Qu'avez-vous mangé de bon? Il semble que tu n'aies guère apprécié ton repas, Fabien.

Sans attendre de réplique, il appela la jeune serveuse qui faisait semblant de n'avoir pas eu conscience de son arrivée. Elle approcha à petits pas.

– Moi, je meurs de faim, en tout cas.

En isan, il commanda une soupe de poissons accompagnée d'un canard laqué au miel. La fille hocha simplement de la tête, sans prendre de note, et s'éclipsa en direction des cuisines. Spence posa une main sur le bras de Fabien.

– Alors, mon gars? s'informa-t-il d'un ton moins marqué. Tu ne peux pas manger?

Le garçon haussa les épaules sans répondre davantage.

– Dommage, dit l'homme. Ici, ils savent pourtant faire cuire le Khài phàt mét mà-mûang. Mais ta réaction est normale. Dès demain, après-demain au plus tard, ton appétit reviendra.

Il tapota le bras du Québécois avant de se tourner vers Gail.

– Et toi, ma vieille? Je bénéficie de ta présence pour combien de jours? Tu repars quand?

– Deux ou trois jours, je ne sais trop. Ça dépendra de ta bonne humeur.

Il rit en tirant un paquet de cigarettes anglaises de la poche de sa chemise. Elle posa sur lui un regard moqueur et, dans le sourire complice qu'ils échangèrent, Fabien nota tout l'amour qu'ils se vouaient l'un à l'autre.

– Que dirais-tu d'inviter notre nouveau compagnon à partager notre appartement pendant son séjour à Udornthani? demanda le médecin en grattant une allumette.

– Bien sûr! s'exclama Gail en se tournant vers Fabien. Tu es le bienvenu le temps que tu voudras. Nous avons justement une chambre d'amis inoccupée.

Le garçon fit une petite moue, hésitant seulement pour la forme.

— Oui. Je... C'est très apprécié, dit-il. J'accepte avec plaisir.

— Alors, c'est entendu, dit Spence en soufflant un nuage bleuté. Et si tu n'as pas encore apprécié toutes les valeurs du Maekhong Whisky, j'en conserve une bouteille frelatée spéciale-ment à mon intention qui nous réserve des matins de migraine fantastiques.

Il éclata d'un rire sonore qui finit par le rendre sympathique à Fabien. Comme celui-ci allait répliquer, le médecin reprit:

— Nous avons de la visite.

Les deux jeunes gens se tournèrent vers la rue et aperçurent les deux enfants apparus plus tôt qui revenaient à la charge. Cette fois, ils étaient accompagnés d'un garçonnet de cinq ans environ.

— Kin khâo, farang. Kin khâo.

— Tiens.

Fabien tendit son assiette par-dessus la haie. Les enfants demeurèrent une seconde interdits en regardant le poulet presque intact.

— Kin, dit-il en désignant sa bouche. Kin.

Gail et Spence se lancèrent un regard étonné, puis se concen-trèrent sur la réaction des enfants.

— Eh bien? Vous avez faim? Prenez-le, insista Fabien en agitant légèrement son assiette.

Le plus vieux des enfants, le garçon de dix ans, hésita encore un peu, puis saisit la volaille qu'il tendit à la fillette. Celle-ci s'em-pressa d'y mordre. Ensuite, le garçonnet revint à la charge en faisant glisser son pouce contre son majeur et son index.

— Bahts? risqua-t-il. Dollars?

Il prononçait «dollal». Comme tous les Asiatiques, il ne parve-nait pas à prononcer les «r», une consonne qui n'existait pas dans leurs langues et dialectes.

— Non, pas question d'argent, dit Fabien en posant l'assiette vide sur la table.

— Dollars? insista le garçonnet.

Il imita un cercle en joignant le bout de son pouce à celui de ses doigts et les porta à sa bouche. Il risqua quelques phrases en isan.

Le visage de Gail s'abattit de façon si soudaine que Fabien le nota du coin de son seul œil valide. Il tourna la tête vers Spence et remarqua que celui-ci serrait les dents, la figure secouée de nombreux tics.

— Mon Dieu! laissa échapper l'Américaine en scrutant les enfants à tour de rôle.

Le garçonnet effectuait maintenant, avec sa main, un mouvement de va-et-vient à la hauteur de sa bouche.

— Qu'a-t-il dit? s'informa Fabien, aussi inquiet qu'intrigué. Qu'est-ce qu'il demande?

— Il ne demande rien, dit Spence, qui essayait de concentrer ses yeux agités de papillotages sur le bout incandescent de sa cigarette, il offre. Un dollar américain pour une fellation, cinq dollars pour coucher avec lui. Si tu veux la fillette, c'est le même prix, mais tu n'as pas le droit de la battre pendant l'acte.

— Quoi?

La voix de Fabien porta si fortement que tous les clients du restaurant se tournèrent dans sa direction. Il ne le remarqua pas. Il sentit la même nausée qu'au matin, les mêmes étourdissements qu'à Nong Khai, il y a quelques jours. Son pouls s'accéléra de même que sa respiration. L'hyperventilation accentua ses malaises.

— La gangrène occidentale a depuis longtemps pourri les démunis de l'Indochine, poursuivit Spence, le regard toujours fixé sur la flamme rousse. Ici, ce sont les G.I. américains, à l'époque de la guerre du Viêt-Nam, qui leur ont appris à vendre leur petit corps pour se faire des dollars facilement. Afin de supporter cette existence d'abominations, les enfants respirent la colle et, parfois même, fument de l'opium. Le cercle vicieux s'enclenche rapidement. Ils cherchent à se procurer plus d'argent pour la drogue, s'enfonçant davantage dans la dèche, vendant, jour après jour, nuit après nuit, leur bouche remplie d'ulcères et leur anus ou leur vulve sanguinolents.

Spence tira une longue bouffée de cigarette et s'avança vers la table pour s'y accouder. Il regarda le garçonnet qui lui faisait face et lui parla dans sa langue avec une voix au ton mesuré de douceur et de fermeté. L'enfant finit par baisser les bras, contrarié mais résigné, et, prenant la main des deux plus jeunes qui l'accompagnaient, retraversa la rue.

Ni Fabien ni Gail ne les quittèrent des yeux avant qu'ils ne se soient évanouis dans la pénombre d'une venelle.

– À huit ans, poursuivit le médecin, ces enfants sont ravagés par les maladies vénériennes et, entre douze et quatorze ans, plusieurs d'entre eux commencent déjà à mourir du sida.

Il renifla en secouant sa cigarette au-dessus d'un cendrier.

– C'est toute une génération que l'Asie est en train de perdre. Bientôt, un trou immense apparaîtra entre une flopée de vieillards et des enfants orphelins. Les adultes qui construisent un pays auront disparu et bien malin qui saurait prétendre évaluer l'impact économique et humain qu'aura engendré un tel désastre.

Gail respira profondément. Elle connaissait déjà cette situation, mais chaque fois qu'elle y était confrontée, elle devait effectuer d'immenses efforts pour ne pas s'effondrer. Chaque fois, elle voulait se lever et frapper autour d'elle tout ce qui lui paraissait hostile aux enfants. Ces hommes célibataires, là-bas, qui dînaient en riant; ces promeneurs suspects, de l'autre côté de la rue, qui attendaient peut-être d'écouler leur lot de poudre blanche; ces touristes qui débarquaient en bloc à l'aéroport de Bangkok, là où les lignes d'attente aux douanes sont majoritairement composées d'hommes voyageant seuls. En même temps, elle avait envie de s'écrouler au sol et de pleurer. Pleurer jusqu'à ce que ses larmes l'aient noyée.

Gail continuait de prendre de longues inspirations en faisant le vide en elle. C'est ainsi qu'il lui fallait combattre le mal qui s'attaquait à la vision idéaliste du monde qu'elle véhiculait toujours dans son cœur. Un monde de beauté uniquement, et dont les défauts devaient être non pas ignorés mais adoucis, comme une pente trop abrupte qu'il fallait parfois contourner plutôt que de s'arrêter ou d'attaquer de front. Elle se rappela son premier globe terrestre, à six ans, et la première réaction qui lui était venue: visiter chaque petite parcelle de toutes les couleurs. Rien ne devait briser ce rêve, même si la beauté du monde avait bien terni depuis ses premiers pas en dehors de chez elle.

Ce fut la voix de Fabien qui la tira de sa réflexion.

– Je vais retourner à Nonchad.

– À?... Pardon?

Le garçon tapotait nerveusement de l'index sur le bord de la table. Les muscles de ses mâchoires étaient agités alors qu'il serrait les dents.

– Je retourne à Nonchad. Je veux rencontrer la femme de Pramool Sukharan.

– Mais... pourquoi? s'informa Gail.

– Je veux des détails sur l'enfant, une photo si possible.

Il plongea son œil valide dans le regard de la jeune femme. Il était sec et froid.

– Je retourne à Nonchad, répéta-t-il.

– Quand? demanda Spence, simplement.

– Dès que possible.

– Pourquoi? insista Gail en dodelinant de la tête. Je ne comprends pas, Fabien. Pourquoi la femme de Pramool?

– Je veux tout connaître de la fillette et faire une promesse à cette femme. Une promesse qui rachètera peut-être un peu le mal que mon frère a propagé.

Il promena son regard sur les clients revenus à leur conversation et leur souper, sur la rue mal éclairée. Quand il posa de nouveau son œil sur Gail, celle-ci frissonna devant l'éclat farouche qu'elle y trouva.

– Je veux promettre de me rendre à Bangkok retrouver l'enfant qui lui a été arrachée. Je veux enlever ce petit ange aux ordures qui sont en train de la détruire et la ramener dans les bras de sa mère.

Son poing frappa la table en provoquant un fracas de verres qui tombent et d'ustensiles heurtant la porcelaine.

– Bon Dieu, Gail! Je veux pouvoir supporter le sang dans mes veines!

*   *   *

Les yeux de Fabien avaient fini par s'habituer à l'obscurité du logis. Son œil gauche, qui était demeuré fermé quelques jours, percevait maintenant le décor avec autant d'acuité que le droit. Il distinguait les murs de planches sans peinture, le plafond bas, le plancher recouvert de tapis de paille tressée. Une petite ampoule électrique descendait très bas au centre de la pièce, suspendue par un fil écorché. Curieusement, elle demeurait éteinte. La seule lumière provenait de la porte entrouverte qui laissait un peu filtrer les couleurs de la brunante. Tout au fond, le garçon distinguait pêle-mêle des casseroles, des piles de vêtements pliés, quelques serviettes, des bacs en plastique, du linge encore, des couvertures... Il n'y avait ni penderie ni armoire pour ranger les biens de la famille.

Le Québécois était assis en tailleur sur un matelas où dormait en général la mère et ses enfants. Gail se tenait près de lui. Sur le mur près de son épaule, quelques photos avaient été piquées. Un homme et une femme entourés de trois enfants. Les enfants seuls. L'homme et la femme, en habits de fête, se tenant l'un près de l'autre sans se toucher, comme l'ordonnait la pudeur des Thaïlandais. Il y avait également une photographie un peu plus grande de l'homme qui souriait. Une image un peu floue, prise de trop près par l'appareil. Le visage était mince, osseux, et les yeux masqués par l'ombre des arcades sourcilières.

L'atmosphère était encore chaude et humide. Fabien sentait la moiteur qui mouillait son visage et ses mains. Il respirait un air de bois pourri et de fiente de souris. Des restes de nourriture étaient épars ici et là sur le plancher, invitation sans équivoque aux insectes et vermines de toutes espèces. Un petit garçon de dix ans passa près de lui, le dos courbé en signe d'humilité. Celui-ci retrouva une femme d'une trentaine d'années – mais qui en paraissait vingt de plus – assise en face de Fabien. Le garçonnet repoussa doucement une fillette de trois ans qui trônait sur les genoux de sa mère afin, lui aussi, de faire sa niche auprès d'elle.

– La requête de mon compagnon est noble, Sovit, dit Gail en isan. Tu peux lui faire confiance; il n'est pas comme les autres farang qui ont détruit ta famille. Il veut racheter la faute de son frère. Il te fait ici une promesse formelle: celle de chercher, par tous les moyens, à ramener ta fille dans ta maison.

La femme avait écouté, sans bouger, sans parler, toute l'histoire que lui avait racontée l'Américaine. Par moments, Gail se demandait jusqu'à quel point la femme suivait vraiment le cours de son récit. Cette dernière était demeurée immobile, enlaçant de ses bras décharnés la fillette sur ses genoux, le regard fixé devant elle, sur un point lointain dont la ligne de visée passait entre les lattes du plancher. Ses longs cheveux gras pendaient en mèches épaisses sur ses épaules, encadrant des yeux caverneux, fortement bridés. Un nez large au milieu de deux pommettes proéminentes creusait des joues flasques en accentuant l'effet pulpeux des lèvres et de l'avancée du menton. Elle ne ressemblait plus en rien à la jolie jeune femme des photos.

Un phâasîn de couleur sombre et unie recouvrait son corps maigre des aisselles aux genoux. Comme elle n'avait visiblement pas pris de douche, Gail la soupçonna de ne plus chercher à se vêtir autrement qu'en entourant ce long sarong autour d'elle. L'Américaine évalua rapidement de nouveaux arguments à émettre pour secouer la torpeur de la Thaïe, mais aucun ne lui sembla suffisamment éloquent. Elle allait se tourner vers Fabien pour s'enquérir de son avis lorsque la femme bougea enfin. Elle commença par tourner la tête, puis déplia un genou afin d'étirer le bras en direction d'une boîte de carton sur le sol. Lentement, comme une machine mal graissée aux composantes soudées par l'inutilisation, elle finit par extirper une enveloppe remplie de photographies. Elle les étendit sur le sol devant elle. Il y en avait de plusieurs formats, mais en général, il s'agissait de clichés conventionnels représentant des scènes de famille. Elle en tira deux qu'elle porta à la hauteur de ses yeux. Ses mains tremblaient légèrement. Après les avoir regardés un moment, elle les tendit à Gail.

— Khiang, dit-elle simplement d'une voix brisée.

Gail prit les photographies et les observa un peu de côté de façon à ce que Fabien puisse les voir également. Sur l'une d'elles, une fillette regardait la caméra en présentant un chiot. L'enfant était vêtue de la petite blouse blanche et de la jupette bleue des écolières. Elle souriait d'un air espiègle. Sur la seconde photographie, on la voyait de plus près. Elle exposait toujours le même sourire, les doigts vers le ciel, comme si elle taquinait le photographe. Ses traits asiatiques s'harmonisaient avec des yeux peu bridés et très grands. Elle était d'une extraordinaire beauté.

Sovit s'étira de nouveau, mais cette fois vers l'arrière, et ramena un petit ourson de peluche défraîchi. Elle lui caressa la tête un moment avant de le tendre à Gail.

— C'était à Khiang? s'informa cette dernière.

— Châi.

Gail tendit le jouet à son tour à Fabien. Il le saisit avec une grande délicatesse comme s'il s'agissait d'un morceau de l'âme de la fillette. Il le caressa du bout des pouces avant de le mettre dans son sac avec les photographies. Lui et Gail se relevèrent sur leurs pieds.

Sovit demeura assise sans lever la tête. Ses enfants demeuraient accrochés à elle comme s'ils craignaient, à leur tour, que ces étrangers ne les emportent avec eux.

— Merci de ton aide, dit Gail toujours dans le dialecte du Nord-Est. L'entreprise de mon compagnon est difficile et comporte peu de chances de succès. Néanmoins, il est brave et loyal; il tiendra sa promesse. Il cherchera dans tout Bangkok, dans toute la Thaïlande s'il le faut, pour retrouver ton enfant. Et s'il n'y parvient pas, il souffrira de ta douleur et la partagera jusqu'à sa mort.

Sur ces mots, elle entraîna Fabien avec elle en direction de la porte. Derrière eux, Sovit leva les yeux. Pendant un moment, elle parut observer avec curiosité ce singulier farang qui emportait avec lui une partie du souffle de son enfant et allumait dans son cœur un nouvel espoir qu'elle s'efforça de réprimer.

Gail ouvrit la porte et mit un premier pied sur la véranda. Elle s'immobilisa aussitôt.

– Mon Dieu!

Fabien se heurta doucement à elle et, voyant qu'elle n'avançait plus, la repoussa délicatement pour passer devant. Il aperçut de nombreux villageois qui les attendaient en bas de la maison. On aurait dit que tous les voisins s'étaient donné rendez-vous au milieu de la cour de Sovit. Des femmes, des enfants, mais surtout des hommes, parmi lesquels Fabien reconnut immédiatement ceux qui lui avaient servi la raclée. Il déglutit en silence, mais ne montra rien de son malaise. Il s'avança vers le garde-fou contre lequel il s'appuya. Il les dévisagea longuement, sans parler, donnant à son visage une expression sévère, stoïque. La foule le regardait, également silencieuse. On aurait dit deux ennemis implacables qui se mesuraient. Il prit enfin la parole dans un anglais simple aux mots choisis.

– Je vous demande de nous laisser partir. Nous sommes venus ici rencontrer la femme de Pramool Sukharan dans l'espoir de l'aider à retrouver son enfant. Nous ne voulons causer de problèmes à personne.

– Nous savons pourquoi toi ici, dit l'un des hommes dans un anglais saccadé.

Il fit un pas en avant des autres en se tenant près de l'échelle au pied de laquelle on distinguait les chaussures des Occidentaux. Il s'agissait du corpulent qui avait frappé le Québécois avec le poteau de clôture.

– Nous entendre Gail quand elle parler avec Sovit. Nous pas frapper.

– Alors, qu'est-ce que vous voulez? demanda Gail en isan comme elle rejoignait Fabien près du garde-fou. Pourquoi êtes-vous tous ici à nous attendre?

L'homme leva les mains vers elle. Entre ses doigts, il tenait une petite corde blanche.

– Bai sii, dit-il simplement.

Gail demeura bouche bée. Elle regarda Fabien qui ne comprenait rien, mais ne parvint pas à s'exprimer immédiatement.

– Que veulent-ils? s'informa le garçon, davantage inquiet.

– Ils veulent... Viens, dit-elle en l'entraînant vers l'échelle pour l'inviter à descendre. Tu n'as rien à craindre.

Il s'exécuta, l'inquiétude ayant fait place à la curiosité. Dès qu'il se fut trouvé dans la cour en compagnie de Gail, les Thaïs les entourèrent. Ces derniers ne souriaient pas, mais leur visage exprimait davantage de solennité que de sévérité. Le corpulent s'approcha de Fabien. Le garçon se raidit légèrement lorsqu'il sentit que les hommes autour de lui soulevaient délicatement son coude droit tandis que le Thaï nouait la cordelette autour de son poignet. À son côté, un autre groupe faisait de même avec Gail. Quand le corpulent eut terminé, un autre homme qui avait participé à la raclée noua, lui aussi, une cordelette autour du poignet de Fabien.

– Que se passe-t-il donc? demanda le garçon à l'adresse de sa compagne.

L'Américaine tourna vers lui un visage légèrement ému. Elle lui sourit.

– On nous initie au bai sii, dit-elle. C'est une cérémonie typique du Nord-Est. Chacun des fils qu'on attache à nos poignets représente un khwn, un esprit gardien. Ces esprits nous aideront à accomplir les taches difficiles des prochains jours, notamment la pénible quête que tu t'apprêtes à entreprendre. En général, la cérémonie est davantage élaborée et présidée par un maw phawn, un prêtre des souhaits, mais ces gens la simplifie pour nous permettre de bénéficier malgré tout de ses bienfaits. Des parents ou des amis proches, généralement, reçoivent un tel honneur.

Les yeux de Gail réfléchissaient une lumière légèrement humide.

– Ils t'acceptent parmi eux, Fabien. En dépit des fautes de ton frère, ils t'acceptent. Ils se moquent du sang dans tes veines; ils ont compris, eux, la différence d'âme qui vous sépare.

Les hommes reculèrent d'un pas pour former un cercle plus grand autour des Occidentaux. Neuf cordelettes étaient maintenant nouées autour du poignet droit de Fabien, six autour de celui de Gail.

– Il existe trente-deux esprits gardiens, poursuivit-elle. Chacun attitré à un organe différent du corps humain. J'ignore lesquels ils ont attaché pour notre protection. Tu dois attendre au moins trois jours avant de couper les cordes, mais tu peux attendre aussi qu'elles tombent d'elles-mêmes. Et ça, ça peut prendre des semaines.

– Khop khun khâ, dit Gail en joignant les paumes de ses mains et en appuyant son front sur le bout de ses doigts.

– Khop khun khrawp, dit Fabien en l'imitant.

Ils marchèrent tous deux en direction de la voiture, la foule s'ouvrant sur leur passage et se refermant derrière eux, pareille au riz qui ondule au passage du semeur. Les enfants s'étaient remis à jouer et à rire, les femmes à chuchoter. Les hommes se regardaient en souriant, fiers de l'harmonie qu'ils venaient de répandre.

Quand la voiture disparut au détour d'une courbe en ne laissant, comme trace de son passage, qu'un petit nuage de poussière, les villageois auraient pu apercevoir, s'ils avaient levé les yeux, une petite femme décharnée qui observait la route derrière une porte entrouverte.

# 7

Therng regardait les petits souliers entre ses mains. Ils étaient d'un noir brillant, ceinturés du talon à la pointe par une bande décorative blanche. La semelle intérieure, un coussin sur toute sa surface, remontait selon un angle adouci vers la paroi rembourrée des côtés. La jeune fille exerça une pression pour plier l'une des chaussures et, en connaisseuse, apprécia la résistance et la qualité du matériel. Ils sentaient bon le cuir, le neuf, cette odeur que seuls peuvent se payer les riches commerçants comme madame Charphakdee. Pourtant, la pointure était celle de petits pieds. Sa pointure à elle.

C'était la première fois qu'elle recevait un cadeau d'une telle valeur. Elle releva la tête vers la jeune femme blonde aux étonnants yeux bleus, qui lui avait remis la boîte. Elle s'efforça de sourire, de paraître heureuse, mais son cœur saignait légèrement. Qui était donc cette farang magnifique? Quels rapports entretenait-elle avec Fabien? Comment le garçon pourrait-il jamais la trouver jolie, elle, la petite Thaïe au teint foncé, aux cheveux noirs comme la nuit, aux yeux bridés, pareille à tant d'autres pareilles, alors qu'il côtoyait une Blanche aussi ravissante?

— Alors? Elles te plaisent? demanda Gail.

Therng répondit oui de la tête.

— Châi.

— Fabien m'a demandé d'arrêter ici lors de mon passage en direction de Vientiane pour te remettre ce cadeau. C'était une dette d'honneur pour lui, m'a-t-il dit. Pour ta gentillesse à son égard.

Therng rougit et baissa la tête en faisant semblant de se concentrer de nouveau sur les chaussures. Gail sourit en remarquant le malaise de l'adolescente.

– Fabien va-t-il continuer, malgré son aventure et sa déception, à rechercher son frère ? demanda Khaek, qui se trouvait accoudé au comptoir, une bouteille d'eau gazeuse à la main.

Une poussière ocre venue des berges sablonneuses du Mékong collait à sa chemise mouillée de sueurs. Ses cheveux étaient ébouriffés et on devinait qu'ils avaient été vaguement ramenés vers l'arrière avec les doigts. La moiteur se voyait sur tout son visage. Il se tenait appuyé sur une jambe, la seconde croisant la première était nonchalamment pliée et tenue sur le bout du pied. Il jeta un rapide regard vers madame Charphakdee penchée sur la paperasse couvrant le bureau de la Lao Tours Agency, mais elle continuait de faire semblant de ne pas s'intéresser à la conversation.

– Je ne connais pas trop ses intentions, dit Gail en haussant les épaules, hormis celle de se rendre à Bangkok retrouver un grain de riz dans un champ de maïs. Je crois bien qu'il se rendra rapidement compte de la futilité de ses démarches et abandonnera.

Elle se frotta les mains contre ses bras nus.

– Avant qu'il ne soit trop tard, j'espère, précisa-t-elle en regrettant aussitôt sa remarque.

Khaek approuva d'un mouvement de tête.

– J'espère aussi, dit-il. Bangkok est pire que la pire des jungles pour un voyageur égaré. Les fauves qu'on y côtoie sont mille fois plus dangereux et sournois que les tigres des forêts de l'ouest.

– Reviendra-t-il nous voir ? demanda Therng en serrant les chaussures contre sa poitrine.

Gail nota l'éclat dans les yeux de la jeune fille.

– Je ne sais pas, répondit-elle. Peut-être un jour, mais certainement pas dans l'immédiat. Je crois que Fabien, s'il a maintenant délaissé la quête de son frère, est un peu à la recherche de lui-même dans cette aventure. Il ne se trouvera que lorsqu'il aura compris qu'il ne peut porter sur ses épaules tous les malheurs du monde. Peut-être à ce moment aura-t-il envie de revoir ses amis.

Elle soupira bruyamment en se penchant pour reprendre son sac à ses pieds.

– Mais il nous faudra tous être patients, je crois bien.

Khaek l'aida à passer les bretelles sur ses épaules.

– Je te remercie, dit ce dernier, d'avoir pris le temps de venir nous donner de ses nouvelles.

– Ça a été un plaisir de vous connaître. Fabien m'a demandé de profiter de l'occasion pour vous transmettre ses amitiés. Il semble vous estimer beaucoup.

– C'est un bon ami. Nous l'estimons aussi.

Gail tira la porte d'entrée et salua madame Charphakdee, qui répondit sans lever la tête. Elle serra la main de Khaek et, avant de sortir, se tourna une dernière fois vers le comptoir.

– Tu sais, Therng, je te comprends d'être amoureuse de Fabien. Moi-même, je serais éprise de lui si je n'avais pas déjà un petit copain.

Sur ce, elle disparut en laissant derrière elle un cœur qui se remit à battre follement.

\* \* \*

Ce matin-là, le chauffage central fonctionnait à plein régime. Malgré tout, l'hiver québécois semblait parvenir à s'infiltrer partout et, dans la petite maison en face du cimetière, il faisait froid. L'écho de la voix de Fabien résonnait encore dans la salle à manger. Le magnétophone tournait dans le vide, le reste du ruban étant vierge. Marguerite avait tourné son visage en direction de la fenêtre et son regard s'était perdu bien au-delà des flocons qui glissaient sur l'air. Elle tremblait. Ce jour-là, jour de lecture, elle avait simplement noué ses cheveux en un chignon sommaire, retenu par une bande élastique de couleur. Elle avait posé sur ses épaules, par-dessus une chemise de «flanellette», un épais chandail de laine dont les manches se croisaient en une boucle sur sa poitrine. Trop longs pour elle, de chauds pantalons de jogging avaient été enfilés très haut sur son abdomen, et roulés à la hauteur des chevilles. Elle avait chaussé des bas de laine et de larges pantoufles en peluche. Dans ses mains appuyées contre ses cuisses, elle tenait encore l'exemplaire du roman de Vernes, *Le tour du monde en quatre-vingt jours*.

Sur son éternelle berçante, Christine avait également les yeux dans le vide. Contrairement à son habitude, la jeune fille n'était pas assise en tailleur, mais avait allongé les jambes jusqu'à appuyer ses pieds sur l'une des chaises de la table à dîner. Elle portait un large gilet de coton ouaté et une paire de jeans. Ses pieds chaussés de bas de laine étaient froids.

Tout comme celles de sa mère, les lèvres de Christine tremblaient, mais la cause répondait davantage à la colère qu'au chagrin. Parfois, la jeune fille semblait chuchoter des jurons, mais ce n'était peut-être que ses dents qui grinçaient. Le magnétophone émit un déclic au moment où la cassette, parvenue à la fin du ruban, déclencha le bouton d'arrêt. Pour combler le nouveau silence, Christine tapota nerveusement des doigts sur le bras de la berçante.

— Les hommes sont donc tous fous? dit-elle soudain, sur un ton à mi-chemin entre l'interrogation et l'affirmation.

Elle tapota plus fort, jusqu'à ce que la douleur au bout de ses doigts l'oblige à arrêter. Marguerite délaissa la fenêtre pour baisser la tête et parut s'intéresser au livre dans ses mains. Elle le retourna doucement en tous sens, forçant les coins comme si elle s'assurait de leur résistance. Elle observa un moment le portrait sur la couverture arrière. Un homme barbu au visage grave qui jurait avec le ton léger du roman. Elle songea qu'à l'époque de Jules Vernes, se faire prendre en photo était une expérience solennelle où le sérieux était de rigueur.

— Maman, insista Christine, les hommes sont-ils tous fous? Dis-le-moi. Je ne perdrai plus de temps à me chercher un amoureux.

Marguerite hocha la tête sans lever les yeux.

— Non, Chrissie. Pense seulement à Fabien. Pense à ce que ton frère est en train d'entreprendre.

— Mais Fabien est fou, maman! Es-tu consciente du champ de merde dans lequel il vient de s'engager?

Marguerite tourna vers sa fille un visage usé, mais des yeux étonnamment secs. Malgré ses lèvres incertaines, sa voix apparut sans aucun tremblement.

— Un champ de merde demeure un champ de merde si tu oublies d'y semer, Chrissie. Mais répands-y des graines et tu auras la moisson la plus fertile. Fabien est de la bonne graine, il sortira grandi de son échec et de ses désillusions.

La jeune fille regarda sa mère avec stupéfaction.

— Tu es en forme, ce matin, dit-elle. Bravo pour l'analogie.

— Il faut croire que l'inquiétude m'inspire.

— Alors, tu es inquiète aussi?

Marguerite revint vers le livre en étirant un sourire sans joie.

— Qu'est-ce que tu penses? J'ai l'intérieur viré à l'envers.

Christine observa sa mère un instant en admirant sa force de caractère. Elle chercha alors à l'imiter en refoulant les larmes qui voulaient monter à ses yeux.

– Mais Henri, maman? Tu te doutais pour Henri? Tu te doutais du mal qu'il y avait en lui.

– Il est le fils de son père.

– Mais comment?... Comment a-t-il pu vous berner? Vous l'admiriez tant, toi et Fabien!

Marguerite fit une moue, ce qui donna un répit à ses lèvres qui tremblaient.

– Henri n'était pas comme ça avant son départ. Il avait un rôle, un devoir, celui de nous protéger. Une fois parti, une fois cette immense responsabilité derrière lui, une parcelle de lui enfouie depuis toujours aura fait surface. Une parcelle que lui-même ne connaissait sans doute pas. Ce n'était pas foncièrement un mauvais garçon, je ne crois pas. Le vrai coupable est encore ton père, celui qui a poussé son fils à quitter les siens et qui l'a obligé, probablement, à devenir ce qu'il est, pour assurer sa survie.

Le visage de Christine, cette fois encore, montrait tous les signes de l'étonnement.

– Tu ne vas pas l'excuser, là, maman? Tu ne vas pas chercher à minimiser le mal terrible qu'Henri a fait à cette famille?

– Je ne cherche pas à l'excuser, Chrissie, mais à comprendre. On ignore encore le rôle exact d'Henri dans cette histoire. Est-il le trafiquant? Le proxénète? Ou simplement un homme de main à la solde d'une bande de mécréants? Je ne sais pas. Je m'accroche à tout espoir, à toute hypothèse pouvant me rassurer et m'apprendre que mon fils aîné n'est pas cette bête immonde qu'on vient de me décrire.

La femme se tourna vers sa fille. Elle paraissait soudainement vieillie, comme si un peintre invisible venait de brosser sur sa peau tous les signes de l'âge et de la lassitude.

– J'ai peur aussi que tous les hommes soient ainsi. Que, dès qu'ils se retrouvent livrés à eux-mêmes, ils n'aient d'autre envie que de semer le mal autour d'eux. J'ai peur pour Fabien, peur que lui aussi, à son tour, se transforme en papa ou en Henri. Mais, en même temps, je suis nourrie de l'extraordinaire espoir d'avoir tort. Que cette peur soit sans fondement. Alors naît ma fierté. Fierté de la décision de mon petit gars, fierté de son sentiment de culpabilité, de ses angoisses, de son orgueil, de son extrémisme. Qu'importe le succès de sa quête, qu'importe qu'il retrouve ou non cette enfant; il va seulement démontrer aux femmes que tous les rêves sont encore permis, et donner aux hommes l'exemple d'un cœur noble et prodigue. Je sacrifie mes angoisses à ces espoirs et je m'y accroche.

Si, dans cette aventure, mon fils venait à mourir, j'en aurais le cœur déchiré au-delà de tout entendement, mais mon âme se livrerait à un débordement d'allégresse qui me redonnerait le goût de croire à notre humanité.

Christine restait immobile, face au visage de sa mère qui continuait de la fixer de ses grands yeux rêveurs. Un courant puissant, presque palpable, se mit à circuler entre les deux femmes en unissant leurs tourments... et leurs espoirs. Elles supposèrent qu'il s'agissait là de leurs énergies propres qui se soudaient l'une à l'autre afin de se renforcer et d'entretenir davantage le rêve.

Instinctivement, elles tendirent quatre mains et unirent vingt doigts. Leur cœur battit en cadence.

Il faisait toujours froid, mais elles ne tremblaient plus.

Deuxième partie

# La cité des anges

*« Trop heureux les hommes des champs, s'ils connaissent leur bonheur. »*

Virgile

# 8

Bangkok, dont le vrai nom est Krung Thep, la «Cité des anges», n'a plus d'angélique que son passé oublié, celui où elle n'était qu'une bourgade de pêcheurs. Elle acquit son nouveau nom en 1782, lorsque le roi Rama I, premier roi de la dynastie Chakri, celle qui détient toujours le pouvoir, choisit le «lieu des olives», bang makok, comme capitale. Aujourd'hui, le village champêtre a échappé à tout contrôle et le chiffre officiel de six millions d'habitants qui lui est annoté n'est probablement que la moitié de la population véritable de la mégalopole.

En débarquant sur les quais de la gare de Hualamphong, la ville agresse déjà le voyageur. Elle l'enveloppe d'un air humide où se mêlent, en une odeur rance, tous les relents de la ville. Avec sa pollution montant des khlong, les canaux qui la traversent, les exhalaisons humaines et les remugles des structures en bois, Bangkok rebute comme une vieille tante malpropre qui réclame des câlins. Dans ses rues, le flot incessant de ses trois millions de véhicules la noie dans un nuage âcre et brûlant. La première réaction de Fabien, en descendant du train, fut de tousser. Lui qui avait atteint la capitale en voyageant d'abord par les petites bourgades du Nord-Est et les pays moins développés de l'Indochine se trouva soudainement étourdi par la marée humaine, la frénésie de mouvements et la cacophonie qui le submergeaient. Pendant une seconde, il ressentit l'envie de remonter dans le wagon et dut déployer un véritable effort afin de ne pas succomber à la tentation. Autour de lui, il retrouvait les mêmes visages aux yeux bridés et aux pommettes hautes, les mêmes petits corps frêles, la même musique des langues, mais il ne retrouvait plus la sérénité à laquelle on l'avait habitué, il ne décelait plus de douceur dans les gestes et dans les communications entre les gens. Il avait l'illusion de débarquer dans un tout autre pays.

Ajustant les sangles de son sac à dos afin de le maintenir plus fermement sur ses épaules, il s'engagea, comme un paquebot aurait fendu les flots, dans la foule de voyageurs en partance qui débordait sur les quais au milieu des arrivants. Ici, personne ne le dévisageait comme on l'avait fait dans le Nord-Est. Il devenait un vulgaire farang comme il y en avait des centaines de milliers d'autres à Bangkok. Cet aspect de l'anonymat propre aux grandes villes lui plut.

Ignorant les innombrables rabatteurs qui l'entourèrent afin de le convaincre de monter dans l'un ou l'autre de leurs tuk-tuk, motos-taxis ou voitures climatisées, Fabien traversa des rangées de véhicules pétaradant, au milieu desquels se mêlaient les cris des conducteurs qui hélaient ou instruisaient leurs clients. Traversant le pont surplombant le khlong Phadung Krung Kasem, il repéra, à l'aide d'une carte, le trajet pour joindre le River View Guest House, à quelques pâtés de maisons, à la lisière du quartier chinois. La chaleur rendait l'air pollué presque irrespirable. Il vit des agents de police diriger la circulation avec des masques sur le visage. Nombreux également étaient les chauffeurs de tuk-tuk et de motos qui en portaient sur le nez et la bouche ou en attente autour du cou.

Le Québécois atteignit rapidement quelques ruelles plus tranquilles au milieu desquelles il se perdit avec soulagement. Là encore, le flux des voitures obligeait les piétons à jouer d'adresse et à traverser le macadam au péril de leur vie, mais la frénésie avait diminué. Les bâtiments, majoritairement en béton, masquaient le soleil par leur haute structure. Aux gardes des balcons, de nombreuses lanternes de toutes les couleurs étaient encore suspendues, témoignant des festivités qui avaient égayé le quartier quelques jours plus tôt, lors du nouvel an chinois. Les affiches des commerces étaient couvertes non plus de l'alphabet thaï mais d'idéogrammes. Parfois, la traduction anglaise apparaissait en petits caractères romains.

– Khw thôht, s'excusa Fabien auprès d'un passant. River View Guest House?

L'homme d'une soixantaine d'années, chinois de toute évidence, le regarda de ses petits yeux ravagés par les cataractes. Il ressemblait à un point d'interrogation avec son dos fortement courbé et ses genoux qui semblaient ne plus vouloir se déplier davantage qu'à un angle de quarante degrés. Il finit par pointer en face de lui un doigt décharné et tremblotant.

– Lama fol Load, dit-il simplement.

Et il se désintéressa de Fabien comme si celui-ci n'avait jamais existé.

«Lama fol Load», répéta le garçon dans sa tête. Qu'est-ce que ça signifiait? Il pensa à modifier les «l» pour des «r» et traduisit. Rama Four Road. La rue Rama IV, une des principales artères de la ville. Le vieil homme avait cherché simplement à orienter le farang, n'ayant visiblement aucune idée de ce que pouvait être le River View Guest House. Fabien soupira. En se retournant pour reprendre la marche, il aperçut l'affiche. Une vulgaire petite plaquette de bois clouée au poteau de bambou d'une clôture. Maladroitement, le nom de l'hôtel avait été peint au pinceau avec une flèche indiquant la direction du soi, la venelle, à côté.

Celle-ci était si étroite que même un tuk-tuk s'y déplaçait avec difficulté. Le pavage de ciment était crevé comme une rue de Sarajevo. L'hôtel apparut comme une simple entrée vitrée qui trouait la masse bétonnée bordant l'allée. Fabien entra.

Le lobby semblait propre, mais avait une mine largement fatiguée. Des murs tristes aux couleurs sombres alourdissaient l'atmosphère, qu'un vieux climatiseur, pétaradant autant qu'un tuk-tuk, cherchait à rafraîchir. Une femme plus chinoise que thaïe attendait bien droite derrière son comptoir que Fabien se décidât enfin à approcher. Ce qu'il fit.

— Vous parlez anglais? s'informa-t-il en déposant son bagage à ses pieds.

— Oui, répondit la femme d'une voix à peine perceptible. C'est pour une chambre?

— Le plus haut possible, face au fleuve, s'il vous plaît.

— C'est plus cher.

— Je n'en doute pas. Combien?

Elle fit semblant de chercher dans ses registres. Elle pointa finalement un doigt sur une ligne et leva la tête en étirant un petit sourire aux dents jaunies.

— Huit cents bahts, au quatrième étage.

— Trop cher, désolé, dit Fabien en faisant mine de reprendre son sac.

— Sept cents, alors?

— Cinq cents bahts.

— Six cents.

Fabien fit une moue pour la forme. Il savait que c'était le prix à accepter.

– Va pour six cents, chambre climatisée.

Elle pencha la tête de côté en le regardant, mais ne protesta pas. Elle lui tendit la fiche d'enregistrement que le garçon s'appliqua à remplir.

– L'ascenseur est juste ici, à côté. Chambre 404.

– Merci, dit Fabien en acceptant la clé tendue.

Il se dirigea dans la direction pointée par le doigt de la femme, juste vers le mur adjacent au comptoir. Une porte grinçante s'ouvrit sur un ascenseur hoquetant qui grimpa au quatrième étage avec la vélocité et la grâce d'un escargot boiteux. Derrière la porte 404, Fabien découvrit une chambre petite aux murs lézardés, au tapis défraîchi. Le lit semblait pencher d'un côté et le matelas était creusé d'une bizarre dépression au milieu. Fabien y déposa son sac en s'approchant de la fenêtre. Le mécanisme d'ouverture était brisé et la vitre restait coincée grande ouverte en laissant entrer l'air frais en provenance du Chao Phraya, le fleuve qui séparait la ville en deux. Des reua khâam fâak, des bacs chargés de passagers, le traversaient lentement d'une rive à l'autre, tandis que des reua haang yao, des taxis «longue queue», semblaient donner la course aux bacs plus imposants du Chao Phraya River Express. Quelques embarcations plus modestes le sillonnaient également en longeant les rives.

Au pied de l'hôtel, les contorsions colorées de serpents en bois apparaissaient au-dessus d'un temple chinois dont l'arrière se trouvait directement sous la chambre de Fabien. Dans la cour du temple, l'écran géant d'un cinéma en plein air laissait craindre que les soirées seraient pour le moins bruyantes.

Fabien se débarbouilla un peu, puis s'étendit sur le lit en espérant dormir un peu. Distraitement, il jouait avec les petites cordes autour de son poignet. «J'aurai bien besoin de la protection de tous ces esprits gardiens, songea-t-il.» Avec un peu d'imagination, il parvint à se convaincre de l'efficacité du rituel et sentit son inquiétude diminuer. Il s'endormit.

Lorsqu'il s'éveilla, le soleil s'était couché. Il monta au huitième étage, sur le toit du bâtiment, où un restaurant avec terrasse offrait une vue généreuse sur la ville. Accoudé au rebord, il observa la mer de ciment et de métal qui s'étendait à perte de vue, masquée à demi par une brume grise permanente. Il remarqua de nouveau les grues de construction qui meublaient tout le paysage thaïlandais, du nord au sud, véritable indice d'un pays en proie à un développement frénétique. Dans la capitale, on croirait les croiser à chaque coin de rue. Les premières lumières du soir commençaient de s'allumer, apportant une dimension nouvelle au tableau.

Au sud-ouest, là où avait disparu le soleil une heure plus tôt, Fabien contempla la silhouette à la fois sombre et illuminée des hauts immeubles du centre-ville, les tours à bureau et les hôtels chics du quartier des affaires. C'est là que se regroupaient principalement les touristes à la recherche de sexe et c'est dans cette direction également qu'il retrouverait le quartier chaud de Patpong. Le garçon releva le menton en inspirant.

«À nous deux!», songea-t-il en arborant une expression de défi.

\* \* \*

À Bangkok, trouver une adresse peut parfois devenir une véritable enquête à la Simenon. S'étant développée sans plan d'urbanisme précis, la cité a vu apparaître de nombreuses venelles entre les rues plus importantes. Ces venelles ont pris le nom de soi. Afin d'éviter une accumulation de noms de rues et de ruelles interminable, les soi n'ont en général pour les identifier qu'un numéro. Par exemple, l'adresse d'un hôtel logeant ses clients dans le premier soi reliant la rue Sukhumvit pourrait très bien se lire: 3/5 soi 1, Sukhumvit Road.

Le quartier de Patpong doit son nom à deux soi ainsi nommés en l'honneur du milliardaire chinois Phat Phong, qui en possède à peu près la totalité. Soi Patpong I et Soi Patpong II sont impossibles à manquer, les deux ruelles étant surmontées d'une arche aux couleurs criardes pour s'annoncer. Elles joignent en parallèle les deux grandes artères que sont les rues Silom et Suriwong, là où s'élèvent les tours à touristes bourrés de dollars, tels les hôtels Montien, Tawana Ramada, Swisshotel, Silom Plaza et autres Holiday Inn. À la tombée du jour, la place grouille de centaines de personnes qui flânent autour des kiosques montés au milieu des venelles et qui étalent, pêle-mêle, t-shirts, bijoux, soies, cassettes, jeans ou bibelots. Incontournable en Asie, on retrouve également les meilleures imitations des plus grandes marques de montres ou d'articles de toilette. Dans ce marché nocturne où le désordre règne en maître, les touristes circulent à pas de tortue, ébaubis par le clinquant. Au milieu des vendeurs vantant leur marchandise, des rabatteurs cherchent à attirer les clients dans les nombreux bars ceinturant les soi et des filles s'appliquent à vendre leurs charmes.

Fabien venait de descendre du bus. Il avait peigné sa chevelure vers l'arrière, légèrement séparée au centre par une raie discrète. Il portait une chemise à manches courtes beige en coton léger et avait enfilé une paire de jeans. Sa ceinture porte-passeport était enroulée autour de sa taille et il l'avait fixée à son pantalon à l'aide d'une épingle de sûreté invisible pour mieux la retenir en cas de chapardage. Il distillait autour de lui le parfum frais de son eau de toilette.

Dès qu'il mit le pied sur le trottoir, un homme l'aborda. Petit de taille – comme à peu près tous les Asiatiques –, celui-ci avait une sale tête que le garçon trouva immédiatement antipathique. L'homme déplia devant lui une longue feuille de papier glacé sur laquelle apparaissait une multitude de photos couleurs de filles. De toutes tailles, vêtues d'un bikini, elles exhibaient leurs charmes dans des poses désolantes de vamps attardées des années cinquante. Elles étaient toutes asiatiques.

– Une fille, mon ami? demanda l'homme en étirant un sourire rouge, marqué par deux longues gencives édentées.

Il parlait un anglais exécrable.

– Tu es un proxénète? s'informa Fabien d'une voix où il avait peine à masquer son dédain.

Le Thaï ne parut pas le remarquer; il conserva son faux air amical.

– Moi, je suis représentant en dames. Tu me suis, je te montre les filles et tu prends celle qui te plaît. C'est toi qui paies le tuk-tuk.

– Ah, parce qu'il faut aller ailleurs?

– Oui, c'est pas ici. Ici trop cher. Mais l'hôtel est pas loin. Tu le regretteras pas.

– Désolé.

Fabien fit un pas pour traverser la rue, l'homme l'arrêta en posant une main sur son bras.

– Attends, je te fais un bon prix. D'habitude, trois mille bahts; pour toi, deux mille cinq cents.

Fabien regarda la main sur son bras, puis le sourire édenté.

– Je peux avoir des enfants?

– Oui!

La réponse était venue si vite que Fabien réprima un frisson. Il sentit son rythme cardiaque s'accélérer.

– Petit garçon, petite fille, comme tu veux. Pas de poils. Très joli.

– Décampe avant que je te casse la gueule.

Le sourire s'affaissa légèrement. Le regard du Thaï jaugeait celui du Québécois, cherchant visiblement à déceler la part de vérité ou de bluff dans la menace. Le montant en jeu était trop important pour qu'il cherche à abandonner si facilement.

– Je te ferai bon prix, risqua-t-il une dernière fois.

D'un mouvement brusque, Fabien repoussa la main sur son bras et s'engagea sur la rue Suriwong en slalomant au milieu des voitures. Le petit homme ne le suivit pas.

Parvenu sur le trottoir en face, juste à l'entrée du soi Patpong I, le garçon s'immobilisa pour calmer le début de colère qui commençait à naître en lui. Il devait absolument apprendre à ne pas réagir devant les propositions des proxénètes s'il voulait réussir à rencontrer des fillettes et, par le fait même, à retrouver la petite Khiang. Il soupira bruyamment à plusieurs reprises, concentrant ses efforts à ralentir les battements de son cœur. «Tout d'abord, songea-t-il, il me faut apprivoiser cette ville, ce quartier. Il me faut apprendre à rester détaché face à toutes les cochonneries qui me seront proposées par les vendeurs de chair. Je dois paraître intéressé à leurs offres; je dois leur sembler un client potentiel qui cherche une enfant particulièrement belle... et qui est prêt à en payer le prix.»

Il demeura encore un moment à se calmer, observant les gens circuler autour de lui. Nombreux étaient les farang masculins, seuls ou en petits groupes. Rares étaient les femmes ou les couples. De nombreux Thaïs également composaient cette faune nocturne dont plusieurs, étonnamment, usaient d'un téléphone portatif. Fabien avait noté ce phénomène dès son arrivée dans la capitale. On avait l'impression qu'à chaque coin de rue, un homme en complet-cravate discutait des derniers sursauts de la bourse, de la planification de ses prochains rendez-vous ou, mieux encore, réglait le sort politique d'un pays limitrophe. Avec un système téléphonique conventionnel déficient, devenu obsolète avec la masse grandissante des gens d'affaires propulsés par le boom économique du pays, les Thaïs avaient opté pour la communication par satellite, beaucoup plus fiable. De plus, les embouteillages quasi permanents encourageaient les administrateurs à accomplir une part de leurs entretiens téléphoniques sur la route.

– Tu veux une fille?

Le dépliant était en tout point semblable au premier. L'homme était un conducteur de tuk-tuk qui venait de stopper près de Fabien. Le garçon aperçut à quelques mètres de lui un autre touriste étranger qui se faisait aborder de la même façon. Ce dernier par contre semblait intéressé et négociait avec le Thaï le prix des prostituées.

– Merci, dit simplement le Québécois sans jeter un seul regard à l'homme et en s'engageant dans l'allée étroite laissée par les étals sur Patpong I.

Il se fraya lentement un chemin au milieu des badauds, étonné de voir des enfants aux mains de leurs parents, alors qu'on distinguait parfaitement par les portes entrouvertes des bars les filles à demi-nues qui se trémoussaient langoureusement au son d'une musique rock abrutissante. Les différentes pièces de musique, d'ailleurs, se mêlaient dans un tapage continu qui rivalisait d'intensité avec les cris de certains marchands et le bruit du trafic assourdissant et incessant des rues adjacentes. Des noms aussi invitants que Pussy Galore, Kiss ou Touch Bar surplombaient des entrées où des filles vêtues de costumes moulants cherchaient à attirer les clients. Le harcèlement, sans être excessif, devenait désagréable à force d'avoir à exprimer toujours le même refus. Fabien sentait sa patience mise à rude épreuve.

Il se dirigea vers Patpong II en utilisant une petite rue transversale. Le même décor, les mêmes offres se présentèrent à lui et il chercha à la fois à s'imbiber de cette atmosphère et à s'en détacher. Il circula ainsi pendant une bonne heure, allant d'un soi à l'autre et longeant les trottoirs des rues Silom et Suriwong, scrutant les vitrines des magasins et furetant sur les étals. De retour sur Patpong I, il choisit finalement de s'arrêter à un bar qui avait la particularité de laisser trôner un ring au milieu des tables, sur lequel deux pugilistes offraient une performance allégée de boxe thaïlandaise. Le comptoir à boissons donnait carrément sur Patpong I, masquant vaguement l'arène, permettant malgré tout aux passants d'observer une bonne partie du spectacle. Mais la meilleure place comme spectateur était bien sûr à une table près de l'estrade, où une hôtesse en jupe courte et sexy se faisait un devoir d'apporter une consommation au nouveau venu et ensuite de s'asseoir sur une chaise qu'elle avait pris soin, au préalable, de tirer tout près de lui. Fabien paya la consommation et accepta – il n'avait guère le choix – la compagnie de la fille.

À la vue du spectacle devant lui, le garçon apprit que la boxe thaïlandaise présentait ceci de particulier que les adversaires avaient le droit de frapper leur opposant avec les pieds. Le sport se transforma rapidement en un ballet étonnant où la grâce des sauts se mariait avec la rudesse des coups. Cependant, Fabien décela rapidement chez les deux boxeurs en présence la retenue que ceux-ci pratiquaient dans leurs attaques. Ce n'était pas un vrai combat, mais un spectacle de démonstration pour touristes. Il s'en désintéressa rapidement et commença plutôt à s'inquiéter de la familiarité avec laquelle la jeune fille assise près de lui touchait sa cuisse. Il la regarda plus intensément et la trouva jolie, avec des traits fins, mais trop maquillée. Ses yeux bridés s'étiraient encore plus loin sur les tempes par la magie du eye-liner. Son nez était plat, ses lèvres un peu minces, noyées de Revlon rouge vif. Son corps semblait sans défaut, moulé dans une robe seyante s'arrêtant très haut sur les cuisses.

La fille regardait Fabien en silence, souriant doucement, sa main remontant au fil de la caresse toujours plus haut vers le sexe. Le garçon la repoussa sans brusquerie, mais avec fermeté.

— Tu aimerais un massage? demanda-t-elle d'une voix un peu rauque.

— Non, répondit-il, mal à l'aise.

Elle remarqua son embarras et parut s'en amuser. Elle approcha les lèvres de son oreille jusqu'à ce que Fabien sente le souffle de sa respiration contre sa peau. Elle parla en s'attaquant de nouveau à sa cuisse.

— Tu es plutôt beau. Je te ferai un bon prix.

— Non, merci, je...

Il se racla la gorge.

— Je suis venu pour voir la boxe. Merci.

Il repoussa de nouveau la main de la fille.

Elle resta près de lui à l'observer. Le Québécois sentait la cuisse de la serveuse se presser contre la sienne alors qu'il cherchait à se concentrer de nouveau sur le spectacle. Elle revint à la charge.

— Tu me paies un verre?

— Heu... Un verre? Oui, bon, d'accord. Si ça peut calmer tes ardeurs amoureuses.

Elle sourit, amusée. Il la trouva très belle.

— Tu es adorable, dit-elle.

Elle se leva en se dandinant, exposant les courbes affriolantes de ses fesses et de ses jambes. Elle se dirigea vers le bar et revint immédiatement avec un verre de boisson colorée. Elle tendit une addition au montant raisonnable, que Fabien régla en déposant un billet dans le petit panier sur la table. Le garçon sentit de nouveau la main sur sa cuisse, le petit doigt de la jeune fille tout près de son pénis. En professionnelle, elle avait remarqué où se terminait la bosse dans le pantalon, et y laissait «innocemment» glisser l'auriculaire.

— Je t'en prie, fit Fabien en dégageant une fois de plus la main trop aventureuse. Je n'aime pas que tu fasses ça.

Elle se recula de nouveau pour l'observer en souriant.

— Je m'appelle Candy, dit-elle.

— Très occidental, répliqua le garçon en levant son verre. À la tienne, Candy.

Ils burent.

— Toi? Comment tu t'appelles? demanda-t-elle.

— Fabien.

— Fa... Fa... Comment tu dis?

— Fabien, répéta-t-il.

— Fa...

Elle éclata d'un rire sonore.

— Je ne sais pas si je vais parvenir à prononcer ton nom, dit-elle.

Fabien rit à son tour. Il se mit à la trouver terriblement sympathique.

— Essaie toujours.

— Fab... binne...

Elle fit un geste de la main en signifiant qu'elle abandonnait.

— Non, c'est trop dur pour une Thaïe. Je n'y arrive pas.

Elle s'approcha en posant le bout de ses doigts sur les lèvres du garçon.

— Mais c'est un très joli nom quand il sort de ta bouche.

— N'essaie pas de me séduire, Candy, j'ai horreur de ça.

Elle exagéra une mine surprise.

— Horreur de la séduction? C'est agréable de se faire séduire, non? Ça veut dire qu'on suscite le désir chez l'autre.

— Pas si ça vient d'une prostituée.

Il regretta aussitôt sa réplique, qu'il avait lancée sur un ton presque méprisant. À sa surprise, la jeune fille ne s'en offusqua pas. Elle baissa les yeux une seconde, puis sourit.

— Tu es intelligent, dit-elle. Tu n'es pas le type de client habituel de ce bouge.

Le Québécois n'était pas certain de devoir apprécier le compliment. Il se détourna de la fille pour revenir à la boxe. L'un des pugilistes venait de lever les bras en signe de victoire. Il était jeune, probablement moins de vingt ans. Ses muscles gonflés faisaient saillie sur un corps minuscule trempé de sueurs. Une serveuse passa près de la table, masquant le ring pendant une seconde. Fabien la suivit du regard. Elle lui parut excessivement laide avec son visage carré, ses yeux sans éclat et sa bouche aux lèvres minces. Il observa son maquillage trop prononcé, ses hanches étroites, sa démarche raide...

«Un homme! songea-t-il soudain. Un travesti.» Il lorgna les autres serveuses autour de lui. Tous des hommes; ça lui paraissait désormais évident. Dérouté, il se tourna brusquement vers Candy. Elle le regardait toujours de son air invitant, plus belle que jamais.

— Tu es un homme ou une femme? demanda-t-il sans ménagement.

— Selon toi? répliqua-t-elle, nullement déstabilisée par sa question.

Fabien ne riait plus. Pour la première fois, la voix rauque de la fille le dérangeait.

— Tu ressembles à une femme, tu es belle comme une femme, mais je ne jurerais de rien.

— Qu'est-ce que tu aimerais? Que je sois homme ou femme?

Fabien ne répondit pas, s'efforçant de déceler chez la prostituée le moindre indice qui puisse l'orienter sur son sexe véritable.

— Je peux être ce que tu veux, reprit-elle. Tu fermes les yeux, je te masse, et tu imagines ce que bon te semble.

— Laisse-moi, je ne veux plus que tu me touches.

Il avait levé une paume face à elle, bien décidé à ne plus se laisser approcher. Sa voix était également plus ferme et il avait parlé un ton plus haut.

— Comme tu veux, dit Candy en soupirant. Mais tu ignores tout le plaisir que je t'aurais procuré.

Elle se leva en posant son verre vide sur la table et lui sourit de nouveau.

– Je continue malgré tout à te trouver beau.

Elle tourna les talons en renversant la tête dans un rire. Elle s'éloigna vers une table où deux touristes japonais venaient de prendre place.

– Ang-lee?

Fabien leva la tête. C'était le petit boxeur qui avait remporté la victoire. Il avait retiré ses gants et s'était appuyé sur la table, face au Québécois. Des escarres lui couvraient les jointures et de nombreuses rougeurs marquaient la peau sur ses côtes, résultat des coups qu'il avait reçus plus tôt. Il parla en thaï.

– Phûut phasaa thaï mâi pen, répondit Fabien. Tu parles anglais?

Le boxeur le regarda, vaguement étonné.

– Un peu. Tu n'es pas Ang-lee? Tu lui ressembles beaucoup.

– Tu le connais? demanda Fabien.

– Oui.

– C'est mon frère.

Le visage du pugiliste s'illumina.

– Ah! Content de te connaître. Je m'appelle Phulang.

– Fabien.

– Il est ici, Ang-lee?

– Je ne l'ai pas vu. Toi, tu le vois souvent?

Le Thaï fit une moue en hochant la tête. Distraitement, il grattait une gale sur une jointure.

– Des fois. Ça fait quelques jours, maintenant, qu'il n'est pas venu. C'est lui qui me vend...

Fabien le regarda plus intensément.

– Qui te vend quoi? demanda-t-il.

Le boxeur joignit ensemble les doigts de sa main droite, les porta à la hauteur de sa bouche et creusa ses joues en mimant une profonde inspiration.

– Tu sais? dit-il en souriant.

– Opium?

Le Thaï laissa sa tête tomber vers sa poitrine en la remuant. Quand il la releva vers Fabien, il souriait toujours.

— Tu me donnes un pourboire?

— Pourquoi?

— Parce que j'ai bien combattu.

— Que feras-tu de ce pourboire? Tu vas te procurer de la poudre?

— Tu me donnerais suffisamment pour cela?

— Non.

— Alors, donne-moi ce que tu veux.

— Je n'ai pas envie de te donner de l'argent.

— Cent bahts, c'est peu. Sois chic.

Fabien soupira. Il regarda Candy, qui lui jetait des regards à la dérobée alors qu'elle cherchait à séduire les Japonais, puis revint vers le boxeur.

— Cinquante bahts si tu me dis où se tient généralement Henri.

Le Thaï souleva les sourcils.

— Tu le cherches?

— Pas nécessairement, mais s'il est dans le secteur, je vais aller le voir.

Le boxeur pinça les lèvres en regardant le Québécois. Il cherchait sans doute à déceler quelle part de mensonge se cachait dans ses propos.

— Je ne sais pas où il est.

— Quand tu veux ta poudre, tu sais sûrement comment entrer en contact avec lui.

Phulang hocha la tête.

— Non, je ne sais pas.

— Alors, pas de pourboire.

Fabien vida le reste de son verre et se leva. Phulang étira un sourire niais en levant l'index.

— Cent bahts et je te dis où il se tient le plus souvent.

Il avait trouvé un élément dont le farang avait besoin. Pas question de le laisser partir sans chercher à le faire payer.

– Cinquante bahts, insista Fabien en faisant mine de tourner les talons. Pas un saleng de plus.

– Soixante-quinze.

Le Québécois ignora la réplique et fit un pas en direction de la sortie.

– O.K., O.K., cinquante bahts, accepta Phulang en le retenant par le bras.

Fabien tira un billet bleu de la poche de sa chemise et le tint sous le nez du Thaï entre le pouce et l'index.

– On peut le trouver souvent au Wong Hotel, sur la rue Suriwong, entre les soi Patpong II et Thaniya.

– Khop khun khrawp.

Fabien plaça le billet dans la main du garçon. Il ne ressentit aucune sympathie pour lui, mais le considéra quand même comme l'une des victimes d'Henri. Il quitta le bar en souriant à Candy, qui venait de lui envoyer un baiser avec la main.

*   *   *

Sur la rue Suriwong, une simple affiche barrée d'une flèche indiquait la direction à suivre, dans une ruelle voisine, pour atteindre l'hôtel Wong. Hésitant tout d'abord, Fabien finit par s'y engager en jetant une multitude de regards autour de lui. Il se retrouva bientôt dans une pénombre profonde, se repérant uniquement par la lumière d'un bar à proximité.

Saturn. Le nom apparaissait en lettres lumineuses au-dessus d'une porte entrouverte. Fabien distingua un comptoir, quelques bancs, quelques hommes... La musique qui s'en échappait venait d'un juke-box qui émettait des rythmes modernes et occidentaux accompagnés de paroles thaïes. Il contourna le bâtiment à l'invite d'une autre pancarte et, à travers une grande fenêtre, distingua mieux l'intérieur du bar. Il s'y trouvait une dizaine d'hommes et deux ou trois garçons de moins de dix ans qui circulaient entre les tables. En face de lui, la porte d'entrée de l'hôtel Wong, qui jouxtait le Saturn.

Il ralentit son pas pour mieux observer les clients du bar, mais n'osa pas s'arrêter, d'autres personnes arrivant dans son dos. Il poussa la porte d'entrée de l'hôtel, tandis que les marcheurs derrière lui continuaient leur route dans la ruelle.

La réception de style moderne annonçait un établissement classique, propre et bien tenu. Deux hommes et une femme, en uniforme rigide, s'affairaient derrière le comptoir pendant que deux touristes occidentaux discutaient sur une causeuse dans le lobby. On voyait un restaurant depuis l'entrée et Fabien remarqua que l'on n'y trouvait que des hommes. Ils étaient tous occidentaux. Aucune femme sinon l'employée derrière le comptoir qui accueillit Fabien en le dévisageant à la limite de l'inconvenance.

– Je sais, dit le Québécois, je ressemble à quelqu'un que vous connaissez bien.

Elle sourit en baissant la tête pour le saluer. Ses doigts ne se touchèrent pas tout à fait lorsqu'elle accomplit le wai. Elle était menue et pas particulièrement jolie. Seul son uniforme lui donnait un semblant d'importance.

– En effet, répliqua-t-elle dans un anglais parfait où se distinguait un accent britannique. Vous ressemblez à Henri Denault.

– Je m'appelle Fabien. Il est mon frère. Se trouve-t-il ici?

– C'est possible, mais il va parfois à l'extérieur de Bangkok pour ses affaires.

– Il y a longtemps que vous l'avez vu?

L'un des deux hommes près de la fille s'approcha. Il cambrait légèrement le dos pour garder les épaules en arrière et paraître plus imposant. Ses yeux très bridés et son visage trop rond trahissaient ses origines chinoises. Lorsqu'il parla, Fabien constata qu'il lui manquait une incisive.

– Si vous voulez le voir, il est absent, dit-il d'une voix atone et dans un anglais un peu moins épuré. Par contre, dès son retour, nous pourrons lui transmettre tout message que vous jugerez bon de nous confier.

Le Québécois le regarda un moment dans les yeux comme s'il réfléchissait à une note à communiquer. En réalité, il jaugeait le préposé, cherchant à reconnaître en lui le service sincère ou la mauvaise foi.

– Non, répondit-il enfin en se détournant. Je reviendrai, merci.

Fabien tourna les talons et se dirigea vers la sortie. Son attention fut un moment détournée par l'un des garçonnets du Saturn qui venait d'entrer dans le restaurant et qui errait entre les tables en observant les convives. Le Québécois ralentit son pas et ce fut suffisant pour que l'un des hommes sur la causeuse lève un bras pour l'arrêter.

– Tu cherches Henri? demanda-t-il dans un accent australien.

– Oui.

– Il est quelque part en ville. Je l'ai aperçu hier au parc Lumphini. Il se tient dans le secteur; tu ne devrais pas avoir de difficulté à le rencontrer.

– Où se trouve-t-il, ce parc Lumphini?

L'homme pointa un doigt qu'il agita dans l'air de façon imprécise.

– Rends-toi au bout de Silom Road et c'est immédiatement de l'autre côté de la rue Rama IV. Sinon, continue à errer dans le quartier; tu finiras sûrement par tomber sur lui à un moment ou un autre.

L'Australien s'étonna que Fabien ne le remercie pas. Le Québécois ne bougeait pas, le regard fixe en direction de la salle à manger. L'Australien tourna la tête à son tour et vit un garçonnet assis sur les genoux d'un client. Celui-ci était placé de dos au lobby, exposant la couronne rose de sa calvitie et les bourrelets qui pendaient de son pantalon. Pendant que l'enfant mangeait dans l'assiette du dîneur, celui-ci en profitait pour faire glisser ses mains dans le petit short dépenaillé.

# 9

Le Pink Panther était l'un des tout premiers bars sur Patpong II lorsqu'on s'y engageait par la rue Suriwong. Un bar à tous les autres pareil, qui ne s'annonçait ni mieux ni moins bien que ses semblables, et ce n'est que le hasard qui poussa Fabien à y entrer. L'intérieur de l'établissement paraissait plus grand que ne le laissait supposer l'aspect restreint de son entrée extérieure. Des bancs doubles étaient disposés le long des murs tout autour de la place, face à des tables hautes vissées au sol. Un banc était également fixé au côté opposé de la table. Une scène géante, au centre de l'enceinte, accueillait une quinzaine de filles qui se trémoussaient sans trop de conviction au rythme d'un rock commercial aux accents occidentaux, mais aux paroles thaïs. Il y régnait une atmosphère enfumée et zébrée des couleurs que jetait un éclairage de discothèque sans originalité. Les clients, peu nombreux, japonais d'apparence, se limitaient à occuper les tables le long du mur.

Fabien choisit de s'asseoir à un comptoir circulaire qui ceignait la scène. Les filles se trouvaient directement en face de lui. Elles étaient vêtues qui d'une blouse transparente, qui d'une jupe rasant les fesses, qui d'un bikini, mais jamais dénudées. La loi thaïlandaise interdisait d'exposer en public les parties du corps dont la vue pouvait choquer les bonnes mœurs. C'est pourquoi de nombreux bars de Bangkok offraient un spectacle différent à l'étage supérieur, spectacle pour lequel il fallait assurément débourser un supplément. Chacune des filles portait un macaron sur lequel était inscrit un numéro en caractères gras, blanc sur noir. Le client n'avait qu'à demander à la serveuse le numéro qui lui plaisait et la danseuse venait aussitôt le rejoindre.

Le garçon ne remarqua pas le déhanchement supplémentaire qu'accomplirent deux ou trois danseuses dans le but d'attirer son attention. Il était concentré sur les jointures de sa main droite dont la rougeur commençait à s'estomper. La douleur s'évanouissait également. Il se sentit soulagé. En sortant de l'hôtel Wong, il avait violemment frappé un mur en face de lui avec son poing, provoquant ainsi un éclat sur la peinture. Il avait aussitôt regretté son geste, craignant d'avoir aggravé sa blessure au poignet ou même de s'être brisé les os. Juste avant, il avait dû fournir un effort surhumain pour ne pas bondir sur le pédophile dans la salle à manger du Wong. Il lui fallait encore apprendre à se détacher des manières répugnantes de ces monstres s'il voulait réussir à les approcher, à entrer en contact avec les proxénètes et à avoir une chance de retrouver Khiang. Heureusement, personne n'avait été témoin de son accès de rage.

Une serveuse lui demanda ce qu'il désirait boire, le tirant de ses pensées. Il commanda une bière et épia discrètement les clients aux tables, le long des murs autour de lui. La plupart se tenaient seuls ou en groupes de deux. Des filles cherchaient à les séduire avec cette promiscuité propre aux bars asiatiques. Elles se collaient contre eux, leurs mains baladeuses sur les cuisses ou entre les boutons de leur chemise. Avant d'entraîner le client avec elle pour une nuit de sexe, chacune cherchait à se faire payer un maximum de consommations, sur lesquelles elle retirait une commission.

Une bière fut déposée devant Fabien au moment où une pièce musicale succédait à une autre et que la quinzaine de danseuses faisait place à un autre groupe apparu de derrière une porte au fond. Le garçon but une première gorgée comme il la remarquait pour la première fois.

Elle. La plus jeune du groupe assurément. Seize ans. Dix-sept au plus, même si la loi exige un minimum de dix-huit ans pour s'adonner ouvertement à la prostitution. Une fille dont les traits et la silhouette rencontraient exactement les canons de beauté personnels de Fabien: un visage à peine émergé de l'air poupin de l'enfance, aux yeux aussi noirs que la plus pure pierre d'onyx, délicatement bridés et démesurément grands; des pommettes juste assez rebondies dont la ligne souple creusait une courbe douce qui rejoignait des lèvres charnues; des cheveux, aussi noirs et luisants qu'un ciel étoilé, qui auréolaient sa figure, adoucissant le teint hâlé de sa peau. Elle portait un petit bustier qui soulevait ses seins, exhibait son nombril et dévoilait son ventre plat et sa taille fine. Un short court, qui laissait voir le pli des fesses, exposait de longues jambes au galbe parfait. Elle était pieds nus.

Dès qu'il la vit, Fabien ne put en détacher son regard. Pour lui, il s'agissait d'une apparition; l'image de la femme qui avait accompagné tous ses rêves romantiques d'adolescence et qui surgissait soudainement en chair et en os pour l'inviter à revivre ses fantasmes. La jeune fille remarqua le trouble qu'elle provoqua chez lui. Sans chercher à se déplacer pour prendre la place d'une danseuse plus près, elle se tourna face au garçon et poursuivit sa chorégraphie en lui souriant. Rien de vulgaire ne venait détruire les gestes de séduction qu'elle exécutait devant lui. Elle ondulait du cou aux genoux, ses bras gracieux flottant autour d'elle pareils aux tiges des hautes herbes agitées par le vent. Au rythme de la musique, ses cheveux flottaient, se soulevaient ou se balançaient, semblables aux pétales d'une fleur que la brise câlinait. Pour Fabien, elle était l'orchidée lumineuse qui perçait soudain un champ de petites fleurs ternes pour l'ennoblir. Il l'ignorait sans doute encore, mais il était en train de tomber follement amoureux.

La musique changea, les filles se déplacèrent toutes d'une place en tournant dans le sens contraire des aiguilles d'une montre. L'orchidée se rapprocha de Fabien. Ils continuèrent de se fixer l'un l'autre, lui subjugué par sa beauté, elle intriguée par toute la douceur qu'elle lisait dans le regard de l'étranger. Il y eut encore deux ou trois pièces musicales, cinq ou six gorgées de bière, et Fabien ne fut pas surpris de s'entendre demander à la serveuse le numéro quatre-vingt-dix-huit, celui du macaron de la danseuse. Les deux filles échangèrent quelques paroles et l'orchidée sourit davantage au garçon. Curieusement, dans ce sourire, on ne lisait pas une simple manifestation de la victoire qu'elle venait de remporter sur ses consœurs, mais également les traces subtiles du soulagement.

— Je m'appelle Nham, dit-elle.

Son anglais était un peu sommaire, mais compréhensible. Elle venait de s'asseoir sur le banc près de lui. Il avait pivoté vers elle et, pour se faire entendre par-dessus la musique, elle avait dû approcher son visage du sien en posant ses deux mains sur ses genoux.

— Tu me paies un verre?

Approche officielle, conventionnelle, un peu froide. Fabien en ressentit un certain malaise, mais s'empressa de l'ignorer.

Elle n'attendit pas sa réponse, lui prit la main et l'obligea à se lever.

— Viens, dit-elle en l'entraînant vers une table libre près du mur, nous serons mieux pour discuter là-bas. Ici, la musique est trop forte.

Sans protester, il la suivit en prenant soin d'apporter sa bière. Ils s'assirent.

— Quel est ton nom? demanda-t-elle.

Fabien répondit en s'étonnant d'avoir eu à se racler la gorge avant de pouvoir parler.

— Tu veux connaître ma sœur? Elle danse ici avec moi. Regarde, c'est elle, là. Elle est jolie, non?

Fabien vit une fille d'une vingtaine d'années, de beauté et de taille moyennes, qui ne pouvait représenter pour lui qu'une Thaïe parmi tant d'autres. Nham fit signe à la fille de venir les rejoindre. Celle-ci abandonna ses bavardages avec une autre danseuse et s'approcha. Elle avait le même sourire que sa sœur.

— Je te présente Puyi, dit Nham à Fabien. Puyi, je te présente Fa... Fab... Comment tu dis déjà?

— Fabien.

— Fab-yen, c'est ça, répéta-t-elle malgré tout assez adroitement.

— Bienvenue Fab-yen, dit Puyi en tendant la main. Tu as choisi ma sœur? C'est une fille très belle, n'est-ce pas?

À observer la Thaïe, le Québécois nota les traits de ressemblance qui, hormis le sourire, ne sautaient pas aux yeux de prime abord. Mais Puyi était certainement moins belle que sa parente. Ses cheveux semblaient moins luisants, sa bouche moins généreuse, sa silhouette plus ronde. Elle était vêtue d'un maillot de bain monopièce de couleur or et portait des sandales bon marché. Son macaron affichait le numéro quarante-et-un. Elle s'assit.

Nham enlaça le bras de Fabien comme s'ils étaient des amants de longue date. Elle colla la joue contre son épaule et leva le visage vers lui. Le garçon chercha à évaluer la part de mise en scène dans ce geste et l'attirance que la jeune fille éprouvait à son égard. Il se sentit un peu mal à l'aise en considérant qu'elle en faisait autant tous les soirs et qu'elle ne voyait en lui qu'un client comme les autres.

— Tu paies aussi un verre à ma sœur? demanda Nham.

Il y eut un fracas violent dans la poitrine de Fabien, entraînant un trou béant. L'argent! Bien sûr! Voilà ce qui aimantait ces filles et cette ville. Pourquoi a-t-il rêvé, ne serait-ce que dix minutes, qu'il était possible de trouver des sentiments à Bangkok? Et de surcroît à Patpong?

— Je paie un verre à qui tu veux, répondit Fabien, les dents un peu serrées. Tiens, pourquoi pas à tout le groupe de filles qui montent sur scène en ce moment?

Nham ressentit la réplique comme une gifle. Elle se recula en perdant son sourire. À son tour, elle se sentit brisée. Quel étrange farang. Pourquoi cet orgueil soudain? Dans son pays, était-il inconvenant de payer une consommation à une jeune fille? Ou était-ce autre chose? Mesquinerie? Non, elle ne croyait pas. Ce garçon qu'elle avait remarqué dès qu'elle fut sur la scène la fascinait décidément. Il n'avait ni la raillerie, ni l'arrogance, ni le mépris des clients qui envahissaient Patpong, la nuit tombée. La présence de ce Fabien dissonait.

— Excuse-moi, dit-elle d'une voix repentante en desserrant un peu l'étreinte autour du bras du garçon. Je voulais seulement t'offrir de partager deux amies au lieu d'une. Je croyais que la compagnie de ma sœur nous serait agréable à tous les deux et que nous pourrions discuter, rire et nous amuser davantage.

Puyi pinça les lèvres, ne sachant trop si elle devait ou non se lever et laisser le couple seul ou, au contraire, seconder sa sœur dans le conflit. Elle craignait d'être l'élément nuisible qui ferait fuir le client potentiel et, nécessairement, le revenu de Nham.

Fabien vida sa bouteille de bière dans une longue gorgée. Il regrettait maintenant sa réplique. Bien sûr, ces filles cherchaient à le faire dépenser, c'était leur gagne-pain. Mais peut-être qu'en dehors de cet aspect purement pratique, il restait un peu de place pour apprécier la présence de l'autre. Selon lui, Nham songeait peut-être que, comme tous les farang, le Québécois ne désirait qu'une nuit de sexe, qu'il désirait payer pour ne pas avoir à se soucier de la laisser en plan le lendemain matin.

Il reposa sa bouteille de bière sur la table en effectuant une lente courbe et se tourna vers le visage hâlé qui le fixait de ses grands yeux interrogateurs. La joliesse de ses traits le frappa une fois de plus.

— Non, c'est moi qui m'excuse, dit-il, un ton plus doux. À force de me faire harceler par tous les rabatteurs qui en veulent à mes billets, je finis par penser que Bangkok ne s'intéresse à moi que pour la valeur économique que je représente. Tu me parais gentille et Puyi me semble également très sympathique. Je veux bien vous offrir un verre à toutes les deux et profiter de votre compagnie.

Le sourire illumina de nouveau le visage de Nham. Elle ne se trompait pas, ce garçon était différent. Fier et orgueilleux peut-être, mais respectueux, amical... attachant. Puyi se leva, souriante également.

– Je vais chercher les consommations, dit-elle, et je te rapporte une autre bière.

– D'où viens-tu? s'informa Nham en se blottissant de nouveau contre Fabien.

Les cheveux de la jeune fille étaient tout près du visage du garçon et celui-ci avait l'impression de respirer un parfum de santal.

– Québec, répondit-il.

Elle ouvrit ses yeux encore plus grands.

– Où? Je ne connais pas ce pays.

– Québec. Enfin, Canada.

– Oh! Oui, je sais. Il fait froid chez toi, pas vrai?

Il rit.

– Pas tout le temps, mais l'hiver, oui, il fait très froid.

Elle fit une moue en hochant la tête.

– Avec la neige et tout; j'ai vu des photos dans un magazine déjà. Oui, ça doit être très beau ton pays.

Et elle se surprit à penser qu'elle aimerait bien visiter cette contrée lointaine en compagnie d'un garçon si gentil.

Puyi réapparut avec deux petits verres de boisson et une bouteille de Singha. Elle se rassit face à Fabien.

– Tu es Américain? demanda-t-elle.

– Non, Canadien.

– Ah oui, le Canada! C'est dans le nord de l'Europe, pas vrai?

– Non, en Amérique.

Elle le regarda, perplexe.

– Alors, tu es Américain?

– Non. Ceux qu'on appelle Américains viennent des États-Unis d'Amérique. Moi, je viens du Canada.

– Qui est en Amérique.

– Voilà.

Elle haussa les épaules en faisant une moue.

– Alors, c'est bien ce que je disais.

Et elle porta son verre à ses lèvres.

– Que fais-tu en Thaïlande? s'informa Nham en croisant ses doigts avec ceux du garçon.

– Je suis de passage, répondit-il entre deux gorgées. Je visite l'Indochine.

– Tu es seul?

– Oui.

– Tu n'as pas de femme ou de petite amie chez toi?

– Seulement une mère et une sœur.

– Tu vas rester longtemps parmi nous?

Fabien émit un petit rire.

– C'est un interrogatoire ou quoi?

Nham rit à son tour en collant sa joue contre lui. Elle avait de ses petits mouvements de tête un peu gamins qui trahissaient son jeune âge. Elle répliqua:

– Je veux te connaître. Je t'aime bien, moi.

– Quel âge as-tu, Nham?

– Dix-huit ans, répondit-elle sans hésiter, le menton relevé.

– Tu es bien certaine?

– Bien sûr.

Fabien jeta un regard à Puyi qui demeurait sans expression. Il revint à Nham.

– Je crois que tu es plus jeune.

Elle le toisa en exagérant un air outré et fouilla dans une petite pochette à sa ceinture. Elle en retira une carte plastifiée qu'elle lui présenta. Fabien la saisit entre ses doigts. La photo montrait une Nham sérieuse aux yeux cernés, aux cheveux plus courts. Le texte qui l'accompagnait était en thaï, mais les chiffres de la date de naissance étaient les mêmes qu'en Occident. Le garçon effectua un rapide calcul mental. La jeune fille avait eu dix-huit ans deux mois plus tôt.

– Convaincu?

Il continuait d'examiner le petit rectangle de carton vulgaire rempli à la machine à écrire, plastifié et découpé à la main.

– Facile à falsifier, ces pièces d'identité.

Elle lui retira la carte en pointant son nez en l'air.

— Tu me prends peut-être pour une enfant, mais donne-moi la chance et tu verras que je suis une vraie femme.

— Ça t'intéresse?

C'est Puyi qui avait parlé.

— Quoi? demanda-t-il.

— Ma sœur avec toi.

Il s'accouda à la table pour se rapprocher de la danseuse.

— Quoi avec moi?

— À ton hôtel, pour la nuit.

Fabien sentit la rougeur monter à ses joues. Il trouvait la proposition éminemment indécente et insultante pour Nham. Il lorgna vers elle. Étrangement, celle-ci, au lieu de paraître troublée, le regardait comme remplie d'espoir. À la fois heureux de passer toute une nuit avec cette fille dont la beauté le chavirait et déçu de la façon dont il gagnait ses faveurs, Fabien ne sut que répondre. Puyi insista.

— Accepte, tu ne regretteras pas. Ma sœur est très jolie.

Fabien se recula contre le dossier de la banquette. Il hocha la tête.

— Non. Je ne veux pas payer pour séduire Nham. Elle mérite mieux qu'un client. Elle mérite un homme qui se donne à elle, pas un homme qui achète ses faveurs.

Nham écarquilla les yeux. C'était bien la première fois qu'un homme refusait de la suivre dans une chambre d'hôtel. Elle sentit un trouble étrange l'envahir. Ça aussi, c'était la première fois. Comme ce garçon était différent. Était-ce pour cela qu'il l'attirait autant?

— Ce n'est pas si cher, tu sais, fit Puyi avant de prendre une gorgée de boisson colorée.

Fabien ne distinguait plus de son visage que deux yeux au-dessus du rebord d'un verre. Elle ne lui était pas tout à fait sympathique. Il se tourna vers Nham. Elle le regardait sans timidité, les paupières légèrement abattues, les cils frémissants. Elle détourna son regard et vint coller sa joue contre son bras.

— Si tu ne la choisis pas, l'un d'eux le fera, poursuivit Puyi en pointant un pouce derrière elle, là où buvaient silencieusement des clients japonais. Et eux, généralement, ils ne sont pas aussi tendres et aimants qu'un farang américain.

– C'est ça que tu voudrais? s'informa Fabien en soulevant le menton de Nham vers lui afin qu'elle le regarde. Tu aimerais que je paie pour t'emmener avec moi afin d'échapper aux autres clients?

Le sourire de la jeune fille s'était transformé en une caricature de tristesse. Elle cherchait à l'attirer dans tous les pièges qu'elle connaissait afin de le garder avec elle, cette nuit-là. Elle refusait l'idée qu'il ne soit pas intéressé à ses faveurs, surtout qu'elle désirait ardemment les siennes. Elle chercha vainement dans son compartiment à malices la petite case de son cerveau où elle puisait généralement ses réparties les plus audacieuses, ses réactions les plus osées, mais le trouva désespérément vide. En soutenant le regard de Fabien, elle ne trouva qu'à répondre:

– Non. Je veux que tu paies parce que tu me plais. Si quelqu'un d'autre achète mes faveurs, moi, toute la nuit, je rêverai être dans tes bras.

\* \* \*

Nham était accoudée à la fenêtre, observant le flot silencieux de Chinois qui quittait la cour du temple. Ils avaient envahi les venelles avoisinantes, marchant d'un pas serein, chuchotant à peine, comme s'ils craignaient d'éveiller les gens du quartier endormi. Le film venait de se terminer. L'écran géant était encore secoué par quelques éclats de lumière, indiquant que les techniciens manipulaient les mèches du projecteur. L'obscurité avait repris ses droits, après les lumineuses chevauchées des seigneurs de la guerre médiévaux, et un silence apaisant remplaçait maintenant le choc des épées et les éclats de voix en mandarin.

Une brise fraîche venue du fleuve se glissait dans la chambre pareille à une caresse, entraînant avec elle un parfum de fruits venu des rives de Thornburi. Maintenant, seules les rares lumières jaunâtres éclairant les rues faisaient danser des ombres dans les encoignures sombres et les ruelles. La jeune fille avait éteint le commutateur de la chambre et donnait l'impression d'épier la nuit. Elle ferma les yeux et s'imagina loin de Bangkok, étendue sur les plages du golfe de Siam, ou parcourant les berges du Mékong. Elle se voyait marcher d'un pas allègre sur les sentiers des temples, dans les monts Phetchabun, près de Loi, d'où elle était originaire. Et tout à coup, elle se vit vêtue d'une épaisse fourrure, dans un pays immense, blanc et froid, auprès d'un garçon qu'elle connaissait à peine et qui la réchauffait en la serrant contre lui.

Elle rouvrit les yeux et se détourna de la fenêtre. La porte de la salle de bain, en s'ouvrant, venait de déverser un flot de lumière dans la chambre. Fabien apparut torse nu, un sarong noué autour de la taille.

— Tu te caches ou quoi? demanda-t-il en riant. Pourquoi as-tu éteint?

Elle alla se blottir contre sa poitrine en inspirant très fort. Il sentait bon le parfum de son savon pour le corps.

— La nuit est douce, dit-elle, propice aux rêveries. N'allume pas, le charme risquerait de disparaître.

Il posa les lèvres sur sa tête pour l'embrasser. Ils se tinrent tous deux près de la fenêtre et respirèrent la brise en silence. En caressant le bras de Fabien, Nham toucha la corde autour de son poignet. Avec les jours, les cordelettes s'étaient liées les unes aux autres pour devenir un seul bracelet. La jeune fille l'effleurait du bout des doigts.

— Une petite amie dans le Nord-Est? demanda-t-elle.

Fabien hocha la tête.

— Non. Plusieurs amis dans un village près d'Udornthani.

Elle l'étreignit plus fermement encore jusqu'à sentir le cœur du garçon battre contre sa joue. Elle aurait voulu le presser si fort qu'il aurait pénétré en elle, prisonnier à jamais, et elle n'aurait pas eu à craindre de le perdre. C'était la première fois qu'elle ressentait un tel désir pour un homme. Que lui arrivait-il?

Fabien la sentit frémir entre ses bras. La jeune fille lui paraissait à la fois si forte et si fragile. Forte de parvenir à survivre dans le milieu qui était le sien, fragile de par sa naïveté d'enfant. Il lui semblait qu'elle n'était pas vraiment consciente des dangers qui la menaçaient lorsqu'elle se donnait au premier client qui payait.

Ce fut si simple d'acheter sa présence pour la nuit. Trois cent cinquante bahts versés au bar, pour lesquels on lui avait remis un reçu officiel, et mille cinq cents bahts à donner à Nham au matin, avant son départ.

— On va au lit? demanda-t-elle.

Le garçon prit le visage de la jeune fille entre ses mains, ce qui fit rebondir ses joues.

— Nham, commença-t-il de sa voix la plus douce, j'ai payé pour toi, pour t'emmener avec moi, loin des autres clients du bar. Mais je ne l'ai pas fait dans le but d'acheter tes caresses. Rien ne t'oblige à coucher ici, ni à faire quoi que ce soit dont tu n'aies pas envie. Tu es libre de quitter cette chambre à l'instant où tu le désires.

Dans la semi-obscurité, il ne distinguait pas bien le regard qu'elle levait vers lui. Pendant un moment, il craignit d'avoir donné l'impression de la repousser, car elle quitta son étreinte. Elle saisit sa main dans la sienne et l'attira vers le lit.

– Ne sois pas stupide, dit-elle simplement.

\* \* \*

Les soupirs et les râles s'étaient éteints. Seuls la musique du fleuve et les bruits réduits de la circulation berçaient maintenant la chambre. L'appareil de climatisation, réglé au minimum, crachotait un air humide et frais dans un grondement vaguement perceptible. Le lit avait repris son immobilité tranquille après que les deux corps, épuisés, eurent cessé de s'y mouvoir. Dans ce cocon coupé du monde, où se respirait une odeur de peau moite et d'humeurs, le temps semblait se suspendre après le violent accès d'amour qui l'avait ébranlé.

Nham fut secouée d'un tremblement qui la fit claquer des dents et frémir des épaules jusqu'aux pieds. Pour le réprimer, elle planta ses doigts dans le dos de Fabien encore étendu par-dessus elle. De crainte qu'elle ne prenne froid, celui-ci tira le drap par-dessus leurs épaules. Elle réprima encore quelques spasmes en s'accrochant à son cou et renversa la tête en arrière.

– Tu veux que j'éteigne le climatiseur? demanda le garçon dans un murmure où s'entendaient encore toutes les voluptés de l'amour.

Elle l'attira à elle en collant ses lèvres dans son cou.

– Je n'ai pas froid, répondit-elle d'une voix essoufflée, sa salive se mêlant à la sueur du garçon. Je n'ai pas froid.

Et elle se cambra légèrement, des vagues de plaisir la secouant encore, allant et venant comme le flux de la mer sur une plage. Elle se cramponna à lui, croisant ses jambes autour des hanches du garçon, cherchant à le garder en elle. Quand elle s'épuisa enfin et qu'elle se laissa aller doucement sur le lit, elle pleura.

C'était la première fois qu'elle prenait plaisir à sentir un homme en elle. La première fois qu'un partenaire cherchait d'abord à provoquer chez elle le désir et la jouissance avant d'en arriver lui-même à son paroxysme. Depuis sa jeune enfance, depuis ce jour où son propre père lui avait dérobé sa virginité, elle n'avait jamais éprouvé de plaisir à recevoir un homme entre ses cuisses. Mais dès que les lèvres de Fabien s'étaient posées sur sa peau, dès qu'il avait, de ses doigts aussi légers qu'un voile de soie, caressé ses joues, son cou, ses seins, elle avait compris que ce soir-là ne serait pas comme les autres soirs. Chaque fois qu'elle s'attendait à subir un geste brusque, un pincement, une morsure ou d'être retournée sans ménagement, un baiser à peine effleuré se posait sur ses lèvres, un souffle chaud réchauffait ses mamelons, une main câline glissait sur ses hanches. Des paroles dites dans une langue qui chantait, une langue qu'elle n'avait pratiquement jamais entendue, venue de cet étrange Québec, montaient parfois à ses oreilles, répétant de tendres mots dont elle ne connaissait pas le sens, mais qui la grisaient de leur douceur: Je t'aime, petite orchidée. Je t'aime.

C'était comme une musique de nibbana, quand prend fin le cycle des réincarnations et que s'éteint toute douleur.

Nham pleurait.

— Que se passe-t-il? s'inquiéta Fabien.

Elle sourit en reniflant. De grosses larmes roulaient sur ses joues, glissaient le long des lignes de son cou et se perdaient dans ses cheveux mouillés, collés épars sur sa peau.

— Je suis seulement heureuse, Faby, murmura-t-elle dans un souffle. Heureuse dans un lit.

— Dans un lit? répéta-t-il plus pour lui-même que pour lui demander vraiment une explication.

Elle hocha rapidement la tête, puis parla. Doucement, lentement, sur le ton de la plus intime confidence.

— Oui. Ça te paraîtra sans doute étrange, mais pour moi, le lit a toujours été symbole de souffrances, de misère et de triste compagnie. Même seule, je déteste m'y retrouver. À cinq ans déjà, je ne pouvais m'y endormir sans avoir eu à satisfaire les besoins d'un homme. Je ne suis plus vierge depuis si longtemps que j'ignore à quel âge on m'a arraché cette partie de moi. Jamais je n'ai connu la jouissance, jamais je n'ai connu le bonheur d'un amant qui se soucie de mes désirs ou de mes besoins. On entre en moi comme on entre dans une boutique. Le client achète et ressort en prenant soin de payer.

Sa voix se fit un peu plus claire, comme si elle retenait les sanglots qui cherchaient à l'étrangler.

— C'est la première fois, Faby; je ne connaissais pas la jouissance. Par le Bouddha, ce soir tu as entrouvert un rideau, et j'ai vu le plus merveilleux des pays.

Puis, de nouveau, elle l'attira contre elle pour poser un long baiser dans son cou. Ils demeurèrent ainsi un bon moment, cramponnés l'un à l'autre, appréciant chacun la chaleur d'un corps contre leur peau.

— Dis-moi, Faby, demanda-t-elle après un profond soupir qui repoussa définitivement ses sanglots, est-il possible de tomber amoureux de quelqu'un dont on ne connaît rien et que l'on voit pour la toute première fois ? Est-il possible de se dire, après seulement un regard, que cette personne est celle que l'on veut à soi pour la vie, que ses enfants seront ceux qu'on voudra voir courir dans sa propre cour ? Toi qui viens de loin, toi qui as voyagé, toi qui connais tant de choses, dis-moi : est-ce possible ?

Fabien gardait son visage tout près de celui de la jeune fille, leur nez se touchant.

— Oui, c'est possible, dit-il. Ça m'est déjà arrivé.

— Il y a longtemps ?

— Ce soir.

Et à la musique du fleuve se mêlèrent de nouveau les râles et les soupirs.

* * *

Bangkok se couvrit une fois de plus d'un nuage de poussière et de monoxyde de carbone, s'enveloppa de l'air humide que lui prodiguaient le fleuve et les courants d'air venus du golfe de Siam, et se vautra dans la chaleur infernale que jetait sur elle le soleil de mars. Même les dômes dorés des temples et du palais royal semblaient se défaire de leurs ornements, en s'agitant sous les ondes frémissantes de l'air en feu. La ville reprit son rythme trépidant, essoufflant, ses artères bloquées telle une vieille fumeuse ravagée par le cholestérol. Les clameurs qui montaient de ses entrailles ressemblaient à un râle que jetait de son terrier une bête à l'agonie. Les habitants de la capitale avaient envahi les trottoirs, trottinant d'un pas rapide en direction des gratte-ciel, cherchant par tous les moyens à rattraper cet Occident qui les appelait de toute la force de ses dollars. Les traditions millénaires y trouvaient leur cul-de-sac, la mémoire des aïeux balayée au même titre que la sérénité du Bouddha. Une violente folie semblait s'être abattue sur l'ancien et paisible village de pêcheurs, comme si ce jour devait être son dernier. Pourtant, ce jour ressemblait à tous les autres à Bangkok.

Derrière la porte numéro 404 du River View Guest House, la ville ne paraissait pas avoir d'emprise, ce matin-là. Il y régnait un bonheur et une quiétude tels qu'il était presque possible de les toucher. Les femmes de chambre de l'hôtel respectaient la notice accrochée à la porte: «Ne pas déranger». Aussi n'étaient-elles pas surprises d'entendre des soupirs étouffés et des paroles douces que murmuraient des voix assourdies. La journée se passa ainsi, sans que la porte ne s'ouvrît autrement que pour laisser entrer et sortir, à deux occasions, un groom qui apportait à manger.

Vers dix-huit heures, Fabien et Nham étaient assis l'un près de l'autre sur le lit. La jeune fille avait repris ses vêtements moulants de la veille par-dessus lesquels elle avait revêtu une robe large, plus décente. Lui portait un t-shirt blanc aux manches roulées – ce qui exposait davantage ses biceps rebondis –, un jeans délavé et il avait déjà chaussé ses bottines de randonnée. Les deux amants se tenaient tendrement par les mains, leurs pouces caressant la peau de l'autre.

– Je n'ai pas les moyens d'acheter tes charmes tous les soirs, dit Fabien d'une voix légèrement brisée.

Nham agita légèrement la tête en signe de compréhension.

– Je m'en doutais, dit-elle. Je ne sais plus que faire. Comment supporter qu'un autre homme me touche maintenant que je t'ai connu?

– Abandonne ce métier, Nham. Demeure avec moi. Nous poursuivrons ensemble mon périple.

Elle se leva, marcha vers la fenêtre et observa sans les voir les bacs qui traçaient sur le Chao Phraya des sillons d'écume. La lumière traversait sa robe et Fabien pouvait distinguer sa silhouette.

– Je ne peux pas, dit-elle. Je ne peux pas quitter ce métier quand bon me semble. Puyi et moi avons été vendues par notre famille pour subvenir aux besoins des plus jeunes, les garçons. Nous appartenons à une organisation qui nous loue au Pink Panther et qui, tant que nous rapportons de l'argent, refusera de nous laisser partir.

– Tu appartiens aux Triades?

Elle se tourna vers lui à demi, un peu surprise qu'il ait compris si vite. Elle ne baissa pas les yeux, mais le regarda intensément comme elle poursuivait.

– J'appartiens à la pègre chinoise, oui. Malgré l'émergence récente de quelques organisations mafieuses locales, à peu près tout le marché de la prostitution, de la drogue, toutes les combines illicites, le blanchiment d'argent, la corruption de fonctionnaires, l'immigration illégale, tout, tout, tout semble du ressort des Triades.

Parfois, on dirait que Bangkok appartient aux Chinois. Ils sont puissants, sans scrupules, sans conscience. Si la mort de sa propre mère peut lui rapporter cinq saleng, un membre des Triades la tuera sans hésiter. Ils kidnappent les enfants dans les villages du nord, les affament et s'en servent pour entretenir le marché des mendiants dans les secteurs touristiques des grandes villes; ils effectuent des razzias dans les camps de réfugiés karen, le long de la frontière birmanes, et repartent avec les fillettes pour en faire des prostituées; ils contrôlent le commerce de la drogue en entretenant les cultivateurs de pavot. Ils sont pires qu'un cancer, car on ne peut en guérir. Quand les Triades vous ont dans leur collimateur, il ne reste plus qu'à prier le Bouddha de vous accorder une prochaine vie meilleure.

Elle baissa les yeux sur ses mains qui tremblaient l'une dans l'autre. Un terrible sentiment d'impuissance venait de s'abattre sur elle. Elle prenait soudain conscience de la voie sans issue dans laquelle venait de s'engager sa relation avec le Québécois. Tout son corps se mit à suivre l'agitation de ses mains.

Fabien se leva et la serra contre lui. Il posa un long baiser dans ses cheveux et garda son visage appuyé contre sa tête.

— Nous trouverons un moyen de te sortir de là, dit-il. On t'obtiendra un passeport et nous fuirons tous les deux. Je t'emmènerai avec moi, loin de toute cette folie.

Elle acquiesça de la tête en cherchant à se convaincre que ce pouvait être possible, mais une voix intérieure lui répétait que les tentacules de la pieuvre s'étendaient bien au-delà de l'Asie.

— Je dois y aller, dit-elle. Je dois absolument y aller.

Il l'embrassa encore, puis desserra son étreinte.

— Va, dit-il. On se retrouvera.

— Que feras-tu, toi?

— Ce soir?

— Ce soir.

Il haussa les épaules.

— J'ai un travail à faire et puis, je cherche quelqu'un.

Elle le regarda d'un œil nouveau.

— Tu n'es pas un simple touriste, fit-elle après un moment. Pourquoi es-tu à Bangkok?

— Je t'expliquerai en temps et lieu, va.

Sans insister, elle s'arracha à lui et sortit. Le Québécois demeura seul dans une chambre devenue soudain désespérément vide. Il appuya les fesses contre le bord de la commode et regarda les draps entremêlés du lit défait, la table jonchée des débris de repas, la fenêtre coincée qui laissait toujours entrer l'air du fleuve. Il venait de vivre les heures les plus belles de sa vie. Curieusement, il en ressentait un malaise infini. Malaise d'impuissance qui l'étourdissait par les forces mises en présence qui s'opposaient à lui. Hier encore, il croyait pourtant que tout était possible. Retrouver un frère égaré, ramener une enfant perdue, narguer le monde et ses voyous. Maintenant, il n'était plus certain de rien. Avoir appris à aimer si intensément le rendait étrangement fragile. Sans doute était-ce dû à la peur de perdre quelque chose auquel, désormais, il tenait plus qu'à la vie elle-même.

Depuis son départ du Canada, Fabien avait connu bien des désillusions, bien des bonheurs et des chagrins. Il avait découvert tant de merveilles, et d'horreurs aussi, qu'il ne pourrait plus jamais être le même homme. Mais ce qui le marquerait à jamais, c'était un simple sourire. Le sourire d'une fille brune aux cheveux de jais.

Il porta une main à son visage, le parfum de Nham était encore sur sa peau. Il frémit à l'idée de ne plus pouvoir le respirer.

\* \* \*

Le gros Chinois se tenait toujours bien droit, les épaules vers l'arrière. Il remuait la tête de gauche à droite

— Nous n'avons pas vu Henri Denault. Ce serait beaucoup plus facile pour vous de nous laisser un message et de nous dire où il peut vous joindre.

— Non, je n'ai pas de message, répondit Fabien en se détournant. Je reviendrai.

Sans se soucier de remercier, il repartit en direction de la sortie en évitant d'observer les enfants qui furetaient autour des tables du restaurant. Dès qu'il fut à l'extérieur, il prit une grande inspiration. L'air du Wong l'étouffait. Il marcha dans la ruelle en passant devant la vitrine du Saturn. Encore là, des petits garçons de moins de dix ans, montés à genoux ou carrément debout sur les bancs, étiraient leurs menottes vers des plats d'arachides pendant que de grosses mains velues s'attardaient sur leur postérieur. Fabien serra les mâchoires en laissant la colère passer en lui, pareille à une onde qui prit naissance au sommet de son crâne et ne se dissipa qu'après avoir traversé tout son corps. Il émergea sur Suriwong Road.

Marchant en direction de Patpong I, il retrouva la faune habituelle qui envahissait le quartier chaud de Bangkok. Déjà, de nombreuses prostituées sortaient aux bras des clients occidentaux ou japonais, se frayant un chemin au milieu des badauds, s'efforçant de rire d'une blague salace, le regard embrumé par la came qui leur permettait de supporter leur existence vide. Les racoleurs s'accrochaient au moindre client potentiel, les touristes vidaient leur besace, les enfants mendiaient... Bangkok vibrait au rythme de sa dégénérescence.

Un crissement de freins fit sursauter Fabien qui se retourna. Il eut seulement le temps d'apercevoir une petite moto arriver dans sa direction, réagit en sautant de côté pour l'éviter, mais le rebord du trottoir avait déjà fait dévier sa course. Le véhicule, passablement ralenti par ses freins engagés au maximum, emboutit un lampadaire. Le conducteur, soulevé de son siège, effectua une pirouette avant pour tomber sur le sol aux pieds de Fabien. La voiture qui venait de lui couper la route au passage d'une intersection s'arrêta.

Le Québécois se pencha sur le motocycliste qui se levait déjà sur un coude. Il n'était pas très vieux, quinze ans peut-être. Les rues de Bangkok débordaient d'adolescents à moto imprudents qui voyageaient à trois ou quatre sur le même engin, sans respecter de limite de vitesse qui, de toute façon, n'existait pas en Thaïlande.

Le motocycliste ôta son casque en grimaçant. Il secoua la tête comme pour s'assurer qu'aucun morceau ne manquait, puis s'assit sur le trottoir. Il n'était pas blessé. Un petit attroupement s'était formé autour de lui et de Fabien. Du coin de l'œil, le Québécois remarqua la portière de la voiture qui s'ouvrait et les chaussures de toile de l'homme qui en descendait. Un pantalon de coton pâle tombait sur les lacets.

L'automobiliste s'approcha, se frayant un chemin dans la petite foule devant lui. Ce n'est que lorsqu'il fut directement à côté de Fabien que ce dernier leva la tête pour le regarder. L'homme était occidental. Son teint hâlé faisait ressortir une chevelure pâle, brûlée par le soleil. Ses yeux gris perçaient un visage aux traits durs, marqué d'un nez fort, de lèvres minces et d'un menton proéminent. Il portait une chemise hawaïenne aux couleurs criardes, les manches courtes révélaient des bras puissants aux muscles développés. Quand il plia les genoux pour se descendre à la hauteur de l'adolescent, Fabien ne put détacher son regard du visage de l'inconnu. L'homme remarqua son malaise et, à son tour, se mit à fixer le Québécois d'un œil polaire. Bientôt ses traits s'affaissèrent et ses sourcils se soulevèrent en accents circonflexes.

    – Ça, par exemple! s'étonna l'homme en s'exprimant en français. Petite-pantoufle!

# 10

Henri et Fabien étaient assis face à face à une table du restaurant de l'hôtel Wong. Deux assiettes encore encombrées des restes de leur repas reposaient devant eux parmi quelques bouteilles de bière et un litre de vodka. Deux serviettes de table maculées de sauce étaient déposées sans manière au milieu des restants. De derrière son comptoir, le gros Chinois observait les deux Québécois d'un air suffisant, vraisemblablement satisfait de n'avoir jamais trahi la présence d'Henri à Bangkok et d'avoir discrètement avisé celui-ci que son jeune frère le recherchait dans le quartier. D'un index désinvolte, il fouissait dans ses narines sans la moindre gêne, une habitude typique du Sud-Est asiatique. Aux côtés du Chinois, la seule fille de l'endroit, l'allure empesée dans son uniforme étroit, lorgnait également en direction des deux hommes. Fabien le remarqua, elle n'avait d'yeux que pour Henri.

Assis dans les causeuses du lobby, cigares entre les doigts, deux Allemands d'une quarantaine d'années, à la mine bon enfant, discutaient paisiblement dans leur langue gutturale. Un troisième larron, à l'aspect sud-américain, les avait rejoints quelques minutes avant de s'éclipser d'un sonore «Hasta luego!». Des clients allaient et venaient, réclamant la clé de leur chambre au retour d'une promenade, ou s'informaient avant de sortir de la direction à prendre pour tel restaurant ou telle boîte de nuit.

Le Wong transpirait la quiétude, et rien n'aurait su le démarquer des autres établissements similaires partout ailleurs dans le monde, sauf cette étrange caractéristique d'avoir une clientèle exclusivement masculine. La maison, bien sûr, ne refusait pas la gent féminine, mais les clients du Wong avaient, pour la plupart, une particularité commune: la pédophilie. Voilà pourquoi, hormis l'employée à la réception, toutes les personnes occupant le lobby, le restaurant et le bar Saturn étaient des hommes. Le Wong était reconnu pour faciliter les contacts entre ses clients et de jeunes, très jeunes même, prostitués – quand il ne s'agissait pas, carrément, de laisser les enfants de la rue venir se faire tripoter au vu et au su de tous. Le Wong n'était pas unique, des dizaines de bars et de bordels de Bangkok offraient les mêmes facilités.

Voilà, en gros, ce qu'Henri résuma à son frère qui en avait la nausée. Fabien s'efforçait de ne pas regarder trop fixement les hommes aux tables, mais il remarqua à son grand étonnement à quel point ils semblaient «normaux». De tout temps, il avait cru qu'un pédophile était un homme horrible, laid, antipathique, la personnification de l'ogre des contes de fée de son enfance. Au contraire, les clients du Wong ressemblaient à n'importe quel voisin croisé au coin de la rue ou à l'épicerie. Ils avaient des allures conventionnelles de copains de bureau, de papas charmants, ou même de médecins ou de banquiers, ces gens à qui on se confierait sans détour. Il semblait résolument impossible, à l'œil nu, de déceler un pédophile. Fabien en était désarçonné.

– Ça ne t'écœure pas? demanda-t-il à Henri, les lèvres à peine ouvertes à cause de ses dents serrées.

L'homme haussa les épaules en prenant une gorgée de vodka, regarda son frère dans les yeux, comme pour bien montrer que sa question ou son humeur ne l'intimidaient pas, et répondit:

– Les premiers temps, oui, un peu, ensuite je m'y suis fait. Ces enfants sont beaucoup mieux dans un lit à faire une petite fellation pendant une heure ou deux qu'à passer leurs journées courbés en deux dans une rizière, sous un soleil de plomb.

Les cheveux d'Henri, gominés et peignés vers l'arrière, tombaient en mèches de chaque côté de son visage. L'alcool commençait à faire effet. Ses yeux étaient rouges, ses mouvements légèrement plus maladroits, sa bouche plus pâteuse, sa voix tremblotante. Fabien reconnaissait difficilement son idole. Il ne retrouvait qu'un être froid, indifférent, qui ne répondait pas toujours à ses questions et détournait les sujets en lui parlant de la beauté des filles asiatiques, du sens des affaires des hommes, de l'argent facile. «Ici, avait-il dit, s'enrichir est une obsession, peu importe les moyens utilisés. Il y a ceux qui y parviennent très bien, ceux qui n'y parviennent qu'à demi, ceux qui échouent et qui paient, et ceux qui en meurent. En ce qui me concerne, il n'y a qu'une catégorie à laquelle j'aspire, et c'est la première.»

Henri avait mal vieilli. De ses trente-cnq ans, il en paraissait facilement dix de plus. Ses épaules tombaient un peu et son torse s'était affaissé. Ses bras, quoique encore musclés, avaient perdu de leur volume. De nombreuses rides creusaient déjà ses joues et le contour de ses yeux. Son front s'était dégarni au profit d'une calvitie naissante et il tentait, tant bien que mal, de la dissimuler en gardant plus longues ses mèches temporales. Sa voix était rauque, sa gorge brûlée par la fumée d'opium et les rasades trop fréquentes de vodka bon marché ou de Maekhong frelaté. Par contre, Henri demeurait séduisant, même avec sa gueule des mauvais jours. Il subsistait en lui un peu de cette superbe qui composait son maintien. Il était toujours aussi sûr de lui, de ses opinions, et cela transpirait dans sa façon de répondre aux questions et de rétorquer aux arguments. Mais ce qui, autrefois, passait pour de la fierté ressemblait maintenant à de l'arrogance. Henri n'était plus ce que la mémoire de Fabien avait conservé. Le garçon en éprouva une amère douleur. Depuis son départ de Nonchad, il avait espéré secrètement que l'épisode de Pramool Sukharan serait un malentendu, une suite d'événements prêtant à confusion et qu'une explication différente, rassurante, lui viendrait d'Henri. Il n'y croyait plus. Son aîné était devenu un vulgaire malfrat, un jii-khh, un voyou.

– Paeng s'ennuie de toi, dit Fabien à brûle-pourpoint, pour changer la conversation qui commençait à nourrir en lui le feu d'une colère naissante. Tu devrais aller faire un tour à Nakhon Phanom.

Henri siffla d'admiration en agrandissant les yeux.

– Tu as connu Paeng? Félicitations. Je m'incline devant ton sens de l'investigation.

– Elle est plutôt gentille.

– Et jolie, pas vrai? Tu as aimé le massage?

– Ne dis pas de niaiseries; je n'ai reçu aucun massage. Ton copain Samorn m'avait orienté chez elle en espérant qu'elle saurait me renseigner sur l'endroit où tu te cachais. Tu sembles avoir beaucoup d'amis.

– Avec la langue un peu pendue, par contre.

– Je ne crois pas. Ce sont plutôt des gens extrêmement serviables qui n'ont aucune idée de tes activités. Je me trompe? Ils m'ont immédiatement adopté parce que je suis ton frère. Samorn, Paeng, Khaek, madame Charphakdee... Ils t'ont tous en grande estime. Se doutent-ils cependant que tu sois un trafiquant?

Henri étira un sourire en coin qui ressemblait à de l'amertume. Le ton un peu sarcastique de son cadet le blessait visiblement. Il renifla en grattant sa joue du bout de l'index, mais ne répondit pas. Un silence sinistre comme une giboulée de novembre força l'aîné à orienter rapidement la conversation sur un sujet où tous deux seraient en accord.

– Tu ne m'as pas encore parlé de maman, dit-il.

Son ton avait changé, son regard aussi. En prononçant cette phrase, il s'était accoudé sur la table comme pour se rapprocher davantage de Fabien, trahissant ainsi son intérêt. Le cadet chercha à masquer la satisfaction que lui procura cette observation.

– C'est maintenant que tu t'en soucies? Après deux ans sans donner de nouvelles?

Henri se recula contre son dossier en gardant ses yeux fixés dans ceux de Fabien. Les deux frères se confrontèrent ainsi un instant, puis Henri baissa les paupières en buvant une autre rasade de vodka. Il s'essuya les lèvres avec son pouce avant de s'obstiner:

– Alors? Comment va-t-elle?

Fabien laissa distraitement son doigt suivre le contour de l'étiquette de la bouteille de bière.

– Elle a survécu. Elle est toujours aussi forte.

– Et mon petit bout de sucre? Christine? Elle a quel âge, maintenant? Dix-sept?

– Dix-huit. C'est une fille superbe. Elle a un sale caractère, mais elle est superbe.

Henri laissa échapper un petit rire. Il y eut un bref éclat de tendresse dans ses yeux, mais Fabien n'en fut pas certain.

– Elle tient ça de notre père, je crois bien, dit l'aîné. Maman est forte, mais douce.

Il porta de nouveau le verre à sa bouche, mais la vodka sembla uniquement humecter ses lèvres. Henri reposa lentement son verre sur la table en le fixant intensément.

– Et lui? demanda-t-il.

Fabien observa son frère pour bien épier sa réaction. Il prit le temps de prononcer chaque mot afin qu'il n'y ait pas d'équivoque.

– Il est mort.

Aucun tic, aucun clignement des paupières ne vinrent trahir les émotions de l'aîné. Son visage demeura impassible; sans plaisir, sans chagrin ni remords. Quand il parla, ses lèvres bougèrent à peine.

– Il y a longtemps?

– Huit mois.

– Comment?

– Le cœur.

Henri soupira. D'un geste machinal, il repoussa ses cheveux vers l'arrière de la même façon que Fabien le faisait lui-même, à l'occasion. Il gardait les yeux sur son verre.

– Dieu merci, dit-il. Maman est enfin libre.

Il leva son verre...

– À papa. Que son âme brûle en enfer!

... et il le vida d'un trait. Il revint s'accouder sur la table où il reprit la bouteille.

– Alors? dit-il en regardant la vodka couler dans le verre. C'est pour m'apprendre la nouvelle que tu m'as pisté jusqu'ici?

– Entre autres.

– Entre autres? Et pourquoi d'autre cherchais-tu tant à me retrouver? Oh, Petite-pantoufle, tu n'as quand même pas traversé toute l'Indochine pour venir me faire la gueule?

– J'ai appris pour la petite Khiang.

– La petite qui?

– Khiang. La fille de Pramool Sukharan. J'ai appris combien tu as été odieux et sans-cœur envers cet homme.

– Pramool Sukharan! Mais qu'est-ce que tu vas chercher là? Pramool Sukharan!

Henri avait ouvert les bras comme pour faire une accolade. Il arbora une expression de désarroi exagérée.

– Mais, Fabien, ce type-là est une merde, un pauvre crétin. Cette andouille s'était montée une dette de drogue qu'il se savait bien incapable de rembourser. Moi, j'ai été embauché pour le retrouver et récupérer ce qu'il devait.

Il garda les deux mains ouvertes devant lui en appuyant les coudes sur la table. Fabien le regardait froidement, la bouche imperceptiblement plissée dans un rictus de dégoût. Henri reprit:

– Ce con n'avait pas un saleng pour payer. Je n'avais plus le choix. À défaut de comptant, il me fallait le faire régler en nature. J'ai échangé sa dette contre sa fillette. C'était un marché honorable dans les circonstances.

– Honorable?

Fabien avait failli exploser. Ce n'est que l'exercice qu'il s'imposait depuis des jours qui lui évita de perdre contrôle et de frapper violemment son poing au milieu des assiettes devant lui. Néanmoins, il regretta d'avoir répliqué aussi fort.

— Honorable? répéta-t-il un ton plus bas. La liberté et la vie d'une enfant contre les besoins en drogue d'un opiomane?

— On est en Asie, ici, sacrement! Oublies tes principes de bon petit catholique et mets-toi dans la peau de ces gens. Sukharan a fait une erreur. Sa seule richesse est sa famille, ses enfants. C'est donc ainsi qu'il a payé sa dette. Et sa fille, crois-moi, n'est pas en si mauvaise posture que tu sembles le croire. Elle est vêtue, nourrie, logée sous un toit convenable. Pour nous, au Québec, ces détails semblent couler de source, mais pas pour une enfant qui vit dans une région aussi pauvre que le Nord-Est de la Thaïlande.

Fabien tourna la tête vers la table voisine pour éviter de cracher au visage de son frère. Sans le voir, il observa un client solitaire, quinquagénaire, vêtu d'une riche chemise en soie blanche. Avec une cuiller à soupe, ce dernier portait le riz à sa bouche à plusieurs reprises avant de se décider à mâcher et à avaler. Ses joues se gonflaient, pareilles à celles d'un écureuil. Le Québécois revint vers l'aîné.

— Tu me dégoûtes.

Henri soupira.

— Je n'y peux rien. C'est ton premier contact avec ce continent, ton premier choc. Si tu restes assez longtemps, tu comprendras que la vie ici n'a rien à voir avec ce que nous connaissons en Amérique. Survivre est un défi de tous les jours.

— Je ne laisserai pas à Bangkok le loisir de me pourrir comme elle t'a pourri. Je partirai avant.

La lèvre inférieure d'Henri s'agita. Il but une autre longue rasade de vodka. Ses cheveux tombèrent encore une fois devant ses yeux mais, cette fois, il ne les ramena pas vers l'arrière. Ses paupières s'abattaient peu à peu, son visage rougissait. L'alcool semblait maintenant le renfermer dans ses brumes.

— Que nous arrive-t-il, Petite-pantoufle? demanda-t-il, le regard dirigé vers Fabien, mais devant une scène beaucoup plus loin dans l'espace et dans le temps. On s'aimait bien pourtant, avant. Pourquoi sommes-nous devenus si différents?

— Mais regarde-toi, Henri! répliqua le cadet d'une voix plus douce, presque consolante. Où est l'homme au cœur généreux qui se sacrifiait, devant les coups de notre père, pour protéger mère, sœur et frère? Ne reste-t-il réellement de lui qu'un vulgaire mercenaire? Un truand à la solde des Triades? Un voleur d'enfants? Tu étais la personne que j'admirais le plus au monde et qu'est-ce que je retrouve aujourd'hui? Une pitoyable caricature de notre père.

Le visage d'Henri s'empourpra davantage à la fois de colère et de chagrin. Ses narines se dilatèrent alors qu'entre ses dents serrées, l'air passait en sifflant.

— Un autre que toi, en me parlant ici sur ce ton, serait déjà étendu sur le sol au milieu de ses molaires.

Fabien se pencha au-dessus de la table pour rapprocher son visage de celui de son frère. Lui aussi, il employa une voix sifflante.

— N'essaie pas de m'intimider, Henri. Je ne suis plus l'adolescent un peu gauche que tu as connu. Je n'ai pas peur de toi et je n'ai pas peur des Triades. Papa est mort et personne ne m'impressionne désormais. Je me sens bien, je me sens fort, et je sais que ma pensée est juste. Je n'hésiterai pas à frapper qui que ce soit, dorénavant, qui osera lever la main sur moi ou sur ceux que j'aime. Alors, je te le répète, Henri: n'essaie pas de m'intimider.

Contre toute attente, l'aîné éclata de rire en se renversant contre le dossier de sa chaise. Son hilarité, un peu bruyante, d'ailleurs, lui valut quelques regards maussades des autres dîneurs et du Chinois derrière son comptoir. La jeune fille, quant à elle, réprima un petit sourire amusé. Reprenant son souffle, le Québécois leva son verre devant lui, en faisant tanguer dangereusement le contenu d'un rebord à l'autre.

— Voilà bien mon digne frangin, dit-il. En tout cas, moi, je t'aime autant qu'avant. À la tienne!

Et une fois de plus, il fit cul sec.

Fabien se recula de nouveau en buvant, à son tour, une gorgée de bière. Il constata l'état d'ébriété de plus en plus avancé de son frère et comprit qu'il ne valait rien de s'entêter à argumenter sur sa déchéance ou ses nouveaux principes. Il demeura un moment silencieux, goûtant tout le fiel de ses désillusions face à cet étranger qu'il avait trouvé à la place de son idole. Henri avait-il réellement changé ou avait-il toujours été cet être égoïste, suffisant et étriqué qu'un amour fraternel aveugle avait masqué à Fabien? Le garçon ne le saurait probablement jamais. Avec précaution, comme s'il craignait d'occasionner le moindre bruit, il reposa la bouteille de bière sur la table.

— Pourquoi n'es-tu jamais revenu, Henri? demanda-t-il.

L'aîné leva des yeux aux paupières lourdes. Un filet d'alcool traçait une ligne luisante, de la commissure gauche de ses lèvres jusqu'au menton. Il fit un petit bruit sec de la langue avant de répondre.

– Oh, je suis déjà revenu une fois. Il y a longtemps, maintenant. Ça faisait quatre ans que j'avais quitté la maison. J'ai accompagné une livraison d'héroïne à Toronto. Profitant de mon passage au Canada, j'ai fait un saut jusqu'à Québec. C'était l'été. Je me suis dissimulé derrière une pierre au cimetière pour épier la maison. J'ai vu maman, penchée sur la plate-bande, en train de sarcler ses fleurs. Je l'ai observée un bon moment, ne voyant d'elle que son postérieur maculé de terre qui se balançait au-dessus des dahlias. Je n'arrivais pas à me décider à l'aborder. J'avais peur. Peur qu'elle me serre si fort entre ses bras que je n'arrive plus à repartir. Et je savais que lui aussi, il était là quelque part, à la maison ou dans une brasserie, et que tôt ou tard j'aurais eu à l'affronter. Après je ne sais plus combien de temps, je suis reparti. Ça me faisait mal et je me suis alors juré de ne plus jamais me faire souffrir inutilement.

«À cette époque, j'avais déjà compris une vérité essentielle: lorsqu'on se trouve quelque part, on rêve d'être ailleurs. On rêve de tropiques sous nos hivers, de fraîcheur d'automne sous nos canicules. C'est un peu comme suivre l'arc-en-ciel dans l'espoir de l'atteindre; on n'y parvient jamais. Alors, ce jour-là où je rêvais des bras aimants de ma mère, je suis retourné sous la mousson de l'Indochine en me disant que mon destin s'y trouvait désormais.»

Un client passa devant Henri en rotant, ce qui l'interrompit une seconde. Il garda les yeux baissés, le menton presque appuyé contre sa poitrine et, après une longue inspiration, reprit.

– Et puis, j'avais un peu refait ma vie. J'avais une fille dans chaque port, un port dans chaque pays. J'avais de nouveaux amis, ailleurs. Qu'en était-il de ceux avec qui j'avais partagé ma jeunesse? Mariés sans doute, avec des enfants. Leur existence suivait maintenant un schéma qui ne ressemblait plus au mien. Déjà, certains devaient décrocher de l'avancement dans les entreprises qui les embauchaient. Nos souvenirs communs s'estompaient et leur expérience de vie, diamétralement opposée à mon existence aventurière, ne pouvaient plus se confondre dans une complicité agréable. Nos mondes étaient séparés. Nous n'avions plus que le passé à partager, et ça, ça ne m'excitait pas.

«Comme l'avion me ramenait en Asie, j'ai ressenti une singulière impression, un sentiment qui m'a surpris: je rentrais chez moi!»

– Et tu n'avais pas envie de faire comme tes copains? Trouver une petite femme gentille, dénicher un emploi, fonder une famille.

– Non.

La réponse était venue comme un éclair et les lèvres d'Henri étaient demeurées suspendues comme s'il s'apprêtait à élaborer davantage. Mais il demeura muet. Fabien haussa lentement les sourcils pour l'inviter à poursuivre.

– Et pourquoi?

Henri se servit un autre verre de vodka, le rythme de sa respiration augmentait. Son visage s'empourpra de nouveau, prêt à éclater. Il but une longue rasade et demeura affalé contre le dossier de sa chaise.

– Parce que j'ai tendance à battre mes partenaires d'une nuit.

Il regarda enfin Fabien.

– Tu te rends compte? Toute mon enfance, j'ai appris à détester les hommes qui battaient leur femme. Maintenant, c'est moi; je suis devenu l'un d'eux. Alors, pas question que j'impose à une pauvre âme le même enfer qu'a vécu notre mère.

Un lourd silence suivit cet aveu. Les deux hommes, immobiles, se fixaient dans les yeux, l'un dégoûté de lui-même, l'autre compatissant, et partageaient, muets, les affres d'une jeunesse ponctuée de violence. Une certaine complicité parut enfin les unir, mais tous deux découvraient en même temps le terrible fossé qui les séparait. Henri s'était moulé au pattern imposé par le père, Fabien à celui de l'aîné ou, du moins, au modèle qu'il s'était imaginé de l'aîné. Les deux enfants blessés avaient pris, en grandissant, des tangentes différentes. Ils ne sauraient devenir des adultes cheminant côte à côte.

– Henri, tu dois m'aider.

– Moi?

Henri dodelinait de la tête. Son visage cherchait à exprimer la surprise, mais l'alcool avait tant ramolli ses muscles que ses joues demeurèrent flasques sous ses yeux à demi fermés. L'homme penchait un peu sur sa droite et, lorsqu'il voulut se redresser, faillit tomber de sa chaise.

– Je veux retrouver Khiang et la ramener à sa mère.

– Qu'est-ce... Qu'est-ce que tu dis?

– Je veux retrouver la fillette et la ramener à Nonchad.

Les paupières d'Henri se soulevèrent et, l'espace d'une seconde, il parut dégrisé.

— Tu es malade! Ce n'est pas possible. Elle appartient aux Triades maintenant. Ne va pas faire la bêtise de jouer dans les plates-bandes de ces gens-là. Tu n'as aucune idée de leur puissance ni de ce dont ils sont capables.

— Je ne te demande pas de me suivre. Dis-moi seulement où je peux la trouver.

— Mais je n'en sais rien, moi! J'avais le contrat de faire payer Sukharan en billets ou en nature. Ma mission a pris fin lorsque je leur ai remis la fillette. Je n'ai aucune idée de l'endroit où ils l'ont expédiée. Elle est peut-être à Bangkok, mais peut-être aussi à Patata, à Chinage Mai ou au Diable Vauvert.

Fabien dut lutter contre un sentiment de désespoir. Il n'avait jamais pensé à ce détail. Comment retrouver l'enfant si la quête, au lieu de se limiter à Bangkok, s'étendait maintenant à toute la Thaï-lande, voire à l'Indochine? Il lui fallut se cramponner à sa première idée: Khiang se trouvait à Bangkok et il retournerait la ville sens dessus dessous pour la dénicher. Et si, finalement, il s'avisait d'avoir eu tort, il pourrait toujours poursuivre ses recherches là où le mènerait son enquête. Qu'importe le temps, qu'importe les semaines, les mois, les ans qu'il lui faudrait sacrifier à sa quête; il retrouverait l'enfant et effacerait la terrible faute de son aîné.

— Si tu ne m'offres pas ton aide, Henri, dit-il après un moment, je me débrouillerai sans. J'aurais préféré avoir ton expé-rience du milieu et tes contacts pour repérer l'endroit où on la détient. J'aurais apprécié que tu me serves d'intermédiaire pour négocier son retour. Bref, à deux, il nous aurait été plus facile de ramener cette enfant chez elle et d'interrompre le calvaire que vit Sovit Sukharan, sa mère.

«Et ainsi, tu rachèterais toi-même ta faute, poursuivit le garçon en son for intérieur. Je t'en prie Henri, pour le peu d'estime qui me reste pour toi, en souvenir de l'image que j'avais de toi, dis oui. Accepte cette mission autrement plus noble que celles que te confient les Triades.»

L'aîné avait appuyé ses coudes sur la table, la tête rentrée dans les épaules. Il porta une main à son front, la mine accablée.

— Tu es désespérément naïf, dit-il sans lever les yeux. Le régime secret qui contrôle l'argent ici est mille fois plus vicieux et mortel que le plus vicieux et mortel des serpents. Si tu savais à quel point ta vie et la mienne pèsent peu dans leurs préoccupations. Tant que la fillette leur rapportera des dollars, jamais «ils» ne consentiront à la laisser partir. Si tu te trouves sur leur chemin dans un lieu et à un moment qui ne leur conviennent pas, on retrouvera ta carcasse flottant sur le Chao Phraya. Crois-moi, Fabien, oublie ta chasse stupide, fais une croix sur la pauvre Sukharan, et prends le premier avion en partance pour l'Amérique. Ce monde n'est pas pour toi. Ça prend des salauds comme moi pour y survivre, pour s'y plaire. Je ne voudrais pas que ce pays gâche la beauté qui t'habite encore. Pars, Fabien, et ne reviens plus.

Le garçon demeurait immobile, les yeux fixés sur un point invisible au-dessus de l'épaule de son frère. Dans son allure retenue, rien ne laissait soupçonner la terrible tempête qui s'était déclenchée en lui. En repoussant d'un simple revers de la main la chance unique de réparer sa faute, Henri venait de tuer définitivement le peu de sympathie que son cadet avait encore pour lui. Fabien le ressentait comme un échec terrifiant, une désillusion brutale et douloureuse. Le chagrin le secouait pareil au nordet sur la côte du Saint-Laurent.

Il se leva, déposa sur la table un billet qu'il jugea suffisant pour payer son repas et ses consommations, et, sans un mot, laissa Henri derrière lui. Il marcha jusqu'à la porte de sortie en prenant soin de ne regarder ni le Chinois ni la jeune fille au comptoir de réception. Ce n'est qu'après s'être engagé dans la pénombre de la venelle menant sur la rue Suriwong qu'il eut enfin l'impression de respirer.

En passant près de lui, un petit garçon ne vit qu'un curieux farang qui pleurait.

\* \* \*

Le proxénète avait un visage tout en joues. Ses traits prenaient naissance à la hauteur d'un front étroit et se terminaient sur un menton large et flasque, dessinant une poire. Ses cheveux, très fournis, peignés sur le côté, tenaient solidement en place grâce à une crème capillaire luisante et graisseuse. Ses yeux peu bridés et son nez de bonne proportion indiquaient que ses origines étaient probablement indiennes. Au premier contact, c'est son sourire omniprésent et sa bonhomie qui l'avaient rendu sympathique à Fabien. Maintenant, il ne souriait plus.

Le farang ne voulait pas de ses filles, il le sentait. Il avait repéré ce jeune étranger à la sortie de la ruelle qui menait à l'hôtel Wong. En constatant son air songeur et chagriné, il s'était dit qu'il s'agissait là de l'état idéal d'un client potentiel. Il l'avait aussitôt abordé pour le convaincre de le suivre au-delà de Patpong et de la rue

Silom, de marcher toute Convent Road, de traverser le boulevard Sathorn et de parvenir enfin dans une maison close près des ambassades australienne et malaysienne. Le garçon n'avait pas posé beaucoup de questions ni été difficile à convaincre. Il l'avait suivi, silencieusement, marchant d'un bon pas, le regard au sol. Malgré de nombreuses blagues et ses efforts pour le dérider, le proxénète avait dû constater que le farang était un être introverti, peu bavard et non souriant. «Bah! avait-il songé. Du moment qu'il paie.»

Sauf que voilà, il ne payait pas. Le farang n'était pas intéressé à sa marchandise. Elles se trouvaient toutes là, gracieusement assises en trois rangs égaux de quinze filles chacun, bien disposées selon leur taille, leur âge, leur beauté. Toutes vêtues de la même robe orange clair, toutes soigneusement peignées, savamment maquillées. Il n'était pas possible qu'il n'en trouvât pas une à son goût.

— Trois mille bahts pour de pareilles beautés. C'est une aubaine.

Fabien effectua un rapide calcul mental, davantage par réflexe que par intérêt. Cent soixante-dix dollars canadiens.

— Et elle est à toi pour toute la nuit. Tu en fais ce que tu veux.

Le Québécois regardait les filles le dévisager comme s'il était, lui, la marchandise à vendre. Il regrettait maintenant d'avoir suivi l'Indien. Il ne se sentait pas à la hauteur de son enquête. Pas ce soir. Le sourire du proxénète l'avait tout d'abord attiré, puis il s'était dit qu'en plongeant dans la sordidité le plus tôt possible, il finirait par se faire à la décadence d'Henri et à en supporter l'idée. Mais là, devant ces filles qu'on offrait au client comme un étalage de viande au supermarché, il n'avait plus envie de poursuivre. Il avait seulement l'idée de retrouver sa chambre d'hôtel et de s'y saouler jusqu'à l'inconscience.

— C'est pas cher. Tu trouves que c'est cher? insistait le proxénète.

Il se tourna vers les filles et s'adressa à elles en thaï. Elles éclatèrent de rire, plusieurs en portant une main sur leur bouche.

— Bon, O.K., deux mille cinq cents, mais c'est bien parce que les filles sont gentilles et qu'elles te consentent le rabais.

L'homme commençait sérieusement à énerver Fabien. Depuis qu'il avait cessé de sourire, il ne dégageait plus rien de sympathique et le garçon réprimait de plus en plus difficilement l'envie de lui mettre son poing au visage. Deux armoires à glace chinoises qui barraient la porte le convainquirent de garder son calme.

– Tu as des filles jeunes? s'informa-t-il en décidant finalement de jouer le jeu.

– Elle, fit le proxénète en désignant la jeune fille à l'extrême gauche, dans la première rangée.

Il s'agissait vraisemblablement d'une fillette d'une douzaine d'années de par son corps frêle, ses yeux trop grands, son maintien maladroit. En voyant le doigt pointé vers elle, elle s'agita, effrayée.

– Très jolie. Pas de poils. Elle peut te sucer, tu peux sodomiser. C'est pas cher. Deux mille cinq cents.

– Quel âge a-t-elle?

– Quinze ans.

Menteur. Fabien savait que la fillette était beaucoup plus jeune, mais pour ne pas être inquiété par les autorités, le salaud la prétendait plus âgée.

– Quinze ans, pas de poils, hein?

– C'est ça, c'est ça, s'enthousiasma le proxénète en clignant plusieurs fois de l'œil, sa bonne humeur revenue.

– Je veux plus jeune.

– Mais... Plus jeune encore?

– Si tu n'en as pas, dit le garçon en faisant mine de repartir, ça ne fait rien. D'autres m'en ont offert.

– Non, attends, réagit l'Indien en le retenant par le bras. Plus jeune, c'est possible, mais... pas à ton hôtel.

– Pourquoi?

– La police.

Il regardait autour de lui comme s'il craignait, dans son propre fief, voir surgir une armée de policiers à la charge. En d'autres circonstances, Fabien se serait esclaffé.

– Quoi, la police? rétorqua-t-il. Elle se moque bien des enfants, la police. Il suffit de voir les agents ignorer les gamins couchés sur le sol aux coins des rues.

– C'est qu'il y a eu des pressions internationales, dit l'homme. Le gouvernement est plus nerveux. Forcément, il donne l'impression de bouger. Alors, même si la police feint d'ignorer ce qui se passe dans nos soubassements, elle cherche à limiter les activités trop flagrantes comme un farang qui entraîne avec lui une fillette dans sa chambre d'hôtel.

– Bon, tu as des enfants, oui ou non?

— Pas ici. Dans un hôtel de passe près de Sukhumvit. Neuf mille bahts un garçon, cinq mille pour une fille.

— Va chier! s'exclama Fabien en français, perdant encore de son calme.

Il se ressaisit rapidement, mais ne put poursuivre sans garder les mâchoires serrées.

— Bon, je n'ai pas envie de te suivre ailleurs et j'en ai assez de toutes ces filles qui me regardent en rigolant. Alors, moi, je retourne à Patpong et toi, reviens me voir quand tu auras une enfant à me proposer.

— Mais j'ai...

L'Indien jura dans sa langue et lança des invectives à Fabien, qui marchait d'un pas alerte vers la sortie. Les deux Chinois le laissèrent aller sans broncher. Parvenu à l'extérieur, le Québécois s'arrêta pour respirer profondément. Il se l'avouait à présent, il avait eu peur. Il attendit un moment que les battements de son cœur retrouvent leur rythme normal et que disparaissent les effets de l'hyperventilation.

Comme il reprenait la marche en direction de Convent Road, il croisa un groupe de trois Britanniques en pleine rigolade. En état d'ébriété avancée, ils titubaient en se tenant par les épaules, criant plus qu'ils ne se parlaient entre eux, riant aux éclats, chantant des airs méconnaissables.

— Hello farang! fit l'un d'eux à Fabien et en se moquant de cette salutation typiquement thaïe. Si tu aimes les filles et que tu as envie de rigoler, entre là. Tu ne le regretteras pas.

Il montrait la porte d'un établissement d'où ils venaient de sortir. Sans se poser de questions, Fabien y entra. Il commença par traverser un long couloir mal éclairé et aux murs couverts de photos de filles en bikini. Chacune portait un numéro. Il croisa quelques farang – et quelques Thaïs, également – qui quittaient les lieux. Au bout d'un moment, alors qu'une musique rock devenait plus forte, il aboutit dans un bar bondé.

Le comptoir se trouvait au fond, près d'un mur couvert de bouteilles. Les tables étaient disposées en rangs serrés, selon un profil géométrique optimisant l'espace. Des hommes et quelques femmes sirotaient leur verre dans une atmosphère enfumée, à l'éclairage réduit.

Ce n'est qu'en avançant plus loin en direction du comptoir que Fabien comprit d'où parvenait la lumière. Le mur, dos à l'entrée, était en fait une gigantesque baie vitrée derrière laquelle se trouvait une autre salle violemment éclairée. Dans cette pièce, une centaine de filles étaient assises en rangs serrés, face au bar, sur une estrade à cinq niveaux. Elles étaient vêtues d'une robe identique de couleur jaune, au décolleté profond, à la taille serrée, qui moulait les hanches et dévoilait les cuisses. Silencieuses, souriant sans en avoir envie, elles attendaient, passives, devant le miroir sans tain qui les séparait du bar, qu'un client fasse son choix et qu'un micro annonce le numéro piqué sur leur poitrine.

C'est alors que Fabien constata que les filles dans le bar portaient toutes la même robe et qu'elles étaient, non pas clientes, mais bien employées de la maison. Leur numéro avait été sélectionné et elles s'évertuaient à faire consommer leur preneur avant de monter dans les chambres. Ici encore, on achetait la chair d'une nuit.

Une matrone imposante, laide comme une toile de Bruegel, s'approcha du garçon pour l'inviter à se choisir une table. Avant qu'elle n'ouvre la bouche, il était déjà de retour dans le couloir à refaire le chemin dans le sens inverse.

\* \* \*

Trois heures du matin. Fabien était assis au comptoir d'un bar extérieur qui, de par son emplacement, donnait l'impression de se trouver au beau milieu du soi Patpong II. Des clients ivres, Blancs pour la majorité, commençaient à quitter les lieux tandis que le personnel, un Thaï imposant et trois jeunes et jolies filles, ramassaient les verres vides en commençant l'inventaire qui suivait systématiquement chaque fermeture du commerce. Des marcheurs circulaient encore dans la ruelle, la plupart étant des farang solitaires à la mine triste, ou accompagnés de prostituées qui comptaient déjà les billets de l'oncle Sam. Un Australien qui avait cherché à lier conversation avec Fabien en ingurgitant cognac sur cognac, finit par quitter le bar en vomissant sur le pavage. Des enfants d'une douzaine d'années l'avaient aidé à se relever en lui offrant de l'accompagner à son hôtel. Le barman avait dû les repousser, appeler un conducteur de tuk-tuk qu'il connaît et rejeter sur ce dernier la responsabilité de ramener son client à bon port.

– La première chose que ce bonhomme aurait constatée le lendemain matin, avait ensuite expliqué le barman à Fabien en retournant derrière son comptoir, serait d'être étendu quelque part au fond d'un soi, la tête résonnante et les poches vides.

– J'admire ton bon geste, répliqua le Québécois.

L'homme avait haussé les épaules.

– Je ne le fais pas par altruisme, mais pour que ce bonhomme ait encore des bahts à dépenser dans mon bar demain soir.

Quelques gamins, sales et débraillés, continuaient de sévir entre les différents commerces, s'accrochant aux talons des hommes solitaires ou s'écroulant de fatigue là où leurs dernières énergies les avaient portés. Certains roulaient leur regard dans le vague, prisonniers des vapeurs de colle qu'ils respiraient dans un sac de papier brun. Des éclats de rire grossiers retentissaient par intermittence, provenant de portes entrouvertes d'où sortaient des farang ressemblant à de gentils papas qui accompagnaient leur fils ou leur fille en les tenant par la main.

Fabien ne savait trop lequel de l'alcool ou de la scène était responsable de sa nausée et de ses étourdissements. Il contemplait en silence sa énième bouteille de bière, les coudes sur le comptoir, le front abattu. Il commençait à trouver difficile d'avoir à se retenir, à ne pas sauter sur les pédophiles qui l'entouraient, à ne pas bercer les petites loques qui s'étaient effondrées, inconscientes, le long des murs. L'ivresse ne l'aidait pas à contenir sa colère, sa peine, et il promit, dans les jours qui venaient, de ne plus boire autant au cours de ses recherches.

– Que fais-tu ici?

Il tourna lentement la tête vers la petite main brune qui venait de se poser sur son épaule.

– Nham!

– Moi qui m'apprêtais à me rendre à l'hôtel te surprendre dans le lit, j'en aurais été quitte pour me river le nez à la porte.

Elle avait revêtu un t-shirt trop grand qui descendait jusqu'au milieu de ses cuisses, couvrant ainsi les vêtements plus moulants qu'elle portait dans le bar. Ses yeux étaient légèrement maquillés, ses cheveux ramenés vers l'arrière en un simple chignon. Elle souriait en exposant l'impeccable blancheur de sa dentition. Fabien, comblé de bonheur par sa présence inattendue, plissa les yeux comme sous l'effet de la douleur.

– Tu es ivre, Faby, dit Nham en respirant l'haleine d'alcool qu'il exhalait.

Il passa ses bras autour d'elle en l'étreignant fortement. Joie soudaine, colère, chagrin... Ses sentiments se mêlaient en une pâte qui ne levait pas. Il respira longuement le parfum de la jeune fille en y trouvant un baume apaisant. La seule certitude qu'il entretenait dans un moment comme celui-ci était d'être éperdument amoureux d'elle.

Se rappelant enfin qu'une telle démonstration d'affection en public n'était pas convenable en Thaïlande, il la repoussa doucement en gardant ses mains sur ses bras.

– Ivre? Un peu, répondit-il enfin. J'ai bu quelques bières. Et toi? Que fais-tu, seule, ici? Tu n'as pas de client, ce soir?

Elle fit une moue en dissimulant mal sa joie.

– Un farang britannique m'a payé des consommations toute la soirée. Je me débarrassais du contenu des verres discrètement – sinon je me serais retrouvée aussi saoule que lui – et il a fini par s'endormir sur la table avant d'avoir le loisir de profiter de mes charmes. Alors, voilà, je suis aussi libre qu'un oiseau.

Fabien sentit disparaître d'un coup tout l'effet de l'alcool. Il n'avait plus envie que de saisir la main de Nham, de l'entraîner avec lui dans le premier tuk-tuk au coin de la rue, de courir jusqu'à son hôtel, et de l'aimer passionnément jusqu'à ce que le soleil se lève.

Ce qu'il fit.

# 11

À travers les cils de ses yeux à demi clos, Nham constata que les aiguilles de sa montre indiquaient quinze heures. Elle referma les paupières et grogna un peu en pelotonnant l'oreiller sous son visage. Contre son corps nu, elle sentait la chaleur des couvertures qu'elle remonta jusqu'à son menton. La climatisation de la chambre avait fonctionné toute la nuit et toute la matinée et, même réduite au minimum, elle avait passablement rafraîchi la pièce. Pour un Canadien venu du froid, cette température pouvait être agréable, mais pas pour une Thaïe habituée à la fournaise indochinoise. Elle se retourna afin de se blottir contre la chaleur du corps de Fabien, mais ne trouva qu'une place vide. Elle entrouvrit de nouveau les yeux.

À contre-jour devant le mince filet de lumière que laissait filtrer le centre de la fenêtre, là où se rejoignaient les rideaux, le garçon était assis dans le fauteuil, la tête basse, contemplant des photos dans ses mains. Il avait étiré ses jambes et posé ses pieds sur la chaise voisine. Il portait uniquement un sarong autour de la taille. La chambre était remplie des parfums de son savon et de sa lotion après-rasage.

Nham les respira avec volupté en calant son visage dans l'oreiller. Pour elle, ces effluves qui imprégnaient désormais sa mémoire devenaient les symboles de la douceur et du bien-être. Ils étaient devenus la fragrance du bonheur.

— Il y a longtemps que tu es éveillé? demanda-t-elle d'une voix un peu brisée, encore vibrante des plaisirs qui l'avaient secouée plus tôt.

— Une heure environ, répondit-il d'un air détaché, sans la regarder.

— Viens me retrouver, dit-elle en soulevant les couvertures et en se reculant légèrement pour lui faire une place.

Il mit un moment à se lever de son fauteuil et s'approcha du lit en gardant les yeux sur les photos dans ses mains. Il s'assit sur le bord du matelas, dos à la jeune fille, et celle-ci s'empressa de l'enlacer de ses longs bras en collant ses lèvres contre ses reins.

— Tu sens bon, dit-elle en bougeant les jambes, sentant le désir remonter en elle. Étends-toi.

Il se contenta de tourner le corps à demi, caressant d'une seule main les cheveux de sa compagne. Son visage n'exprimait pas l'envie des corps étreints, mais un chagrin retenu et, peut-être même, une colère sourde. Nham se sentit intriguée. Elle se redressa pour appuyer son menton sur l'épaule du garçon en appuyant ses seins contre son dos. Elle l'entourait toujours de ses bras.

— Qu'est-ce que c'est que ces photos? demanda-t-elle en apercevant, malgré l'éclairage restreint, la fillette en uniforme d'écolière.

— Cette enfant est ma quête, dit-il d'une voix retenue, où se devinait l'effort de paraître détaché. Elle est la raison de ma présence à Bangkok.

La jeune fille approcha la photo de ses yeux et observa le sourire espiègle, les yeux rieurs, la joliesse des traits.

— Qui est-elle?

Fabien se déplaça pour s'adosser contre la tête du lit et entoura les épaules de Nham afin qu'elle se blottisse contre sa poitrine. Sa voix s'éleva, murmure tendre et posé, donnant à chaque mot la vibration d'une émotion contenue. La Thaïe entendit alors un récit chargé d'espoir, de désillusions et de chagrin. Un récit ponctué de violence et de démonstration d'amour. Un récit qui ressemblait aux nombreuses confidences que les filles s'échangeaient parfois, dans la pénombre de leurs alcôves communes, à l'abri des oreilles chinoises. Elle ne s'étonna que d'une chose: que les familles occidentales, qui possédaient pourtant tout pour être heureuses, souffrent des mêmes tares, des mêmes obsessions et des mêmes trahisons que les familles démunies du tiers-monde.

Quand la voix de Fabien se tut, les bruits de la rue, le grondement du fleuve et le ronronnement du climatiseur reprirent de nouveau leur droit sur l'univers sonore de la chambre. Nham goûtait le calme du moment, en essayant de ne pas succomber à sa tristesse. Elle se concentra sur la peau soyeuse contre laquelle sa joue était appuyée et sur le duvet que caressaient ses doigts entre les pectoraux du garçon.

— Je savais que tu n'étais pas un touriste comme les autres, souffla-t-elle enfin, après un long moment.

– J'ai besoin de ton aide, Nham, répliqua-t-il.

– Mon aide? Pour quoi faire?

– Pour chercher. Je voudrais te remettre une photo et que tu t'informes auprès de tes copines et des proxénètes que tu connais de l'endroit où elle peut se trouver. J'aimerais que tu recherches cette enfant avec moi. Seul, j'aurai besoin de mille ans; je n'y parviendrai pas.

Elle leva le visage vers lui.

– C'est dangereux, ce que tu demandes. On va s'étonner que je recherche une enfant.

– Je sais et je suis conscient des dangers que je te fais courir. Mais songe à cette fillette. Elle a encore l'âge de bercer une poupée, mais tous les soirs, des hommes défoncent son petit corps dans le simple but de satisfaire leurs pulsions malades. On ne peut pas laisser faire, Nham. Moi, en tout cas, je ne peux pas.

La jeune fille réprima un frisson. Elle chercha à l'éviter, mais l'image d'une enfant de cinq ans, étendue sur sa natte, remonta à son esprit. Un homme maigre et nu, au pénis tumescent, masquait la lumière que jetait une fenêtre sans vitre. L'univers était de bois de bambou, de poussière brûlante et de bouse séchée. Quand l'homme s'est couché sur l'enfant, celle-ci a ressenti une violente douleur au bas-ventre. Elle a voulu crier et pleurer, mais une main énorme s'est collée sur sa bouche en l'étouffant. L'homme s'est balancé un moment sur elle, indifférent à la douleur, à l'air qui manquait. L'enfant agita les bras et tendit les mains vers la silhouette d'une femme dans l'embrasure de la porte. Une silhouette qui lui était familière et qui lui avait longtemps donné le sein. Mais la femme avait la tête baissée, des ecchymoses sur tout le corps, et ne bronchait pas. Elle se contentait de retenir son propre ventre, secouée de sanglots. Quand l'homme eut disparu au-dessus d'elle, l'enfant se demanda si ses larmes pleuraient la douleur entre ses jambes, la peur du pénis démesuré ou la trahison de cette femme qui, maintenant, la serrait contre son cœur.

Nham essuya une larme sur sa joue.

– Tu as raison, dit-elle, après s'être raclé la gorge. On ne peut pas rester sans rien tenter. Je vais faire ce que je peux.

Elle sentit les lèvres de son compagnon se poser dans ses cheveux tandis qu'il la pressait un peu plus fortement contre lui. Toute cette douceur qui émanait du garçon, tous ces petits gestes câlins qu'il commettait continuellement à son intention la réconciliaient avec ce sexe brutal qui l'avait si souvent humiliée. Nham voyait en Fabien le seul homme capable de raccommoder son âme avec l'autre moitié du monde. Elle l'aimait à la limite du supportable et s'efforça, une fois de plus, de ne pas songer au moment inévitable où il repartirait chez lui.

\* \* \*

Henri riait à gorge déployée. Une grosse femme venait de lui raconter une blague salée et il se tapait sur les cuisses sous le regard amusé des prostituées à ses côtés. La femme riait également sans retenue tandis qu'elle retournait derrière le bar en donnant des instructions aux filles. Quelques clients occidentaux, plus ou moins ivres, s'amusaient également de la scène en cherchant à se faire traduire la blague par les prostituées qui les accompagnaient. La bonne humeur régnait dans l'établissement et ce n'était pas la mine renfrognée de Fabien qui allait y changer quelque chose.

— Mais amuse-toi un peu, sacrement! lui lança soudain Henri en français. Tu as l'air plus vieux que ton âge. Tiens, Hoang se meurt d'être avec toi. Prends-la!

Il poussa une jeune femme d'une vingtaine d'années qui pouffa en se heurtant à Fabien. Les deux hommes et trois filles se trouvaient assis côte à côte sur une longue banquette appuyée contre le mur du bar. Une musique tonitruante émanait d'une chaîne stéréo puissante branchée sur un appareil de télévision qui diffusait des vidéoclips de groupes rock occidentaux. Près d'eux, sur une estrade peu spacieuse, une autre fille dansait sans conviction, en cherchant du regard un client potentiel qu'elle irait retrouver afin de lui vendre ses faveurs.

Fabien repoussa doucement Hoang en s'adressant une fois de plus à son frère.

— Je t'en prie, Henri, insista-t-il en français. J'ai besoin que tu m'aides. Je ne vois pas comment j'arriverai à retracer Khiang si tu ne me donnes pas un coup de main.

— Je te l'ai dit, Fabien, et je te le répète: pas question de jouer dans les talles des Chinois. Il n'y aurait rien de drôle à te retrouver avec un sourire sur la gorge qui irait d'une oreille à l'autre.

Le garçon se rongea un ongle en ignorant les clins d'œil que lui lançait Hoang. Il n'aurait pas dû écouter Nham. C'est elle qui l'avait convaincu de s'adresser de nouveau à son frère, tant dans l'espoir de le voir s'amender que dans celui de le voir proposer son aide. Mais Henri était au-dessus de tout ce remuement. Il se moquait visiblement de Khiang et de la détresse d'une mère quelque part dans le Nord-Est. Henri avait enfoui sa conscience au-delà de toute atteinte et donnait l'impression de chercher à jouir le plus possible de ce que la vie lui offrait afin de compenser son enfance ravagée et d'oublier que le mal continuait de le miner quelque part au fond de lui.

Fabien se leva pour faire face à son frère. Celui-ci le regarda vaguement étonné, tandis que les filles continuaient de rire, l'esprit troublé par la poudre blanche. Une musique plus douce remplaça le clip de Hard Rock qui venait de prendre fin et le garçon n'eut pas à parler aussi fort pour se faire entendre.

– Je pars, Henri, dit-il. Aucune des menaces dont tu me mets en garde ne sauront me faire fléchir. Si je sors d'ici sans que tu m'aies accordé ton aide, alors jamais plus, tu entends? jamais plus, tu n'auras le droit de te prétendre mon frère. Tu as quelques secondes devant toi, le temps que j'atteigne la porte. Réfléchis, Henri. Même maman et Christine seront derrière moi. Après ce que tu as fait, après l'occasion qui t'est offerte de réparer ta faute, si tu refuses de m'aider, tu ne mérites plus de te considérer membre de notre famille. Même notre père ne s'était jamais autant abaissé que toi.

Les traits du visage de l'aîné s'affaissèrent devant le regard accusateur de son cadet. Jusqu'aux filles, à ses côtés, qui prirent une mine sérieuse devant l'expression remplie de défi que lançait le garçon. Elles n'étaient pas dupes. La langue employée leur était totalement inconnue, mais le ton et les regards ne mentaient pas. Entre les deux Québécois, une terrible confrontation avait lieu.

«Chère maman, chère Christine,

«Il a tout détruit. Je lui ai pourtant servi toutes les cartes, toutes les frimes. Il lui suffisait de les abattre, et tout redevenait comme avant. Il redevenait l'idole et je recommençais à l'aimer. Comme avant.

«Mais il m'a repoussé alors que j'avais besoin de lui comme jamais. C'est pour lui aussi, pourtant, que je fais ce que j'ai entrepris. Pour exorciser le mal qui le ronge, ce mal que lui a légué notre père malade.

«Il m'a repoussé. Alors, ce n'est plus mon frère.

«Il est devenu un étranger, un être que je ne veux plus jamais revoir. Je ne sais pas pour toi, maman, je ne sais pas pour toi, Christine; mais, pour moi, mon frère est mort le jour où il a quitté la maison. Ici, je n'ai retrouvé qu'une bête avide de dollars et de plaisirs éphémères. Un homme indifférent à l'esprit étroit qui ne voit plus ses rêves ni les cicatrices que lui a laissées un autre homme comme lui.

«Moi, maman, je n'abandonnerai pas Khiang, ni Sovit. Toutes deux côtoient l'enfer, à cause du mal en nous; alors, j'aimerais qu'elles retrouvent le bonheur grâce au bien en nous.»

«Il y a déjà plusieurs nuits maintenant que je parcours Patpong. Parfois, je désespère. Pas du temps que j'investis dans ma quête, mais des horreurs que j'y coudoie. Je ne sais pas si je parviendrai à garder un esprit sain après cette aventure. Pas un soir je ne m'endors sans pleurer. Je me sens si désarmé, impuissant... inutile. Heureusement qu'il y a Nham. Tous les matins, elle vient me retrouver et nous dormons, blottis l'un contre l'autre, parfaitement conscients que notre bonheur n'est qu'une mince cuirasse devant ce qui nous attend à l'extérieur. Parfois, elle ne me retrouve qu'à midi, les yeux rougis, des bleus aux bras, aux côtes... Je sais que ses clients la battent, mais jamais elle n'en souffle mot. Elle subit en silence, détournant mes questions, se contentant de se réfugier contre moi et de m'aimer.

«Et moi, je l'aime en retour plus que je n'aurais cru mes sens capables. Je ne savais pas qu'aimer faisait aussi mal. Quand elle n'est pas près de moi, je sens un abîme qui me précède et, à chacun de mes pas, j'ai l'impression d'y plonger. Mes matins ne sont plus qu'attente. J'attends qu'elle apparaisse au pied de mon lit, qu'elle quitte ses vêtements et vienne me retrouver. Alors, non seulement l'abîme disparaît, mais l'univers se pare de musique, de couleurs et de parfum. Je suis le paysan qui, debout dans son champ, fixant le ciel, voit surgir la pluie qui redonne la vie.

«Oui, Nham est la vie. Ma vie. Et en elle, maman, je reconnais déjà la mère de tes petits-enfants.»

\* \* \*

Fabien, une fois de plus, sirotait une bière au petit bar extérieur sur Patpong II. Pour lui, il s'agissait de l'endroit idéal pour épier la vie du quartier qui sévissait tout autour. Situé tout près du Pink Panther, il y retrouvait Nham parfois, quand elle n'accueillait pas de clients dans ses bras. Le bar était aussi le havre où il décompressait après ses démarches dans les bordels et ses discussions avec les proxénètes. Ceux-ci se montraient régulièrement agressifs lorsque Fabien leur montrait la photo de Khiang et les avisait qu'il ne voulait coucher qu'avec cette enfant. Ils ne comprenaient pas que le Québécois refuse de comparer leur «marchandise» avec cette fillette en particulier. Et puis le garçon éprouvait toujours la même difficulté à contenir sa colère face aux marchands d'enfants. Au lieu de se renforcer, sa retenue fléchissait de soir en soir, et il sentait approcher le moment où ses nerfs flancheraient. Lui qui croyait avoir tout son temps pour effectuer ses recherches sentait maintenant que les jours étaient comptés.

Dans le petit bar, il était devenu un habitué de l'heure tardive, toujours avec les derniers clients. Il s'était lié d'amitié avec les serveuses et le barman. Il avait même fini par leur montrer la photo. Ces derniers l'avaient regardée en faisant une moue; ils ne la connaissaient pas. Alors que les filles étaient retournées à leur besogne, le barman s'était approché de Fabien pour lui murmurer quelque chose à l'oreille.

— Sois bien prudent, avait-il dit, tu joues un jeu dangereux. J'ignore pourquoi tu cherches cette fillette, mais ça ne plaira sûrement pas aux propriétaires. Et ce ne sont pas des tendres.

— Tu les connais?

— Non, mais eux te connaissent déjà.

Ce soir-là, Candy lui avait tenu à peu près le même langage. Il l'avait retrouvée près du ring où Phulang crachait sous les coups de son adversaire. Elle l'avait embrassé sur la joue en le reconnaissant.

— Mon joli Fabine! avait-elle lancé. Comme je suis heureuse de te revoir. Es-tu venu pour moi...

Elle pointa un index délicat vers le ring.

– ... ou pour Phulang?

Il lui avait souri. Peut-être était-elle un homme, mais il la trouvait toujours aussi jolie et sympathique.

— J'aurais besoin de ton aide, Candy, si tu peux m'aider.

Elle avait penché la tête de côté en plaçant le bout des doigts sur l'épaule du garçon. Elle exagéra une mimique de surprise.

— Vraiment? Que pourrais-je faire pour mon beau farang en dehors d'un lit?

Elle avait regardé la photo et son visage s'était assombri. Après avoir jeté un regard vers le ring, elle avait entraîné le garçon à l'écart en le prenant par le bras.

— Je ne la connais pas, avait-elle enfin murmuré.

— Tu es sûre?

— J'en suis sûre. Et même si je savais où elle se trouve, je ne t'en dirais rien.

— Pourquoi?

Encore une fois, elle avait regardé vers le ring, ses paupières s'étant mises à cligner dans un accès de nervosité. Sa voix trembla légèrement lorsqu'elle répliqua.

— Es-tu en train de t'attaquer aux Triades?

— Moi, je n'attaque personne.

— Si tu as un peu d'estime pour moi, Fabine, ne reviens plus me voir, je t'en prie.

Alors qu'il quittait le bar, Fabien n'avait pas remarqué le regard mauvais que lui lançait Phulang.

Le Québécois commençait à se demander s'il ne devait aller trouver la police et réclamer son aide dans la recherche de l'enfant. Il avait entendu parler de son inefficacité, de sa corruption, mais il commençait sérieusement à penser que sans aucune aide, il ne parviendrait jamais au bout de ses recherches.

Un enfant le tirant par la chemise l'arracha à ses pensées. C'était un tout petit garçon de six ans, tout au plus. Il penchait la tête en imitant un air abattu comme le lui avait enseigné les plus grands. Il tapotait ses lèvres avec ses doigts.

— Manger, dit-il faiblement.

Fabien remarqua trois garçons plus vieux qui attendaient non loin. C'étaient eux qui avaient envoyé le plus jeune quémander. Bien sûr, ils n'espéraient pas du farang un bol de riz, mais quelques bahts pour acheter des bonbons ou de la drogue. Tant pis si, pour cela, le petit devait baisser son pantalon.

Fabien caressa la petite tête aux cheveux collés par la crasse. Le bambin le fixait de ses grands yeux noirs, son visage poupin dessinant une fausse affliction qui masquait une détresse plus grande encore. Sa voix était claire comme s'il chantait un cantique. Il s'exprima en thaï.

— Que dit-il? s'informa Fabien auprès du barman.

— Il a faim. Ses frères aussi.

— Qu'en penses-tu?

— Que si tu es assez idiot pour leur donner de l'argent, ils auront encore faim dans une heure, mais ils ne s'en soucieront plus.

— Tu as quelque chose à manger dans ton arrière-boutique?

— Je ne suis pas un restaurant, mais j'ai du riz, des fruits.

— C'est ma tournée.

Le barman éclata de rire.

– Toi, tu es vraiment le dernier des connards.

Il riait encore quand les enfants terminèrent leur bol. Ceux-ci regardaient Fabien un peu comme si sa présence détonnait avec le lieu. C'était bien la première fois qu'un farang offrait quelque chose sans rien demander en retour. Le Québécois sourit pour l'une des rares fois depuis des jours. Il comprenait leur étonnement et s'en amusait.

Après un rot souverain, le plus vieux s'approcha en tendant la main. Il voulait plus maintenant, il voulait de l'argent. Cette fois, Fabien ne riait plus. Il se mit à les sermonner en anglais tandis que le barman avait toutes les peines du monde à traduire en suivant son débit. Nham apparut à ce moment.

Fabien poursuivit son discours jusqu'à ce qu'il remarque combien sa compagne était sérieuse. Il se désintéressa alors des enfants – qui ne furent que trop heureux d'échapper au sermon – et entraîna la jeune fille à l'écart.

– Nham, que se passe-t-il?

Il ne parvenait pas à lire son état d'âme. Les yeux de Nham exprimaient à la fois l'enthousiasme et la peur, le bonheur et l'affliction. Alors, Fabien comprit, et son cœur se mit à battre si fort qu'il en fut secoué. Il avait l'impression de devoir se tenir contre sa compagne pour ne pas tomber.

– Je l'ai trouvée, dit-elle en expirant d'un souffle tout l'air de ses poumons. Je sais où elle se trouve.

– Khiang?

– Elle est ici, à Patpong, dans un hôtel de passe.

Fabien porta les mains à sa tête, à sa bouche, contre ses bras, et à sa tête de nouveau. Il se mit à respirer rapidement tandis que ses lèvres tremblaient.

– Enfin! dit-il. Oh mon Dieu, enfin.

– C'est une nouvelle danseuse arrivée hier qui l'a reconnue. Elle dit que l'enfant fait partie d'un petit groupe de fillettes triées sur le volet pour leur beauté. À chacune on a enseigné une spécialité afin de satisfaire les fantasmes particuliers des clients. Khiang est surnommée: «La Suce».

Ce n'est pas la colère qui secoua Fabien, mais l'effort qu'il fit pour ne pas éclater en sanglots. Il respira profondément en mordant sa lèvre inférieure.

– Où est-elle? demanda-t-il enfin.

– N'en veux pas trop à Henri, répliqua Nham, étrangement.

– Pourquoi? Où est-elle?

– Wong Hotel.

# 12

Le gros Chinois souriait d'un air malsain, exposant non seulement le trou laissé par son incisive manquante, mais également deux dents en or qui lançaient des éclairs ambrés. Ses pommettes bouffies se gonflaient davantage dans l'exercice, dissimulant presque ses yeux déjà réduits en fentes minces. Il gardait toujours les épaules vers l'arrière et gonflait sa poitrine en pointant les boutons argentés de son uniforme. Pour faire contrepoids, l'autre Chinois à ses côtés arborait une mine sévère, presque menaçante. Celui-ci faisait semblant de mettre de l'ordre dans une série de fiches, mais Fabien remarqua qu'il les remettait toujours selon la même suite. La jeune fille était absente ce soir-là. Le lobby était désert et quelques dîneurs seulement s'attardaient dans la salle à manger. Le Québécois apprécia le peu d'achalandage du moment, lui qui se sentait déjà éminemment honteux par sa demande. Le sourire du Chinois amplifiait son inconfort.

— «La Suce», hein? répéta ce dernier en laissant siffler l'air qui passait par le trou de sa dent manquante. Vous en avez mis du temps avant de trouver l'endroit où vous pourriez goûter à ses charmes.

— Com?... Vous saviez que je cherchais cette enfant? Qui vous l'a dit? Henri?

Le préposé éclata d'un rire vulgaire qui fit vibrer le comptoir. À ses côtés, l'autre employé demeurait impassible, ses longs doigts continuant de tripoter les fiches.

— Pas Henri, non. Lui, contrairement à vous, a été très discret sur le sujet. Par contre, tous les proxénètes en ville sont au courant. Le petit farang Denault a une photo de «La Suce» et il la recherche activement. Eh bien, votre vœu pourra être exaucé... et vos fantasmes aussi.

Fabien retint une longue inspiration en espérant ralentir les battements de son cœur. Les Chinois semblaient avoir des informateurs partout. Sans doute tous les proxénètes de Patpong étaient-ils à leur solde; voilà qui s'annonçait de mauvais augure. Il lui faudrait désormais jouer plus serré. Il s'empressa de feindre avant que l'homme ne lui demande où il avait obtenu la photo.

— Je peux avoir l'enfant pour la nuit? demanda-t-il en prenant l'air le plus détaché possible.

— Neuf mille bahts, plus huit cents pour la chambre.

— Neuf mille? C'est dix fois le prix.

— N'exagérons rien. Et puis, elle est si belle, elle les vaut bien, non?

— J'offre deux mille.

Le Chinois rit de nouveau mais, cette fois, son hilarité sonnait faux.

— Je peux baisser à huit mille, c'est tout.

— Trois mille.

— J'ai dit huit mille.

Fabien allongea trois billets beiges sur le comptoir. Le deuxième Chinois cessa de manipuler les fiches.

— Bon d'accord, dit le Gros. Quatre autres comme ça et c'est entendu.

— Un autre, dit Fabien. Quatre mille.

Le sourire tressautait, l'homme avait de la difficulté à rester sympathique.

— Six mille, dernier prix. Je ne descends plus.

Fabien jeta un cinquième billet en remettant son portefeuille dans sa ceinture porte-passeport.

— Cinq.

Le sourire s'éteignit totalement et le Chinois ne fit aucun effort pour prendre l'argent. Son acolyte posa un coude sur le comptoir pour approcher un visage aux yeux injectés de sang. Son haleine dégageait une odeur de dents cariées.

— C'est six mille ou rien du tout, dit-il d'une voix au timbre bas, dans un anglais médiocre. Tu allonges un autre billet ou tu dégages. La recette est simple: si tu n'as pas les moyens de te payer une Rolls, tu achètes une Toyota. J'en ai marre de ton petit air de merdeux. Alors? Tu te décides?

Fabien frissonna malgré lui. Ce type, plutôt discret jusqu'à maintenant, ouvrait le jeu de l'intimidation. Entretenait-il des soupçons devant l'insistance du Québécois à retracer l'enfant? Le mettait-il en garde contre un éventuel projet d'enlèvement? Simple antipathie? Dans la trentaine, il était Chinois de toute évidence. Son front était haut, ses cheveux légèrement dégarnis sur les tempes. Son visage était ravagé par le passage ancien mais dévastateur de l'acné. Ses lèvres étaient presque invisibles, donnant davantage l'impression qu'elles ne savaient pas sourire. Ses épaules larges surplombaient deux bras dont les muscles gonflaient le tissu de son uniforme.

Fabien n'hésita qu'une seconde entre le retrait poli et la confrontation. Malgré le fait que la situation exigeait la prudence de la première option, son caractère bouillant le poussa à rapprocher son visage du Chinois.

— Je m'appelle Fabien Denault, dit-il en soufflant vers l'homme, et je paie les choses selon la valeur que je leur accorde. Je considère que cinq mille bahts est grassement payé pour une enfant qui n'a pas encore fait la preuve qu'elle vaut davantage.

L'homme ne parut pas intimidé pour un saleng.

— Moi, je m'appelle Qing, répliqua-t-il, et je répète qu'un gars qui parcourt tout un quartier pendant des jours afin de trouver une prostituée en particulier doit considérer que six mille bahts n'est pas si cher. Alors, j'attends soit mille bahts de plus, soit un autre client.

Les muscles des joues de Fabien s'agitèrent, trahissant ses mâchoires qui se serraient. Son regard soutint celui du Chinois mais, comme il risquait à tout moment de perdre sa contenance, il se recula en reprenant son portefeuille.

— Mille de plus, dit-il en jetant le billet qui manquait. Je veux la fille dans ma chambre d'hôtel dans une heure.

— Pas question, dit le gros Chinois qui, influencé par l'agressivité de Qing, reprenait de l'autorité. Trop dangereux de déplacer les mineures dans toutes les directions. Vous prenez une chambre ici, la fillette sera à vous dans trente minutes. Huit cents bahts de plus pour la chambre.

— Ces tarifs sont exorbitants.

— Vous êtes le seul client ici à vous en plaindre. À six mille bahts, une enfant de cette qualité est une véritable affaire.

Fabien maugréa de nouveau en payant les huit cents bahts supplémentaires.

— Je veux une chambre au premier étage, dit-il.

— Nous n'en avons plus, répliqua le Chinois. Il y a une...

— Chambre 108, coupa Qing en jetant une clé sur le comptoir. Au bout du couloir, premier étage.

Les deux regards se confrontèrent une fois de plus. Du dégoût se lisait dans l'un, de la haine dans l'autre. Quand Fabien s'engouffra dans l'escalier menant à l'étage, il sentit les yeux toujours fixés sur lui qui vrillaient sa nuque pareils à une mèche invisible.

*   *   *

La fenêtre était tout en hauteur et s'ouvrait suffisamment pour laisser passer un homme. Elle donnait sur une ruelle sombre et déserte à laquelle on pouvait accéder en mettant un premier pied sur le rebord extérieur, en s'agrippant ensuite à l'armature de métal d'un balcon disparu et, finalement, en se laissant descendre le long d'une poutrelle de béton trouée pouvant servir d'échelle. De là, il suffisait d'atteindre un conteneur à déchets d'où il ne restait qu'à sauter. La ruelle semblait contourner l'hôtel, mais se divisait également en deux embranchements qui débouchaient sur les rues avoisinantes.

Fabien tira les rideaux, satisfait. Il s'attarda un peu sur la chambre. Elle était proprette avec son lit double au couvre-lit rose, sa petite table de nuit acajou et sa lampe qui diffusait une lumière douce. Une commode surmontée d'un immense miroir renvoyait une image floue. Fabien avait gardé ses chaussures et s'exerçait, assis sur le lit, à respirer lentement, gérant au mieux le flux d'adrénaline qui noyait son cœur. Quand on frappa à la porte, il sursauta.

Il se leva en prenant l'air le plus détaché possible et ouvrit. Un petit groom le salua d'un wai respectueux et poussa devant lui la fillette qui le précédait. Sans un mot, il se détourna et repartit. Fabien laissa entrer l'enfant et referma la porte en la verrouillant de l'intérieur. Aussitôt, il se pencha pour s'assurer qu'il s'agissait bien de Khiang. Il alluma la lumière de la salle de bain afin d'obtenir un meilleur éclairage et tourna la gamine vers lui. Elle ressemblait peu à l'enfant de la photo, mais Fabien la reconnut. Les longs cheveux, propres et bien peignés, avaient été coupés à la hauteur des épaules, mais c'était bien les mêmes. Les yeux ne resplendissaient plus de la lumière des grandes rizières ni des couleurs de la plaine mais, encore là, il découvrit le dessin harmonieux des paupières, et retrouva, malgré le voile noir brodé de chagrin, l'intelligence réfugiée derrière des pupilles brillantes. Il identifia également la ligne des joues, les lèvres généreuses, le petit menton bien découpé.

Au travers de sa robe blanche aux motifs sobres se devinaient les courbes d'une fillette de huit ans. Fabien avait posé ses mains sur les épaules maigres et, du bout du pouce, caressait une petite joue.

– Tu es Khiang? demanda-t-il en anglais.

Sans le regarder, sans même comprendre que le garçon s'était adressé à elle, l'enfant se dégagea doucement et se dirigea vers la salle de bain en refermant la porte. Fabien entendit le siège de toilette couiner. Il se rendit de nouveau à la fenêtre pour observer à l'extérieur. La voie était toujours libre. Des bruits de voix parvenaient de la façade opposée du bâtiment, mais personne ne semblait jamais s'engager dans la ruelle. De nouveau, il inspira en cherchant à calmer les battements de son cœur. Il se tourna vers la salle de bain et fronça les sourcils en entendant la douche couler. Évidemment, selon le rituel appris, la fillette se préparait pour son client. Elle apparut au bout de quelques minutes, une serviette nouée autour d'elle. Elle monta sur le lit et, avant que Fabien ait trouvé les mots et les gestes pour lui expliquer qu'elle devait se rhabiller, elle s'étendait sur le dos. D'un geste machinal, son regard tourné vers le plafond, elle ouvrit la serviette.

Fabien s'approcha du lit en protestant.

– Mâi, dit-il, ne reste pas comme ça. Tu dois remettre ta robe, tu comprends? Ta robe.

L'enfant ne comprenait visiblement pas un mot. Les yeux toujours fixés sur le ventilateur éteint au-dessus d'elle, elle ouvrit les jambes. Fabien détourna les yeux une seconde, mal à l'aise.

– Non. Oh, mon Dieu!

Il se rendit à la salle de bain, récupéra la robe et revint vers le lit.

– Écoute, tu dois remettre ta...

Il s'interrompit soudain. À travers la lumière tamisée de la lampe, il venait d'apercevoir des marques qui l'intriguèrent.

– Qu'est-ce que c'est que ça? souffla-t-il en français.

Sur la poitrine de l'enfant, autour des mamelons, de petits cercles brunâtres dessinaient un pentagone. Fabien s'obligea à scruter le petit corps et retrouva les mêmes marques à l'intérieur des cuisses, dans les aines et en deux rangées bien alignées de chaque côté de la vulve. Il porta une main à sa bouche en retenant les larmes qui montèrent à ses yeux.

– Mon Dieu! s'exclama-t-il. Des brûlures de cigarettes! Ses maquereaux ou des clients ont dû la punir en la brûlant avec leur cigarette.

Il dodelina de la tête en observant le petit ange blanc et nu, les yeux toujours au plafond, qui attendait que son corps, une fois de plus, soit soumis aux caprices de celui qui avait payé pour sa chair. Docile, elle laissa Fabien la retourner. Il découvrit de nouvelles marques sur les omoplates et sur les fesses. Ne pouvant en supporter davantage, il éclata en sanglots. La tête dans les mains, il laissa libre cours à son découragement et à son dégoût. Après un moment, il choisit de soulever la fillette contre lui et de la bercer doucement en noyant ses cheveux de larmes.

Il la garda ainsi, le temps de calmer ses pleurs, l'esprit tourmenté de chagrin et de haine. Khiang, prostrée, finit par comprendre que ce client n'était pas comme les autres. Elle leva le visage vers lui et parut étonnée par ses yeux mouillés. Il y avait longtemps qu'un tel regard ne s'était posé sur elle. Un regard non empreint de désir ou de colère, mais aimant et lénifiant. Elle quitta le monde intérieur dans lequel elle se réfugiait pour échapper aux assauts de ses preneurs et observa cet étrange farang. Il ressemblait à l'homme dans la voiture de qui son père l'avait fait monter, il y a de cela bien longtemps. Il avait les mêmes yeux, le même nez fort, la même forme un peu évasée des lèvres. Mais ce n'était pas lui. L'autre était vif et brutal; celui-ci semblait d'une douceur inhabituelle, d'une tendresse qui lui rappelaient la quiétude du foyer, les bras aimants de sa mère, le petit village dressé là où le ciel est clair, où l'air est bon à respirer. Khiang laissa le farang la serrer contre lui et se mit à trembler à son tour. Elle venait de prendre conscience qu'il faisait froid dans la chambre.

Quand Fabien se calma, il essuya d'un revers de la main les larmes qui mouillaient encore ses joues. Il se racla la gorge, relâcha doucement l'enfant et la regarda dans les yeux. Elle semblait revenue au présent, ses longs cils clignant d'espoir de n'être ni battue ni pénétrée ce soir-là.

– Tu vas maintenant te rhabiller, d'accord? insista le garçon en présentant la robe.

Elle eut un petit mouvement vif de la tête, indiquant qu'elle obéirait, mais sans trop comprendre ce que lui voulait l'étranger. Elle passa le vêtement par-dessus sa tête et chaussa les sandales qu'elle avait laissées à l'entrée. Le garçon lui prit la main et l'entraîna avec lui vers la fenêtre. La peur s'empara de nouveau de la fillette. Pourquoi la fenêtre? Que cherchait-il à faire?

– Viens, invita Fabien alors qu'il avait déjà passé un pied à l'extérieur. N'aie pas peur.

Elle se laissa ceindre à la taille alors qu'il la soulevait pour la tenir serrée contre lui.

– Accroche-toi à mon cou, dit-il. Tiens-toi solidement parce que, moi, j'ai besoin de mes deux mains.

Elle comprit ce qu'il voulait lorsqu'elle sentit qu'il la libérait tranquillement. Elle entoura ses deux petits bras maigres autour du cou de Fabien, le visage crispé par la peur. Peur de cette acrobatie qu'on l'obligeait à faire, peur de cet homme dont elle ne comprenait pas bien les intentions, peur des méchants qui la détenaient et qui l'accuseraient d'avoir forcé l'homme à sortir par la fenêtre et lui feraient subir encore des punitions qu'elle n'avait pourtant pas méritées.

Fabien posa le pied sur le surplomb qui courait le long du mur, un mètre sous les fenêtres du premier étage. Il se tint un moment en équilibre, calculant la distance qui le séparait de l'armature de l'ancien balcon, évaluant l'effort qu'il lui faudrait fournir pour l'atteindre sans perdre pied. Il inspira profondément, fixant la tige de métal pour éviter d'être déconcentré par les ombres qui s'agitaient derrière les rideaux et par les râles venant de derrière les fenêtres.

Il bondit. Ses deux mains empoignèrent l'armature, ses doigts se refermant pareils à des serres. Il faillit échapper sa prise, la rouille couverte d'une poussière fine ayant rendu la barre très glissante. Vivement ballottées dans l'exercice, les jambes de l'enfant vinrent le frapper au bas-ventre, l'obligeant à grimacer en silence. Il demeura quelques secondes immobile, les bras au-dessus de la tête, le cou raidi par le poids de la fillette. Il inspira de nouveau profondément et se contorsionna afin d'atteindre la poutrelle de ciment. Sans trop de difficulté, il parvint à poser le pied dans l'un des orifices qui la défiguraient. Il libéra lentement une main et saisit une saillie dont il vérifia la résistance. Satisfait, il courba les reins et lâcha la tige de métal. Son autre main s'agrippa à une deuxième saillie, mais celle-ci, rongée par les intempéries et l'air acide de Bangkok, céda sous l'effort. Fabien se rattrapa vivement en s'accrochant à un inter-stice. La pièce de ciment tomba sur le conteneur à déchets en provo-quant un vacarme soudain et malvenu. Des morceaux plus petits et de la poussière de pierre se détachèrent, étirant le fracas pendant un instant.

Retenant sa respiration, l'enfant muette de peur à son cou, Fabien attendit un long moment, s'assurant que le bruit n'avait attiré personne. Puis, lorsqu'il jugea que tout danger était écarté, il entreprit la descente. Lentement, en prenant soin d'insérer chaque pied solidement dans les orifices, en se garantissant de la robustesse de chaque saillie, il descendit la poutrelle jusqu'au conteneur. Là, il remit la fillette sur ses pieds, sauta au sol et la fit descendre à son tour. Il avait envie de hurler sa victoire, d'éclater d'un rire explosif et vulgaire, de danser. La tension qui l'animait lui donnait une impression d'invincibilité, de puissance sans bornes. Sa pression artérielle et son rythme cardiaque atteignaient des sommets, le laissant dans une humeur euphorisante frisant l'inconscience.

Quand il prit la fillette par la main et se retourna pour s'engager dans la ruelle, un violent coup au plexus solaire lui fit cracher tout l'air de ses poumons. Il se plia en deux, deux voiles noirs se refermant sur ses yeux. Suffoquant, il sentit éclater ses rotules alors qu'il s'affaissait sur les genoux. Un impact terrible sur son côté droit le fit tourner sur lui-même et il se reçut contre le conteneur. Il chercha à ouvrir les paupières, à parer le prochain coup, mais il ne distingua qu'une ombre furtive qui se penchait vers lui. Au hasard, il lança son poing, mais son poignet fut bloqué par une main ferme qui le rabattit vers l'arrière. Deux autres mains se saisirent de son poignet gauche et de son col alors qu'il se sentait soulevé de terre. Puissamment retenu par deux hommes solides qui se tenaient derrière lui, il se retrouva debout, le visage écrasé contre le conteneur. À faible distance, des pas résonnèrent à un rythme mesuré, les semelles glissant sur le pavé, faisant crisser le sable. Il chercha à voir, mais ne parvint pas à tourner la tête. Son côté lui faisait mal au point d'en avoir la nausée.

Un troisième homme le saisit par les cheveux et lui renversa la tête. Il approcha son visage de Fabien et celui-ci reconnut l'haleine de dents cariées.

— Alors, petit merdeux, tu croyais pouvoir me jouer aussi facilement?

Fabien gémit sous le coup qu'il reçut dans les reins.

— Qu'est-ce que tu croyais? Amateur. Stupide petite merde d'Américain.

Un autre coup lui fit ployer les genoux. On le laissa s'écrouler au sol.

— C'était écrit sur ton visage; je n'allais surtout pas manquer cette belle occasion de t'éclater la tête. C'est pourquoi il y avait une chambre libre au premier, pour toi.

Qing souleva le talon vers l'arrière et projeta son pied violemment en avant. Fabien fut soulevé sous le choc et retomba sur le dos en gémissant de douleur. Il râlait, cherchant l'air qui ne voulait plus entrer dans ses poumons. La voix continuait de l'insulter, de le noyer de haine et de mépris. Tout son corps n'était qu'une douleur terrible qui le secouait, le ballottait, l'entraînait au cœur d'un maelström dont l'embout se terminait en un effroyable trou noir. Il chercha à résister à la tornade, à trouver l'air qui lui permettrait de se relever et de combattre le monstre au-dessus de lui.

Alors qu'il croyait souffrir au-delà de toute limite, une autre douleur, plus atroce encore, le saisit au visage comme si une bête féroce venait de le happer entre ses mâchoires. Un feu d'artifice éclata à la même seconde et il s'enfonça plus profondément dans le maelström. La voix devint lointaine, sourde, un peu vibrante.

— Voilà qui te laissera un souvenir de moi impossible à oublier. Et dis-toi bien que l'unique raison pour laquelle je te laisse en vie est que je dois un service à ton frère, Henri.

Fabien entendait les mots, mais les associait difficilement en phrases cohérentes. Son esprit, trop occupé à combattre la douleur, ne parvenait plus à saisir la logique des propos. Sa tête lui semblait si grosse qu'il se demandait bien comment il parviendrait à la soulever de nouveau. Il s'enfonça davantage dans l'entonnoir. Il perçut une odeur très proche, désagréable mais, là encore, il n'arrivait pas à la reconnaître. Il savait seulement que cette senteur ne présageait que le mal.

— Ne te trouve plus jamais sur mon chemin, menaça Qing une dernière fois, le visage pratiquement collé sur celui du garçon. Ma dette est payée et je ne dois plus rien à ton frère.

Avant de disparaître, aspiré par le maelström, Fabien se souviendra d'avoir entendu les cris de Khiang.

\* \* \*

Fabien sentit un échauffement aux chevilles. Il vit des flammes s'attaquer à ses pieds avant de comprendre que ce n'était qu'une illusion. L'échauffement venait du ciment qui, à frotter contre sa peau, avait pelé ses chairs. Rapidement, la douleur à son côté détourna son attention. Il voulut y porter la main, mais ses bras étaient tenus au-dessus de sa tête. Alors, il comprit qu'on le traînait sur le sol. Il retomba dans l'inconscience.

Une lumière jaunâtre s'attaqua à sa pupille. Elle disparut, puis revint, insistante. Un mugissement faisait vibrer l'air autour, et sa tête lui paraissait démesurée. Une autre illusion lui suggéra qu'un pied gigantesque, sentant la mauvaise haleine, le retenait au sol en exerçant sur lui un poids de titan. Il vit se mouvoir des silhouettes à contre-jour devant des néons multicolores. Le mugissement se transforma en rugissement et, encore une fois, il s'évanouit.

Il lui sembla que quelques secondes seulement s'étaient écoulées. Quand il parvint à ouvrir son œil droit, il trouva la lumière blanche d'une salle d'hôpital. Des blouses blanches s'agitaient autour de lui, des murs se déplaçaient en entraînant dans leur sillage des visages curieux, des portes et encore des lumières. Elles apparaissaient à intervalles réguliers en rectangles étincelants. Il se trouvait étendu sur le dos, souffrant atrocement. Il constata que c'était l'air qui lui manquait. Il avait soif. Quelqu'un appliqua un objet sur son nez. Cette fois, il s'endormit pour de bon.

# 13

Nham croisait des teints verdâtres, des éclopés et des gens étendus sur des matelas, le long des couloirs. Mais elle ne les voyait pas. Son pas rapide l'entraînait dans un slalom sinistre où elle contournait civières, infirmières et malades. Elle était vêtue d'un chemisier beige en coton léger, très sobre, à travers lequel se dessinait la dentelle blanche de son soutien-gorge. Des jeans moulants retraçaient ses courbes affolantes et de nombreux regards, même malades, se retournaient sur son passage.

La jeune fille plissa le nez. L'odeur de l'éther était omniprésente, oppressante; elle la détestait. L'antiseptique lui rappelait les trop nombreuses fois où, à la merci d'un client brutal, elle venait terminer ses nuits au Bangkok Christian Hospital.

Nham trouva la salle qu'on lui avait indiquée au milieu d'un long couloir noyé de lumière blanche. Une vingtaine de lits alignés en deux rangées contre des murs opposés exhibaient des corps bandés, des bras ou des jambes plâtrés, des visages crispés et laiteux. Des ronflements s'entendaient à gauche, des gémissements à droite. Ici et là, parfois en compagnie d'une jeune fille en blouse blanche, des gens chuchotaient au chevet d'un malade. Des membres d'une même famille, sans doute, comme ici, une femme de vingt ans à peine, avec trois bambins accrochés à ses jupes, qui pleurait un mari mourant; là, une dame âgée qui veillait un enfant en tenant une main hâve; là encore, un homme effondré, un nouveau-né dans les bras, qui attendait le réveil d'une femme à la pâleur déconcertante. Oh, il y avait bien aussi un jeune couple rempli d'espoir qui chuchotait des paroles réconfortantes à un garçonnet alité. On parlait de guérison, de jeux, de bonheur certifiés par un médecin diplômé. Il y avait même un patient qui riait d'une blague lancée par un homme à ses côtés.

Mais pour Nham, il y avait encore et surtout cette odeur d'éther.

Elle s'avança vers le mur du fond, près de la fenêtre. L'air de l'extérieur pénétrait dans la salle, allégeant son malaise. Chaudes et polluées, les émanations n'apportaient par contre aucun répit à l'atmosphère moite de l'hôpital. Bangkok recrachait les exhalaisons de ses embouteillages de fin d'après-midi, le tout porté par les vagues brûlantes réverbérées par le ciment de ses bâtiments et ses pavages.

Sous la fenêtre, au bout de la rangée de gauche, la jeune fille trouva le lit qu'elle cherchait. Un garçon y dormait, la moitié du visage masqué par un bandage et un long tube le reliant à une bouteille de soluté accrochée à son support. À son chevet, un homme était assis sur une chaise de métal, les coudes sur les genoux, la tête basse. Il portait une chemise de soie blanche et des pantalons à la coupe un peu large. Nham le voyait pour la première fois, mais elle reconnut immédiatement tous les traits de son visage.

— Vous êtes Henri? demanda-t-elle en thaï.

Il releva la tête, ses yeux n'exprimant qu'une vague surprise.

— Châi, répondit-il.

— Diichn chêu Nham.

— Fabien m'a parlé de toi.

Elle se tourna vers le lit. Le seul œil visible de son compagnon était fermé, la paupière agitée par un sommeil troublé de cauchemars. Elle s'approcha pour mieux observer son visage. La peau du garçon lui parut pâle même sous la dorure de son teint hâlé. Ses lèvres étaient décolorées, craquelées par la déshydratation.

— Comment va-t-il? s'informa Nham en prenant une main froide entre ses doigts.

Henri s'étira en poussant les coudes vers l'arrière, puis essuya la sueur sur son front en y passant une paume ouverte.

— Les médicaments le font dormir, dit-il. Il souffre beaucoup quand il s'éveille.

Elle détourna son visage de Fabien pour fixer ses grands yeux noirs sur Henri.

— Que lui ont-ils fait?

— Ils lui ont donné une bonne raclée. Quatre côtes cassées.

Elle soupira en se tournant de nouveau vers Fabien. Elle porta la main blanche jusqu'à ses lèvres dans un petit baiser frôlé.

— C'est tout? Le Bouddha l'a béni; ils auraient pu le tuer.

— Ce n'est pas tout.

Un tremblement la parcourut. La voix d'Henri était rauque et grave, accentuant l'effet dramatique de ses paroles. Elle resta immobile, la main toujours sur ses lèvres.

Quoi d'autre? demanda-t-elle.

– Ils lui ont crevé un œil.

– Quoi?

Ses cheveux libres dessinèrent une arabesque lorsque sa tête se retourna brusquement vers Henri. Sa mâchoire inférieure tremblait et sa gorge se nouait. Elle remarqua les traits tirés de l'homme et comprit qu'il avait dû veiller son frère toute la nuit et toute la matinée.

– Ils lui ont fait quoi? répéta-t-elle, la voix entrecoupée par les efforts qu'elle devait accomplir pour ne pas éclater en sanglots.

– Ils lui ont arraché l'œil gauche; il n'a plus qu'une orbite vide.

Henri fit une moue, mais ses mâchoires agitées trahissaient une colère difficilement contenue.

– Je connais cette signature, poursuivit-il. Elle n'est pas typique des Triades, mais d'un homme qui travaille pour elles.

Nham s'empressa de tirer une chaise sous elle de peur de s'écrouler au sol. La chambre se mit à tourner tout autour tandis qu'une violente nausée lui faisait pousser un râle. Elle inspira rapidement à plusieurs reprises afin de calmer les spasmes, puis éclata en sanglots.

– J'avais pourtant bien avisé Fabien de ne pas s'attaquer à ces gens-là, fit Henri en haussant les épaules. Il est trop naïf; il n'a pas idée de leur pouvoir ni de leur violence.

Nham regardait le visage blême en mouillant la main de Fabien de ses larmes.

– Mon pauvre Faby, psalmodiait-elle à mi-voix. Oh, mon pauvre Faby.

– Bon, ça va, fit Henri que les démonstrations d'affection agaçaient visiblement. Il n'est pas mort, il est borgne, c'est tout. Ça ne l'empêchera pas de vivre normalement. Si tu ne l'avais pas encouragé à poursuivre sa chimère imbécile, il aurait déjà abandonné, serait reparti et tout ça ne serait pas arrivé.

La jeune fille ressentit la remarque comme une gifle. Elle tourna instantanément la tête vers l'homme.

– Arai? Que dis-tu?

– Que ce qui lui arrive est ta faute. J'avais conclu un marché avec les Chinois; ils savaient que Fabien voulait ramener la fillette à Nonchad. Au lieu de l'éliminer, ceux-ci avaient accepté d'aviser leurs contacts de ne pas renseigner mon frère. Ainsi, j'espérais qu'avec le temps, Fabien renoncerait et repartirait. Mais toi, avec ta cervelle de poulet, tu l'as fait tomber dans le piège que je voulais lui éviter. L'entente que j'avais réussi à conclure était très sommaire: Fabien ne devait pas découvrir l'endroit où il pouvait trouver l'enfant. Cette condition annulée, je n'avais plus aucun argument de les empêcher de lui donner une bonne leçon. Encore est-il chanceux d'avoir eu affaire à Qing. J'avais déjà aidé ce gars à échapper à un guet-apens monté par une bande rivale, il me devait un service. S'il s'était agi d'un autre exécuteur des Triades, on ne serait pas à l'hôpital en ce moment, mais à la morgue.

– Sa quête était si noble, pourquoi ne l'as-tu pas aidé au lieu de le repousser?

– Noble et insensée, oui. Et je l'ai aidé de la seule façon possible: en lui évitant d'entrer en contact avec cette enfant. Il refusait de m'écouter, de comprendre que les dés étaient pipés. Personne ne s'attaque impunément à un géant comme les Triades, surtout pas un insecte naïf et irréfléchi comme ce petit Québécois fraîchement sorti de sa campagne. J'ai fait tout ce que je pouvais faire; il n'y a que vous deux à blâmer.

Les yeux de Nham avaient cessé de couler sans même qu'elle s'en aperçoive. Machinalement, elle passa une main sur sa joue, mais ses larmes avaient déjà séché.

– Tu lui ressembles, dit-elle, mais tu n'es pas comme lui, khun Henri.

– C'est pourquoi je suis toujours vivant après treize ans dans ce pays. Lui, il arrive à peine et, déjà, il lui manque un œil.

– Il essayait de réparer ta faute.

– Lui dit que c'est une faute, pas moi.

– Oh! Si vous vous chamaillez tous les deux, faites-le au moins en anglais que je puisse suivre.

La paupière de Fabien était à demi ouverte. Ses lèvres, sous l'effort d'avoir parlé, semblaient davantage craquelées. Apercevant sa main dans celle de Nham, il la serra entre ses doigts.

– Bonjour, ma petite orchidée. Comment m'as-tu trouvé?

La jeune fille oublia la réplique cinglante qu'elle s'apprêtait à lancer à Henri et retrouva l'expression de bonheur contenu qui la caractérisait lorsqu'elle se retrouvait en compagnie de Fabien.

– Le client d'une copine était présent lorsqu'on t'a retrouvé dans le soi, répondit-elle. C'est elle qui m'a mise sur ta piste en mentionnant l'hôpital où l'on t'avait conduit. Comment te sens-tu?

Il fit une moue en s'efforçant de ne pas grimacer.

– J'ai envie d'aller jouer une partie de takhâw, pas vous?

Ses lèvres dessinaient un sourire, mais il fallait beaucoup d'imagination – ou de naïveté – pour y déceler une joie véritable. Nham rit en s'efforçant de ne pas laisser les larmes s'attaquer à ses yeux, une fois de plus. Elle ne se surprenait plus, maintenant, du chamboulement qui l'agitait chaque fois qu'elle se trouvait en présence du garçon. Après Fabien, elle le savait, la vie n'existerait plus. Elle constata que les cordelettes étaient toujours nouées autour du poignet de son compagnon et remercia intérieurement les esprits gardiens qui l'avaient protégé. Qu'il se retrouvât borgne, unijambiste ou paraplégique lui importait peu, pourvu qu'elle puisse encore et toujours goûter sa présence, ses paroles réconfortantes, sa tendresse et la douceur de ses lèvres.

– Tu as mal? s'informa Henri en cherchant à paraître détaché.

– Non, ça va. Les médicaments font encore effet. On verra dans une heure. Tu me passerais la carafe d'eau sur la table, là-bas?

Henri s'exécuta, mais ce fut Nham qui versa le contenu dans un verre et le porta aux lèvres de Fabien. L'aîné observa intensément le jeune couple et s'étonna de ces quatre mains jointes ensemble autour d'un verre, de ces détails quasi imperceptibles qui différenciaient leur façon de s'adresser l'un à l'autre, de ces regards qui semblaient contempler un monde qui leur était commun... Ça n'était pas là le rapprochement simple entre une prostituée et son client. Il comprit que des liens plus forts unissaient les deux jeunes gens, des liens qu'il n'avait pas souvent observés autour de lui. Une petite voix sembla se faire entendre dans son esprit, une voix lointaine, venue d'un passé qu'il avait pourtant cherché à refouler. Elle s'employait à lui rappeler à quel point il aimait ce garçon, ce frère qu'il avait protégé toute son enfance. Elle s'évertuait à ramener des émotions refoulées, l'obligeait à lutter contre la seule chose qui pouvait encore le détruire: l'amour qu'il portait à sa famille. La voix cherchant à se faire davantage pressante, il la balaya comme on balaie une mouche du revers de la main.

— La leçon va te profiter, Petite-pantoufle? s'informa-t-il, les paumes posées sur les cuisses, les coudes pointés vers l'extérieur. J'espère que tu constates à quel point j'avais raison lorsque je te parlais du danger de t'attaquer à ces gens? Tu vas abandonner tes idées idiotes et poursuivre tranquillement ton voyage, maintenant?

Fabien émit un petit rire sans joie et regarda son frère par-dessus l'épaule de Nham qui replaçait l'oreiller dans son dos.

— Mon voyage? Non. Ma quête, oui. Ces «gens», comme tu dis, ont commis une erreur: ils m'ont laissé la vie sauve. Ce que j'ai subi n'est rien en comparaison de ce qu'on fait endurer à Khiang, nuit après nuit. Ma résolution n'est que plus forte, Henri. Au diable si on me tue pourvu que j'aie le temps d'arracher cette enfant à son enfer.

— Tu as vraiment une tête de cochon! lança l'aîné en français, agitant les bras vers le ciel.

Les patients les plus près et une ou deux infirmières le regardèrent une seconde, étonnés. Il poursuivit dans la même langue.

— Le dernier hiver était-il si froid qu'il t'a gelé les cellules du cerveau? Fabien, sacrement, qu'est-ce qu'un deux de pique comme toi peut faire contre les tueurs des Triades? Te rends-tu compte à quel point tu es orgueilleux? À quel point tu te penses plus fin que les autres? Tu vas mourir sans réussir et ça n'avancera ni Khiang, ni Pramool, ni personne. Et en plus, ça va achever maman.

— Voilà que tu te soucies des peines de maman, maintenant?

— Toi, tu devrais t'en inquiéter! Ni papa ni moi ne l'avons fait.

— Alors, il n'est pas trop tard pour t'en préoccuper de nouveau, mais selon ce qu'elle désire vraiment. Maman est davantage déçue par ton action que par ce que papa lui a fait subir depuis le jour de ses noces. Tu devrais effacer le mal que tu as répandu. Ne serait-ce que pour elle. Elle approuve mon action et m'appuiera jusqu'au bout, même si je devais en mourir. Afin d'éviter cette conclusion fatale, il te suffit de m'aider. Collabore avec moi pour enlever la fillette et la ramener à sa mère. Après, je te jure, je quitte ce pays pour ne plus jamais y remettre les pieds.

Comme la voix intérieure voulait revenir, Henri se leva en s'emparant rageusement des vêtements de Fabien déposés sur une petite table à côté.

— Mais tu as donc bien le crâne épais, tabarnak! Je te dis que ça ne se fait pas de s'attaquer aux Chinois. Comprends donc le bon sens!

Henri lança le linge contre le mur à la tête du lit, provoquant une pluie de chaussettes, de chemise et de pantalon. Un stylo, un cahier de notes et quelques papiers épars suivirent la même trajectoire. Un t-shirt tomba contre le visage du garçon, mais le gros des vêtements se retrouva sur le sol à côté du lit. Toute la salle se tourna vers la scène.

— Je sacre mon camp et tu t'organises avec tes troubles, poursuivit l'homme en prenant la direction de la porte. J'ai fait tout ce que j'ai pu, mais je ne peux quand même pas t'attacher et te retourner emballé dans une malle.

Il stoppa son pas, se retourna et pointa son index en direction de son frère.

— Et ne te fies pas trop à la petite conne qui te fait des mamours. Elle aussi appartient aux Triades et le jour où elle te trahira, tu constateras à quel point tu as vraiment été le dernier des crétins.

Et, sous le regard de plus en plus ébahi des autres patients qui se demandaient bien dans quelle langue se disputaient les farang, il franchit la sortie pour disparaître dans le couloir. Ce que Fabien et Nham, demeurés interdits, ne virent pas fut la colère qui quitta le regard d'Henri dès que ce dernier se trouva hors de leur vue. La peur et le chagrin se lisaient maintenant dans ses traits effondrés. Il pinça les lèvres, comme pour retenir un sanglot, et glissa dans la poche de sa chemise le passeport et l'argent qu'il venait de dérober à son frère.

\*   \*   \*

«Je ne sais pas encore si je vous ferai parvenir cette cassette; cela risquerait de vous faire mourir d'inquiétude. Cependant, je continue à y noter les événements afin que, quoi qu'il arrive, que je perde ou que je gagne, vous puissiez suivre le cours des événements, connaissiez les acteurs qui y ont contribué et, surtout, afin que vous sachiez que jamais, au grand jamais, je n'ai failli à ma promesse.

«Je souffre moins. Bien sûr, il m'est difficile de faire de véritables efforts physiques, mes côtes m'empêchent encore de respirer normalement, mais la douleur s'estompe au fil des jours. J'ai diminué les doses de mes médicaments antidouleur et je dors maintenant sans plus me réveiller aux deux heures. Je commence à m'habituer à ne voir que d'un œil. Avec mon œillère, je ressemble au Pirate Maboule.

«Comme Henri a fait disparaître mes papiers et mon argent liquide, je suis complètement fauché. Sans passeport, je ne peux plus changer de chèques de voyage ni trouver d'hôtel convenable. Il a fait ça dans le but de me compliquer la vie, peut-être afin de m'obliger à m'adresser à l'ambassade canadienne. Est-ce pour que les employés découvrent mes projets et m'empêchent de poursuivre? Pour qu'on me rapatrie en voyant ma triste mine? Je ne comprends pas bien ce qu'il a cherché à faire. De toute manière, je me suis débrouillé autrement. Nham connaissait quelqu'un qui connaissait quelqu'un qui connaissait quelqu'un qui vivait en squattant un immeuble en construction dans un soi retiré, pas trop loin de Patpong. Il s'agit d'une famille dont le père travaille précisément à la construction de l'édifice. Ils m'ont accueilli très gentiment, sans question. Vous devriez les voir. Un jeune couple dans la vingtaine avec trois enfants de deux, trois et quatre ans. Ils vivent comme en camping au deuxième étage. Il n'y a pas de murs autour d'eux. Ils dorment à même le plancher inachevé sur des planches souvent non clouées, en équilibre. Je crois qu'ils sont un peu les gardiens du chantier ou je ne sais trop.

«Ils connaissent mon histoire; ils me cachent dans une pièce inachevée au premier étage, là où les travailleurs ne viennent pas. J'y termine ma convalescence. J'ai recommencé à sortir, le soir. Mais je le fais en douce. Je veux laisser croire aux Triades que j'ai quitté la ville. Je m'exécute le plus discrètement possible, vêtu d'un pantalon chinois et d'une mâw hâwm, une chemise vulgaire que les Thaïs utilisent au travail. Je cherche à découvrir l'endroit où ils gardent les enfants prisonniers. Ce n'est pas à l'hôtel même, sans doute pour échapper aux éventuelles descentes de police. Quand un client réclame une jeune prostituée, on la fait chercher à l'extérieur et c'est une voiture qui l'amène au Wong. J'ai repéré le numéro de plaque du véhicule et je vais le suivre étape par étape, d'un coin de rue à l'autre, jusqu'à sa source. En procédant ainsi, j'évite d'être remarqué et personne ne peut se douter que je poursuis une voiture à pied. Le premier soir, je me tiens à une intersection et je surveille l'auto jusqu'au coin de rue suivant. Le lendemain, je suis à ce dernier coin de rue et je repère la nouvelle direction prise par la voiture. Ainsi de suite, jusqu'à la destination finale.

«J'y arriverai.

«Il commence à faire drôlement chaud, ici. Je suis bien heureux de ne plus vivre que la nuit et de passer mes journées à dormir. Je revois Nham dès qu'elle peut se libérer de ses clients. Nous ne parlons plus beaucoup. Sans doute avons-nous peur que la conversation ne bifurque sur notre avenir. Comme celui-ci nous paraît nébuleux, nous préférons goûter un silence plus rassurant.

«Je pense à toi, maman, et à toi, Christine, de plus en plus souvent. Vous me manquez terriblement, surtout en ce moment d'épreuve. Vos rires me manquent, votre tendresse aussi. J'aurais bien besoin d'être serré dans vos bras. Et puis, je m'ennuie de vos petits plats que je voudrais voir à la place de mes éternels bols de riz. Le printemps est-il agréable? L'hiver ne m'a pas vraiment manqué, mais j'aimerais bien voir la neige fondre. J'aimerais aussi être témoin de l'arrivée des oies blanches, de la première hirondelle, des feuilles qui se dévêtent de leur bourgeon. Finalement, je crois que je commence à avoir le mal du pays.»

*　*　*

Ngam Duphli est le nom d'un soi important au sud-est du quartier de Patpong, reliant le soi Suan Phlu à Rama IV Road. Autrefois centre principal des voyageurs débarquant dans la capitale, le quartier n'est plus aujourd'hui qu'un ramassis de proxénètes et de junkies. Le Quality Hotel Pinnacle, établissement récent de grande classe, semble un peu perdu au milieu des ruelles où se côtoient des pensions minables telles le Tokyo Guest House, le Boston Inn et quelques autres n'affichant que des pancartes en alphabet thaï. Les venelles mal éclairées sont une véritable invitation à l'agression, respirant la sordidité et la déchéance.

Soir après soir, de coin de rue en coin de rue, Fabien avait approché le quartier, s'en imprégnant lentement, comme un baigneur qui rentre pouce par pouce dans une piscine trop froide. Dissimulé par la pénombre d'une encoignure ou mêlé aux héroïnomanes affalés le long des bâtiments, il suivait la petite Isuzu noire qui, d'un soi à l'autre, dévoilait sa destination. Il mit un peu plus d'une semaine à marcher de plus en plus loin, à revenir chaque matin dormir dans son retranchement secret, avant de parvenir à son but. C'était dans une ruelle apparemment sans nom, prenant racine dans le soi Si Bamphen et se perdant quelque part entre un terrain vague jonché de pierrailles et un muret de tôle masquant les abris de fortune de quelques indigents. Il s'agissait d'un édifice banal en ciment gris, parfaitement fondu dans son environnement sans éclat. Les étages supérieurs aux vitres éclatées menaçaient à tout instant de s'effondrer sur les étals de quelques marchands de poulets grillés et de marchandeurs de brocante. L'entrée principale du rez-de-chaussée avait été condamnée par des planches clouées en travers. Les habitants du quartier devaient grandement craindre les propriétaires du bâtiment, sinon ils n'auraient pas hésité à squatter les étages déserts, fussent-ils sur le point de s'écrouler.

La voiture s'était stationnée un peu en retrait dans une zone d'ombre. Un homme en descendit, contourna le bâtiment et disparut. Le chauffeur était demeuré derrière le volant à attendre. Quatre minutes s'écoulèrent et l'homme réapparut, tenant une enfant par la main. Huit ans à peine, elle portait une petite robe blanche diaphane et des souliers trop grands. Elle marchait en claudiquant légèrement, un pas en retard derrière l'homme. La boucle rose dans ses cheveux disparut lorsque le proxénète la poussa à l'intérieur de la voiture. Il y eut le bruit coutumier de l'accélération et l'Isuzu reprit le chemin inverse.

Fabien attendit encore un moment, comme pour s'assurer que la ruelle reprenait son allure anonyme et désinvolte, et, quand il fut certain que l'auto ne rebrousserait pas chemin, il émergea de la porte défoncée derrière laquelle il s'était retranché. Il marcha jusqu'au bâtiment suspect et longea le mur derrière lequel l'homme avait disparu un instant plus tôt. Il contourna l'édifice à son tour et se trouva face à une grille de métal tordu qui lui barrait le passage. Il regarda autour de lui, mais ne vit aucune ouverture donnant accès à l'intérieur du bâtiment. Aucune fenêtre ni aucune porte ne perçaient ce côté-ci de l'immeuble. Il poussa sur la grille, mais elle était fortement ancrée dans le ciment. Par où l'homme était-il passé?

De son seul œil, la tête légèrement tournée vers la gauche pour compenser son champ de vision réduit, Fabien scruta la pénombre. Il remarqua que les tiges de la grille, d'allure cagneuse près du mur, pouvaient laisser passer un homme de petite taille. Il se pencha et se contorsionna afin de parvenir à se glisser entre les barreaux. Il grimaça sous l'effort qu'il exigeait de ses côtes encore fragiles. Après moult torsions du corps, il parvint de l'autre côté de la grille, le visage en nage, et dut s'accroupir un moment pour reprendre son souffle et laisser s'évanouir les vagues de douleur qui lui cisaillaient la poitrine. Il en profita pour observer le nouvel environnement. Il se trouvait dans la pierraille d'un espace réduit, fermé par la grille d'un côté, par l'angle de deux bâtiments en retrait à l'arrière et, finalement, par le mur de l'édifice même qu'il contournait. Une porte fermée et verrouillée à l'aide d'un gros cadenas crevait la cloison. Quand il se releva, Fabien la sonda. Elle était solide, les pentures parfaitement emboîtées l'une dans l'autre, la poignée bien huilée. Voilà qui ne s'apparentait pas à l'état de délabrement du bâtiment.

Fabien colla son oreille contre le bois. Il n'entendait rien. Il cogna à deux ou trois reprises pour finalement percevoir un frôlement à l'intérieur et un petit toussotement.

— Khiang? risqua-t-il en grimaçant, comme si son appel pouvait alerter toute la meute des Triades.

Il y eut davantage de frôlements de l'autre côté, puis ce fut le silence à nouveau.

— Khiang? répéta-t-il.

Une petite voix se fit entendre, une voix d'enfant. Elle parlait thaï.

— Mâi khâo jai, répondit Fabien. Je ne comprends pas. Phûut thaï mâi pen.

La voix se fit plus pressante derrière la porte. Il y eut un nouveau frôlement, puis une seconde voix d'enfant se fit entendre. L'anglais était très compréhensible.

— Que voulez-vous?

— Je veux savoir s'il y a parmi vous une fillette qui s'appelle Khiang.

— Pourquoi?

— Je veux la ramener avec moi.

— On ne peut pas sortir d'ici.

— Je sais. Je vais aller chercher de l'aide. Combien êtes-vous là-dedans?

Il y eut un moment d'hésitation.

— Sìp-swng. Douze.

— Khiang est parmi vous?

— Châi. Vous êtes un farang?

— Oui. Je veux vous sortir de là. Vous voulez sortir?

— Vous êtes un client, monsieur?

— Non. Je veux vous sortir de là, vous ramener à vos familles. Vous voulez retourner dans vos familles?

Fabien entendit des chuchotements suivis d'une agitation supplémentaire. Finalement, la petite voix revint.

— C'est mon papa qui vous envoie, monsieur?

\* \* \*

Nham, ce matin-là, rejoignit un Fabien surexcité.

— Je les ai trouvées!

Il bourrait son sac de voyage avec ses vêtements roulés en boules, sans égards aux faux plis qu'il leur imposait.

— Les enfants? tint à préciser la jeune fille. Tu as trouvé les enfants?

Il se plaça devant elle en écartant les bras pour l'inviter à s'y blottir. Son visage était traversé d'un large sourire.

— Oui. J'ai trouvé l'endroit où on les retient prisonnières. J'ai gagné.

Elle colla sa joue contre son épaule et constata l'odeur de sueurs de deux jours qui s'en dégageait. Fabien n'avait pas d'eau dans son réduit et il devait limiter sa consommation de liquide au boire seulement. Par-dessus l'épaule de son compagnon, elle remarqua dans un coin de la pièce des traces de fientes de rat.

— Et maintenant, tu... tu fais ton bagage?

Il la relâcha devant lui en la tenant par les épaules. Il jubilait.

— Oui. Je quitte ce trou à vermines. Je me rends à l'ambassade canadienne, je leur raconte toute l'histoire, on avise la police et on ramène les fillettes chez elles.

— Tu les as vues, les enfants?

— Je n'ai pas pu entrer, le bâtiment était fermé par une porte cadenassée. Mais je leur ai parlé. Elles ont promis de garder le silence, de ne rien dire sur ma venue afin que l'on puisse intervenir dès aujourd'hui pour les tirer de leur enfer.

Il serra de nouveau sa compagne contre lui.

— Oh, Nham, n'est-ce pas magnifique? On a réussi.

Il l'embrassa, puis remarqua son air sévère.

— Que se passe-t-il, Nham? On dirait que ça ne te rend pas heureuse.

Elle se dégagea légèrement de son étreinte, laissant ses doigts glisser sur les joues de son compagnon. Elle s'attarda un peu autour de l'œillère, lissa ses lèvres de l'index, puis leva enfin les yeux pour le regarder directement.

— Ne fais pas ça. Ne va pas à l'ambassade.

— Mais pourquoi?

– Tu n'as aucun papier; il te faudra d'abord prouver que tu es citoyen de ton pays. Ça, ça veut dire des recherches, des questions, des attentes. Quand on aura enfin prouver ton identité, il te faudra encore convaincre tes compatriotes de la gravité de ton histoire. Même s'ils sont diplomates, ils n'ont aucun poids face à nos autorités locales et devront préparer une demande officielle auprès de la police, exiger une perquisition et attendre un mandat. Toute cette bureaucratie prendra des jours. Les Triades auront donc tout le temps voulu d'être informées de ce qui se prépare; leurs espions pullulent dans la police. Les Chinois déplaceront les enfants dans une nouvelle cachette et tous tes efforts se résumeront à rien.

Elle prit une grande inspiration, trahissant ainsi l'angoisse qui la tourmentait.

– Il n'y a pas mille solutions; tu n'as que toi sur qui compter. Demain matin, au petit jour, retourne à la cachette, délivre Khiang et fuis avec elle. Tant pis pour les autres fillettes, tu ne peux pas les sauver toutes. Libère seulement celle pour qui tu voulais retourner l'Indochine sens dessus dessous et emmène-la avec toi au plus tôt, loin de Bangkok.

Graduellement, à mesure que sa compagne avait parlé, le visage de Fabien s'était assombri. Nham avait raison. Les fonctionnaires canadiens se moqueraient bien de son histoire et la police locale devait être corrompue jusqu'à la moelle. Il n'avait aucun autre choix que celui d'agir par lui-même. La peur l'étourdit une seconde. Il venait de prendre conscience à quel point il se retrouvait seul devant la terrible bête qu'étaient les Triades. Il pensa à son orbite vide, à sa chance d'être toujours vivant, mais pas une seconde il ne songea à renoncer.

Le garçon laissa ses bras retomber le long de son corps. Il se mordilla les lèvres en détournant le regard de sa compagne.

– Tu as raison, dit-il. Je ne dois pas dévoiler ce que j'ai découvert; je dois tout accomplir moi-même. Oh, mon Dieu, est-ce que j'aurai cette force, à moi seul, de déjouer un pareil ennemi?

Nham s'empressa de glisser ses mains sous les bras du garçon pour l'étreindre. Dans sa fougue affectueuse, elle oublia les côtes à peine guéries et Fabien grimaça légèrement. Il s'efforça de réprimer le spasme de douleur afin de ne pas perdre la douceur des bras qui s'étaient croisés dans son dos et, à son tour, enlaça la jeune fille.

– On ne se reverra plus avant un bon moment, dit-il.

– Je sais, répliqua-t-elle en enfouissant son visage entre les pectoraux de Fabien.

– Je ne pourrai pas m'attarder à Bangkok avec l'enfant. Dès qu'elle sera avec moi, je saute dans un bus pour Udornthani.

– C'est la seule façon de faire.

– Je ne sais pas quand je pourrai revenir dans la capitale.

– Je t'attendrai.

– Viens avec moi.

Elle secoua la tête.

– Non. Je nuirais à ton action ; il te sera plus facile d'agir seul. Et puis...

Elle hésita.

– Et puis ?

– Et puis, je n'ai pas ton courage.

Il prit le visage de la jeune fille dans ses mains et l'obligea à lever la tête vers lui. L'œil de Fabien parcourut tous les traits de la figure de Nham, du moindre sourcil jusqu'au petit creux au milieu de son menton. C'était comme s'il avait voulu graver dans son esprit cette image chagrinée, noyée d'amour, afin de la contempler, plus tard, chaque fois qu'il fermerait les paupières.

– Peu de femmes auraient risqué leur vie comme tu l'as fait pour venir en aide à un étranger mû par une quête insensée. Mon propre frère, pourtant responsable de mon combat, mais dévoré par la peur, m'a refusé ce que toi, tu m'as accordé sans hésiter. Tu es beaucoup plus courageuse que tu ne le crois, ma petite orchidée, et je t'aime pour ça.

Il l'embrassa sur les lèvres.

– Je t'aime aussi, Faby. Oh oui, le Bouddha m'en est témoin, je t'aime plus que tout au monde.

Ils demeurèrent enlacés un long moment avant de s'étendre sur les couvertures au sol. En silence, ils s'aimèrent une dernière fois avant de s'endormir blottis l'un contre l'autre. Les cauchemars qui peuplèrent leurs rêves cette journée-là parlaient de fuite, de mort et de solitude.

# 14

Petit Nikhom était assis le long d'un mur de briques, les fesses dans la pierraille. Son corps penchait vers la gauche et sa tête pendait vers sa poitrine. À ses pieds, une flaque jaunâtre et nauséabonde témoignait des nausées qui avaient secoué ses rêves artificiels, tandis qu'un sac de papier brun s'éloignait lentement, emporté par la respiration de la brise matinale. Le soleil dessinait sur le sol les premières lignes dorées de lumière que laissaient filtrer les bâtiments.

Le soi, terminé en cul-de-sac, n'était pas très achalandé, mais quelques passants croisaient le jeune garçon. Aucun ne lui accordait la moindre attention, chacun blasé de cette scène commune du quartier. Quelques autos, motos et tuk-tuk circulaient également, allant mêler la pétarade de leur moteur à la cacophonie qui montait des premiers bouchons de circulation dans les rues voisines plus importantes.

Les yeux de Petit Nikhom, rougis et hagards, furent attirés par un mouvement sur sa droite, à l'opposé de la rue. Il ne distingua tout d'abord qu'une vague safran qui ondulait dans la lumière du soleil avant de reconnaître les silhouettes humaines. Il s'agissait d'un groupe de cinq moines, sébile à la main, qui avançaient lentement en acceptant les aumônes des passants. La tête basse, évitant le regard des donateurs – surtout des femmes –, les religieux accueillaient avec humilité un fruit, un légume, une poignée de riz, tout ce qui constituerait leur ordinaire de la journée. Le crâne rasé, ils ne possédaient pour tout bien terrestre que la robe de coton safran dont ils étaient vêtus et le bol qui leur servait à recueillir les offrandes. Dans la société bouddhique thaïlandaise, il relève du devoir de tout homme de consacrer un moment de sa vie, ne serait-ce que quelques jours, comme moine. Tous les mâles de toutes les couches de la société, même les plus aisées, connaissent à un moment ou l'autre l'humilité que réclame le fait de quêter sa pitance au jour le jour. Pendant son passage dans les ordres monastiques, le bouddhiste se doit de formuler deux cent vingt-sept vœux qu'il respectera – dont celui, entre autres, de la chasteté. La doctrine theravada, enseignée en Thaïlande, vient de l'illumination du prince indien Siddhartha Gautama, plus de cinq cents ans avant Jésus-Christ. Celui-ci s'opposa aux croyances hindoues de l'époque, en énonçant ses quatre saintes vérités et les étapes à suivre pour atteindre l'état d'esprit où s'éteignait tout désir, donc toute douleur, et qu'on appela le nibbana. Ses disciples surnommèrent le prince «l'Éclairé» ou «l'Illuminé». Le Bouddha.

Petit Nikhom ignorait ces choses, car il n'y avait jamais eu personne pour les lui enseigner. À dix ans, il n'avait connu que la rue, les gangs, les vols dans les étals, le chapardage dans les poches des touristes et, parfois, des pénis en érection pour se payer la colle qui lui permettait de fuir, un moment, son enfer. Il n'ignorait pas, cependant, que les moines étaient des êtres éminemment respectables, en contact presque direct avec les esprits, et que les privations dont ils souffraient en cette existence leur seraient remises à leur prochaine réincarnation. La vague safran parut donc à Nikhom comme une caresse que le Bouddha faisait à ses yeux.

Il remarqua le cinquième moine qui se distinguait des autres. Il était plus grand et plus large. Il avait la peau plus pâle également et son crâne, rasé comme celui de ses confrères, était même d'une blancheur inaccoutumée. Son œil gauche demeurait fermé en permanence et il gardait le visage légèrement tourné afin de placer son œil valide au centre de ses épaules. Nikhom était intrigué et le fut davantage lorsqu'il vit le moine fausser compagnie aux autres pour se déplacer vers le bâtiment en face. Ignoré par ses camarades, la tête basse, le religieux contourna la façade et disparut derrière le mur opposé. Nikhom songea que l'homme allait sans doute satisfaire un besoin naturel. Il s'attendit donc à le voir réapparaître dans les minutes suivantes. Les quatre autres moines poursuivirent lentement leur avancée et lorsqu'ils s'évanouirent à la sortie du soi, le grand moine à la peau blême n'était toujours pas revenu.

Nikhom se leva lentement sur ses jambes flageolantes. Il se rappela un homme au visage rond et aux yeux très bridés qui lui avait promis des bahts, beaucoup de bahts, s'il repérait les rôdeurs cherchant à pénétrer dans ce bâtiment et s'il venait en aviser quelqu'un à une porte précise, non loin de là. Nikhom se rappela tout ce qu'on pouvait se payer avec beaucoup de bahts et oublia l'aura de sainteté qui enveloppait les moines.

Fabien jeta sa sébile au sol, retroussa sa robe jusqu'aux genoux et se contorsionna pour passer dans l'ouverture de la grille de métal. Avec satisfaction, il constata que, dans l'exercice, ses côtes ne le faisaient pratiquement plus souffrir. Il colla son oreille contre la porte de bois donnant accès à l'intérieur du bâtiment et frappa avec les jointures.

– Vous êtes là, les filles? demanda-t-il.

Il entendit des bruits de pas furtifs de l'autre côté et une petite voix lui répondit en anglais.

– Qui est là?

– Je suis Fabien, le farang qui est venu avant-hier. Comment t'appelles-tu?

– Je m'appelle Suntha. Qu'est-ce que vous voulez?

– Khiang est là?

Il y eut un moment d'hésitation, comme si l'enfant s'était retournée pour vérifier autour d'elle.

– Elle est là, oui.

– Très bien. Reculez-vous et n'ayez pas peur. Je vais briser le cadenas.

Fabien retira un petit pied-de-biche dissimulé sous sa tunique et le coinça entre la chaîne et la porte. Il saisit une extrémité à deux mains et tira vers lui. Il y eut un craquement lorsque le bout fourchu de l'outil pénétra dans le bois, mais la chaîne résista. Fabien insista sans pouvoir user de davantage de force à cause des tiraillements douloureux que lui renvoyaient ses côtes. Il déplaça le pied-de-biche de façon à serrer la chaîne encore plus, positionna l'extrémité libre plus haut au-dessus de sa tête et tira en s'aidant de son poids. Il y eut un craquement plus fort et l'anneau qui retenait le cadenas se déforma en tirant en partie la plaque vissée dans le cadre de la porte. Fabien glissa son instrument entre le bois et le métal et tira une dernière fois. Dans une plainte sinistre, la pièce abdiqua, s'arrachant au châssis et alla se balancer au bout de la chaîne. Le garçon tourna la poignée et la porte s'ouvrit.

Dans le rectangle de lumière qui découpait la pièce, un nuage de fine poussière dessina des volutes. La blancheur crue que jetait la porte ouverte se mêla à l'éclairage jaunâtre d'une ampoule au sodium, suspendue au plafond comme une araignée se balançant au bout de son fil. L'abri était vaste, ce qui en accentuait le vide. Les murs, le plafond et le plancher, uniquement peints à la chaux, présentaient tous les symptômes du délabrement, et on pouvait voir des trous de souris dans tous les coins. Il y avait une table basse entourée de quelques coussins au centre de la place. Au fond, une porte donnait sur une douche et on distinguait un trou au sol en guise de cabinet. Il y avait aussi un miroir vertical, tout près d'une tablette où se retrouvaient divers objets de toilette et de maquillage. Autour de la pièce, à même le sol, se trouvaient de petits matelas pour les enfants.

Deux douzaines d'yeux arrondis regardaient l'étrange moine à la peau pâle, à la tête blanche, au gros nez et à l'œil bandé, qui se découpait dans la lumière vive, les jambes écartées, une barre de métal à la main. La poussière et le soleil s'amusaient à créer autour de sa silhouette un jeu d'ombre et de lumière où s'esquissaient des contours brillants qui suivaient ses mouvements. Une seule fillette se tenait debout, face à lui. Elle reculait doucement, incertaine d'avoir à se réjouir de l'apparition de cet homme étrange.

— C'est toi qui parle anglais? s'informa Fabien. Tu es Suntha?

Elle hocha vivement la tête dans l'affirmative.

— Bien. N'aies pas peur. Je suis ici pour vous libérer. Vous voulez vous échapper avec moi?

— C'est que... commença la fillette, c'est que les patrons seront fâchés, monsieur. Ils vont encore nous battre.

— Non. Ils ne vous battront pas, car ils ne nous rattraperont pas. Nous allons retrouver vos familles. Demande à tes copines.

Suntha déglutit en fixant le moine de ses grands yeux noirs. Elle hésita encore une seconde ou deux, puis se tourna vers les autres fillettes pour s'adresser à elles en thaï. Fabien jaugea les mines effrayées, la terreur d'être battues qui se devinaient dans chacun des regards. Parmi elles, il reconnut Khiang qui l'observait intensément, sans doute en se demandant si cet étrange farang était bien le même qui avait cherché à l'entraîner par la fenêtre de sa chambre d'hôtel quelques semaines auparavant. Toutes d'une beauté irréprochable, les fillettes arboraient encore les maquillages défraîchis de la nuit. «Je comprends pourquoi on appelle Bangkok la cité des anges, songea-t-il, c'est parce que c'est ici que les anges sont retenus prisonniers.»

Plusieurs têtes hochèrent négativement autour de Suntha, qui se retourna vers Fabien.

— Elles disent qu'elles ne veulent pas, monsieur. On va être battues si on vous suit.

— Mais... Mais non, pas du tout! Et puis, les autres là-bas, elles n'ont même pas répondu.

— Les autres là-bas, je ne sais pas, monsieur. Elles parlent seulement chinois et d'autres langues que je ne connais pas.

— Oh, mon Dieu!

Fabien avait placé une main sur sa bouche en signe de découragement. Comment convaincre les enfants de le suivre, de les assurer qu'en fuyant, elles pourraient trouver de l'aide et échapper à leurs souteneurs.

— Dites, monsieur?

Fabien plia les genoux pour se tenir à la hauteur de la fillette.

— C'est mon papa qui vous envoie?

Il fit une moue en haussant les épaules.

— Non. C'est la maman de Khiang qui m'envoie. Je veux la ramener avec moi et vous ramener toutes en même temps.

Suntha recula d'un pas.

— Alors, je reste avec mes amies, monsieur. Mon papa va envoyer quelqu'un me chercher, je le sais. J'attends qu'il vienne, monsieur.

— Mais... Mais Suntha, peut-être que ton papa ne sait pas où tu es. Si tu viens avec moi, on pourra le retrouver.

Elle hocha la tête, visiblement aussi apeurée de suivre un moine farang que d'avoir à subir ses souteneurs encore quelque temps.

— Non, monsieur.

Fabien se releva en soupirant. Les enfants ne le connaissaient pas; elles ne voyaient pas l'intérêt de le suivre, lui plutôt que les bandits qui les menaçaient et leur faisaient subir les pires sévices chaque fois qu'elles les contrariaient. Il se tourna vers Khiang. La fillette s'était retranchée contre le mur derrière elle et, les genoux repliés contre son menton, le fixait d'un air effrayé. Fabien céda presque au découragement. Jamais il ne pourrait échapper aux tueurs des Triades s'il devait entraîner l'enfant de force avec lui.

Il plongea une main dans sa tunique et en retira le petit ourson de peluche défraîchi que Sovit lui avait remis à Nonchad. Il le présenta à Khiang. Aussitôt, le visage de l'enfant se transforma. Sa bouche s'ouvrit lentement en forme de cœur alors que ses sourcils, d'abord remontés en accent circonflexe pour exprimer la peur, s'arrondissaient maintenant davantage pour manifester sa surprise.

Elle observa le jouet intensément, s'assurant qu'il s'agissait bien du sien. Elle reconnut la petite oreille abîmée qu'un chat avait autrefois mordillée, la forme particulière de la tache décolorée sur la poitrine, la réparation maladroite à la base du cou... L'enfant saisit l'ourson avec mille précautions, comme s'il allait s'évanouir au moment de le toucher, et le porta lentement à son visage. Elle reconnut immédiatement l'odeur du tek humide et de la fumée des feux de chaume. Un tourbillon de souvenirs la secoua violemment et ce farang qu'elle avait craint plus que tout quand il était entré lui paraissait maintenant l'être le plus merveilleux qui soit. Lorsqu'il tendit la main pour l'entraîner avec lui, elle n'hésita plus une seconde et sauta sur ses pieds.

Fabien jeta un dernier regard aux autres fillettes mais, même si elles paraissaient étonnées de voir leur copine suivre l'étranger, elles ne semblaient pas davantage vouloir l'imiter. Il se dit qu'il saurait revenir. Il exigerait cette fois que les forces de l'ordre l'accompagnent. Et pour éviter de se retrouver victime de leur corruption, il amènerait avec lui des journalistes, des membres de sociétés caritatives, des...

Il reviendrait.

Quand il se retourna pour se diriger vers la sortie, il se trouva face à une montagne de muscles qui entrait dans le bâtiment.

Tout se passa très vite. Fabien se concentra exclusivement sur le petit trou noir d'un revolver qui pointait dans sa direction. Dans la rotation qu'il accomplissait pour se tourner vers la porte, il poursuivit le mouvement en projetant son bras en avant, le pied-de-biche toujours serré dans sa main. Une détonation éclata au moment où la main de l'intrus se brisait sous l'impact. L'arme tomba sur le sol en même temps que les éclats de bois au fond de la pièce. Par réflexe, l'homme avait porté son autre main sur les os brisés alors qu'il fermait les yeux en grimaçant de douleur. Ce fut la fraction de seconde dont Fabien avait besoin pour asséner un deuxième coup. Cette fois, le pied-de-biche heurta l'homme en plein visage, ce qui provoqua un crachat de salive et de sang, fracassa les os de sa joue, fit éclater des molaires. La montagne de chair n'était plus qu'une butte qui se roulait dans la poussière en gémissant. Un troisième coup et il se tut définitivement.

Sous les hurlements de terreur des fillettes, Fabien s'empara du revolver au sol, reprit la main de Khiang et se dirigea de nouveau vers la porte. Dès qu'il fut à l'extérieur, il se trouva face à deux autres Chinois qui accouraient, attirés par la détonation. Ceux-ci s'attendaient sans doute à retrouver leur collègue, l'arme fumante au poing, et figèrent une seconde en apercevant le moine qui venait de bondir devant eux. Cet instant d'hésitation permit à Fabien d'être le premier à pointer son arme en direction des deux hommes.

– À terre! hurla-t-il en anglais. Couchez-vous à terre!

Les deux Chinois regardaient avec frayeur l'arme qui se pointait sur eux à tour de rôle, tremblante sous la nervosité presque panique du moine. Ils savaient que le moindre geste brusque, la moindre interprétation fausse d'un mouvement provoqueraient la fusillade. L'un des deux hommes, encore courbé sous la grille de métal, jeta son revolver au sol. Le deuxième homme hésita plus longuement, puis finit par l'imiter après avoir constaté que le pistolet nerveux pointait davantage dans sa direction.

– À terre, j'ai dit! insista Fabien en désignant le sol à plusieurs reprises avec le bout de son pistolet.

Les deux hommes, qui ne comprenaient visiblement pas l'anglais, mirent un moment avant d'obtempérer. Quand ils s'aplatirent enfin au sol, le Québécois s'empressa de lancer leurs armes au loin.

Fabien était maintenant au comble de l'excitation. Tenant l'arme à deux mains au bout de ses bras, continuant de pointer les deux hommes à tour de rôle, jetant des regards affolés en direction de la rue, craignant de voir surgir d'autres tueurs à tout instant, il ne savait plus que faire pour se débarrasser des Chinois. Pas question de les enfermer dans la bâtisse en compagnie des fillettes, et pas question non plus de les laisser ainsi, alors qu'ils s'empresseraient de le poursuivre dès qu'il aurait franchi la grille. Fabien n'avait pas le temps de réfléchir trop longtemps; il ne lui restait qu'une solution pour éliminer rapidement le danger que les tueurs représentaient. Il se saisit à nouveau de son pied-de-biche et frappa violemment chacun des deux hommes à la tête.

Khiang était adossée au mur du bâtiment, les yeux au ciel et la bouche entrouverte. Une petite mélodie émergeait de sa gorge, entraînant son esprit dans un univers bien à elle, où la folie et la violence des adultes n'avaient pas cours. Elle n'eut pas conscience que Fabien la prenait par la main et la tirait avec lui au-delà de la grille de métal. Le garçon la prit dans ses bras, la jeta sur ses épaules et se mit à courir en direction de la rue. Il remarqua rapidement une Isuzu noire, stationnée tout près, et dont le moteur tournait. Il poussa l'enfant à l'intérieur, s'assit à la place du chauffeur et démarra en faisant crisser les pneus. Ce n'est que lorsque la voiture quitta le soi pour plonger dans le trafic de Rama IV Road que

Fabien remarqua la douleur quasi insoutenable qui lui tiraillait les côtes.

* * *

Henri rêvait. Ses mains étaient gelées dans ses mitaines humides alors qu'il roulait la base d'un bonhomme de neige. Autour de lui, des voisins depuis longtemps disparus, riaient en se laissant glisser sur les pentes glacées que la souffleuse avait érigées autour des entrées de maisons. Henri avait huit ans, vingt ans, huit ans à nouveau, au gré des caprices de son esprit endormi. Il envoyait la main à sa mère, qui l'observait par la fenêtre du salon. Une balle de neige l'atteignit au cou, mais au lieu d'un contact froid et dur, il ressentit une caresse chaude et apaisante. Il se retourna pour trouver Fabien qui lançait d'autres balles en riant aux éclats. Henri se précipita vers son frère, moins pour l'empêcher de poursuivre ses attaques que pour le serrer entre ses bras. Quand il parvint à côté de lui, juste avant de l'étreindre, il se retrouva assis dans son lit.

On venait de frapper timidement à la porte de sa chambre. Il jeta un œil à sa montre: huit heures douze. Il dormait depuis trois heures à peine. Henri leva sans ménagement le long bras hâlé qui lui enserrait la taille et le laissa retomber sur le matelas. Il y eut un petit grognement et un corps nu de femme se tortilla quelques secondes entre les draps, une main aveugle cherchant l'homme qui venait de se lever. Il y eut un soupir, puis la femme se lova contre l'oreiller libre.

Henri saisit un sarong qu'il enroula autour de sa taille et se dirigea vers la porte où on cogna à nouveau. Il libéra la chaîne et le loquet de sûreté et se retrouva face à la jeune fille qui travaillait à la réception avec les Chinois. Elle portait son uniforme et un sac dans lequel, sans doute, se trouvaient ses vêtements de ville. Son quart de travail venait de se terminer.

— Aye, s'étonna-t-il, les yeux à demi fermés à cause de la lumière vive du couloir. Qu'est-ce qu'il y a?

Elle jeta deux ou trois regards nerveux autour d'elle comme si elle craignait d'être surprise en sa compagnie.

— Tu es seul? demanda-t-elle.

Henri tourna la tête vers le lit comme s'il ne se rappelait pas vraiment avoir ramené une prostituée avec lui, puis revint vers la femme.

— Non, il y a une fille.

— Bon, écoute.

Aye s'était mise à chuchoter.

– C'est ton frère; il a fait une bêtise. On vient de le surprendre à la piaule des fillettes. Il a réussi à s'échapper pour le moment, mais il a les tueurs de la bande à ses trousses. On a repéré la voiture qu'il a volée le long de Phahonyothin Road, près de sathanii mw chít, la gare routière nord. On pense qu'il a pris un bus pour fuir vers le Nord-Est.

Henri inspira profondément en gardant l'air dans ses poumons comme pour tenter de calmer les battements fous qui secouaient son cœur. Il passa une main sur son menton, massa ses joues du bout des doigts, frotta ses paupières, puis ramena ses cheveux vers l'arrière en expirant bruyamment.

– Qui dirige l'opération? s'informa-t-il de sa voix brisée par la fumée des bars.

– Sur le terrain, je ne sais pas, mais c'est Qing qui supervise les recherches au téléphone à partir d'ici.

– Où est-il?

– Dans le bureau du grand patron, en bas.

Henri saisit délicatement le menton de Aye dans la paume de sa main droite.

– Merci, fille. Je savais que je pouvais compter sur toi.

Elle s'empressa de placer sa main sur celle de l'homme. Elle ne rêvait que de ce corps blanc et viril sur le sien.

– Tu ne feras pas de conneries, Henri, n'est-ce pas?

Il sourit.

– Je ne suis pas aussi bête que mon frère.

Il retira sa main en faisant un clin d'œil à la jeune femme et referma la porte devant lui.

\* \* \*

L'homme était balafré de chaque côté du visage par une cicatrice qui partait de la commissure des lèvres jusqu'aux lobes des oreilles. Trois larges entailles inégales marquaient également sa joue gauche et le dessus de son sourcil droit. Les traits de son visage, autrement, auraient été superbes.

«Vengeance, songea Praïthun. On a voulu le défigurer pour lui servir une leçon. Cet homme doit entretenir en lui une terrible amertume qui, probablement, s'extériorise à l'occasion en flambée de violence.»

Il était Thaï, de toute apparence, mais les trois hommes qui l'accompagnaient présentaient tous des physionomies chinoises. Le préposé à la billetterie savait qu'il avait affaire à des hommes des Triades. Tous les autres clients, d'ailleurs, en étaient arrivés à la même conclusion puisque personne n'avait trouvé à redire lorsque les quatre individus, vêtus de complets sombres, s'étaient présentés directement au premier guichet libre sans prendre de numéro à l'entrée.

Praïthun lissa sa moustache, comme toujours quand il est nerveux, et déglutit avant de parler.

— Que... Que puis-je pour vous? demanda-t-il.

— Un farang a acheté un billet ce matin? s'informa le balafré d'une voix rêche.

— Heu... Quelques-uns, oui.

— Un farang avec une enfant thaïe.

Praïthun lissa sa moustache avec plus d'insistance.

— Une enfant thaïe? répéta-t-il. Pas à mon guichet; je... je n'ai pas remarqué.

Le balafré s'accouda au comptoir de façon à approcher davantage son visage de celui du préposé.

— Le farang portait la robe des moines, il avait le crâne rasé et ne voyait que d'un œil. Tu ne peux pas avoir manqué ça, même si c'est un de tes collègues qui a vendu le billet.

Il avait parlé en haussant le ton pour s'assurer que les autres préposés l'entendent également. De nombreux regards furtifs lorgnaient dans sa direction, mais aucun ne s'aventura à le regarder directement.

— Heu... oui, peut-être, hésita Praïthun. J'ai remarqué ce matin un moine à la peau pâle, avec un œil fermé. Oui, oui, il avait une enfant avec lui.

Le balafré étira un index qu'il glissa dans le col de la chemise de Praïthun. Il le tira lentement vers lui en distendant ses lèvres dans un sourire cynique où les cicatrices se courbaient au-dessus de ses joues rebondies. Praïthun recula légèrement la tête vers l'arrière, son menton se dédoublant, cherchant à éviter le contact entre les deux nez. Il se trouvait si près de l'homme des Triades qu'il distinguait parfaitement le moindre pore de sa peau, le bouton d'une escarre sous le menton, le poil de barbe oublié dans le rasage du matin.

– Je suppose qu'il est facile pour toi en pianotant sur ton bidule de me dire quel bus il a pris.

De l'autre index, le balafré tapait sur une touche du clavier de l'ordinateur, ce qui fit apparaître une série de «r» à l'écran.

– Heu, n... n... non, balbutia Praïthun. Je veux dire... oui, si vous avez son nom.

– Tu veux rire?

– Je vous assure, se plaignit le préposé, la voix déjà un cran plus haute et plus claire, tremblante de peur, je vous assure. Je n'ai pas vendu le billet; ça me prend son nom pour le retracer dans le système.

Le sourire du balafré s'affadit pour se transformer en un rictus mauvais que secondaient maintenant des yeux à l'éclat vicieux.

– Quel bus a-t-il pris? répéta-t-il en appuyant sur chacune des syllabes.

– Il a pris le bus pour Udornthani à huit heures, monsieur, fit une voix sur la gauche. C'est moi qui ai vendu le billet au moine farang.

Le balafré ne se tourna même pas dans la direction de la voix. Il relâcha le col de Praïthun pour prendre son visage effrayé dans sa main, la paume sous le menton, les doigts serrant les joues avec force.

– Eh bien, tu vois? dit l'homme des Triades. Avec un peu de bonne volonté, il est toujours possible de rendre service à un ami. Tu t'en souviendras la prochaine fois?

Praïthun hochait la tête en ne parvenant à émettre, pour toute affirmation, qu'un son rauque et inintelligible. Le balafré étira un nouveau sourire en relâchant le visage du préposé et en lui donnant deux petites claques sur la joue.

– Je suis heureux de t'avoir connu. Passe une bonne journée.

Et, sous les mines basses et les regards fuyants des clients et des employés de la gare routière, les quatre hommes se frayèrent un chemin jusqu'à la sortie. Ils atteignirent une Datsun de couleur sombre stationnée tout près d'une Isuzu noire. Le balafré extirpa un téléphone cellulaire de son veston et composa un numéro. Dès que la communication fut établie, il s'adressa en mandarin à son interlocuteur.

– Qing? C'est moi. Bus pour Udornthani. En se dépêchant, on peut le rattraper quelque part sur la 2, avant Nakhon Ratchasima.

La voix de Qing apparut un peu hésitante. Contrairement aux conventions, il parlait thaï.

— Oublie le bus, il nous a roulés.

— Quoi? Comment ça, roulés? s'étonna le balafré en continuant à s'adresser à son supérieur en mandarin.

— Le petit merdeux est moins idiot qu'on l'a d'abord cru; il cherche à nous orienter sur une fausse piste. Il est descendu du bus juste à la sortie de Bangkok pour revenir en ville en tuk-tuk. Heureusement, c'est l'un de nos hommes qui l'a pris à son bord. Le gars n'était pas difficile à repérer avec son œil crevé, sa tunique orange et la fillette à ses basques. Il s'est fondu au milieu d'un groupe de moines près du Wat Phra Kaew. Retrouvez-le!

— La petite ordure! grinça le balafré en jetant un regard successif sur chacun de ses acolytes chinois. Et pendant qu'on le rechercherait dans tout le pays, lui, caché ici à Bangkok, là où on n'aurait jamais pensé à fouiller, aurait attendu calmement que la poussière retombe.

Il frappa du poing le capot de la voiture.

— La petite ordure! répéta-t-il. Et qu'est-ce qu'on fait si on le repère au milieu d'une foule de touristes? À cette heure-ci, d'ordinaire, le site commence à être envahi. Est-ce qu'on l'aborde quand même?

— Tu fais mieux que l'aborder, dit Qing, tu le tues!

\* \* \*

Sanan n'avait jamais eu de chance et il ne croyait pas que ce jour lui apporterait ce que ses quarante années précédentes ne lui avaient jamais offert. Après une existence marquée de petites combines et d'arnaques minables, il avait fini par offrir ses services aux Triades en espérant faire partie d'un gros coup. Pourtant, on ne lui avait proposé que des filatures sans importance ou des surveillances de revendeurs sans envergure. Ce matin, par contre, on lui confiait enfin une mission notable. Il devait parcourir Tha Chang, un quai bourdonnant d'activités aux abords des lieux hautement touristiques que sont le Grand Palais et le Wat Phra Kaew, à la recherche d'une cible précise et éminente. Au milieu des boutiques et de la foule de voyageurs qui s'embarquaient sur les bacs traversant le Chao Phraya ou sur les bateaux «longue-queue» sillonnant les khlong, Sanan devait repérer un moine à l'œil crevé et au visage d'Occidental. La consigne: pas de sommation ni de dentelles; il fallait le tirer à bout portant.

D'autres tueurs, bien sûr, parcouraient les rues et les quais avoisinants dans l'espoir de tomber sur la victime. Pour que les Triades monopolisent autant de leurs ouailles pour un seul homme, en plein jour, dans un lieu hautement public, le gibier devait représenter une prise de taille et rapporterait assurément une coquette ristourne à celui qui l'abattrait. On disait qu'à grand renfort de bakchichs les rondes de police avaient été détournées du secteur pour les deux heures à venir. Sanan rêva un peu, sans vraiment croire à cette chance qui ne l'avait jamais suivi. Aussi, quand il se demanda s'il aurait la volonté ou le courage de tirer sur un disciple du Bouddha, il haussa les épaules en croyant ne pas avoir l'occasion de lutter contre ce dilemme de conscience.

Pourtant, c'est devant lui que le farang borgne surgit, portant une œillère et la robe orange des adeptes du theravada. Il marchait d'un pas pressé au milieu d'un groupe d'écoliers qui venait de débarquer d'un bac et qui suivait un professeur, en direction du hangar des barques royales. Le moine, qui avait peut-être déjà repéré les tueurs à ses trousses, semblait précipiter son pas vers un bateau-taxi amarré non loin. Le cœur de Sanan cognait dans sa poitrine, pareil à celui d'un antique chasseur, soudainement face au tigre qu'il traquait. Il plongea la main dans sa mâw hâwm, referma les doigts sur la crosse d'un 9 mm qui jeta un reflet métallique lorsqu'elle apparut sous les rayons du soleil. Il tendit le bras devant lui, mira la tête blanche dans le sillon au-dessus du canon, puis descendit le bras vers la masse plus imposante du torse.

Sanan avait totalement oublié son questionnement relatif au sacrilège lorsqu'il appuya sur la gâchette. Dans sa tête, une somme astronomique en dollars américains venait de se former. La détonation enterra tous les bruits environnants et une odeur de poudre se répandit dans l'air. Une ou deux secondes s'écoulèrent et des cris explosèrent partout autour de lui. Des badauds se jetaient au sol en répandant les victuailles qu'ils venaient de se procurer, portant les mains par-dessus la tête comme s'il s'agissait là d'une protection contre les balles. Des femmes et des enfants s'éparpillaient dans toutes les directions, bousculant Sanan au passage, la plupart d'entre eux n'ayant rien vu de son geste, paniqués par l'affolement qui venait d'éclater. Sans se soucier de la tempête autour de lui, le bras toujours tendu droit devant comme pour ouvrir le passage, Sanan avança d'un pas modéré vers la robe orange qui formait maintenant un petit monticule sur le sol, juste sur le rebord de l'embarcadère. La tête du farang tournait un visage crispé vers le ciel, son œil unique roulant dans son orbite, comme s'il cherchait désespérément une échappatoire à la mort qui l'emportait.

Sanan pointa le canon vers le crâne trop blanc et tira une seconde fois. Du sang macula les étals et les traverses à des mètres plus loin. Il tira de nouveau, et encore, et encore, jusqu'à ce que son arme soit entièrement déchargée. Puis, calmement, comme s'il avait tué ainsi depuis les tout débuts de sa vie de jii-khh, il repoussa du pied le corps ensanglanté qui plongea dans le Chao Phraya. Les vagues occasionnées par le courant du fleuve et le passage des nombreux bateaux entraînèrent la robe orange, la faisant tourbillonner un moment avant de la faire disparaître dans les eaux grises.

Sanan sauta ensuite dans un bateau-taxi où le conducteur, tremblant de la tête aux pieds, n'hésita pas une seconde à son ordre de mettre les gaz et de s'éclipser en direction de khlong plus calmes.

# 15

Gail avait reçu très tôt l'appel de Khaek. Elle fourra rapidement quelques articles de toilette dans un sac à dos et héla le premier taxi qu'elle croisa pour traverser le pont de l'amitié en direction de la Thaïlande. Dès qu'elle fut à Nong Khai, son premier réflexe avant de se rendre au Pantavee Hotel fut d'acheter le Bangkok Post à un kiosque à journaux à l'entrée de la ville. Assise dans un tuk-tuk, elle le parcourut rapidement pendant quelques secondes avant de tomber sur l'article qui l'intéressait.

– Oh, mon Dieu! s'exclama-t-elle.

Et, à mesure qu'elle lisait, son visage se parait d'une mine de plus en plus dévastée. Lorsqu'elle parvint au Pantavee, la préposée de nuit, qui était toujours en poste, l'accueillit d'un sourire triste et l'orienta vers l'arrière de l'hôtel. Dans la cour extérieure, Gail trouva une Therng prostrée dans l'une des causeuses. Les cheveux de la jeune fille, d'ordinaire soigneusement peignés, étaient ébouriffés et pendaient de chaque côté de son visage ravagé. Ses yeux, bouffis par les larmes, laissaient encore couler de longs filets d'eau qui, mêlés à la moiteur, traçaient des raies imprécises sur la peau sombre de ses joues. La petite blouse blanche qu'elle avait revêtue pour prendre son quart de travail semblait déjà défraîchie, maculée de cercles humides. Elle tordait ses mains l'une dans l'autre comme s'il s'agissait là du seul moyen d'apaiser le feu qui ravageait l'intérieur de sa poitrine.

Dans le fauteuil en face, les pieds posés sur la table de ciment, Khaek avait appuyé le visage contre son poing, le regard fixe devant lui, les lèvres serrées dans une moue à mi-chemin entre la colère et le chagrin. Il tourna la tête vers l'Américaine et, en remarquant le journal dans ses mains, ne vit pas l'intérêt de l'accueillir autrement que par un simple sourire. Près de lui, Orang arborait également une mine attristée. Madame Charphakdee arriva d'un pas rapide sans provoquer de réaction de la part de ses employés.

Elle contourna Gail sans la saluer et se pencha sur l'exemplaire du *Bangkok Post* posé sur la table.

– C'est dans ce journal? demanda-t-elle sans vraiment attendre de réponse et en s'emparant de la gazette.

Elle parcourut rapidement les titres de la première page avant d'apercevoir un entrefilet intrigant qui la renvoyait à une page intérieure. Son index effectua un rapide mouvement au coin des feuilles, puis elle retourna le quotidien pour le replier au centre. Elle se mit à lire en silence.

« Touriste canadien assassiné à Bangkok.

« Le corps d'un homme abattu de plusieurs balles a été repêché hier dans les eaux du Chao Phraya. Tout porte à croire qu'il s'agit du moine assassiné en plein jour, devant de nombreux témoins, au début de la semaine. Selon plusieurs personnes, il s'agirait d'un Occidental. L'homme, qui portait une œillère, était tombé dans le fleuve et avait disparu, emporté par des courants sous-marins. Le corps est réapparut sur la rive de Thornburi, entre le Wat Kalayanimit et l'église de Santa Cruz.

« La victime a été identifiée comme étant Fabien Denault, vingt-cinq ans, originaire de la ville de Québec au Canada. L'ambassade canadienne ne s'explique pas encore pourquoi le jeune homme, inscrit dans aucune école bouddhique du territoire, se promenait revêtu de la robe monastique. Une enquête est en cours.»

Madame Charphakdee rejeta le journal qui claqua contre le ciment de la table pareil à une gifle. Sa mine restait impassible, mais ses paupières clignaient plus qu'à l'accoutumée. Elle s'adressa à Gail.

– Allez-vous aviser les gens de Nonchad?

L'Américaine répondit en plongeant ses grands yeux bleus dans les petites pupilles noires de la femme.

– Il le faudra bien, ne serait-ce que pour taire les dernières illusions que certains villageois pouvaient encore entretenir à l'égard de la folie de Fabien.

Madame Charphakdee inspira bruyamment en regardant la mine déconfite de ses employés. Elle s'attarda davantage sur Therng.

– Bon. C'est une bien triste nouvelle, mais pas question de fermer la boutique pour le deuil d'un client, pas vrai? Si sympathique qu'il fût. Je vous accorde encore cinq minutes pour vous secouer, ensuite je veux voir tout le monde au travail.

Elle pointa un doigt évasif vers Therng.

– Excepté toi, tu ferais peur aux clients. Je t'accorde une journée de congé. Reviens demain en meilleure forme.

Ses talons claquèrent l'un contre l'autre lorsqu'elle se retourna pour quitter la cour. «Un vrai petit dictateur militaire, songea Khaek.» Mais au fond de lui, il l'appréciait intensément.

\* \* \*

– Christine! Mais qu'est-ce que tu fais?

La jeune fille avait croisé les bras sur sa poitrine, le visage soudé dans une expression farouche et regardait l'eau se déverser à grand débit dans la baignoire. La calcéolaire, une plante annuelle arbustive, trempait dans l'eau jusqu'à la moitié de sa tige, bercée par les remous que provoquait le robinet ouvert à son maximum.

– Je ne veux pas que Petite-pantoufle meure, maman, gémit la jeune fille en éclatant une nouvelle fois en sanglots. Je ne veux pas croire aux signes.

Marguerite ferma les valves et attira sa fille contre elle afin de l'étreindre. Elle posa un baiser dans ses cheveux et pleura à son tour.

– Est-ce que l'on choisit la première étoile qui s'éteindra dans le ciel, le matin? philosopha-t-elle entre deux reniflements. Ce ne sont pas nécessairement les moins brillantes. Ce sont celles qui se trouvent les plus près de l'horizon, où se lève le jour. Il en est ainsi de ton frère. Sa lumière s'est maintenant jointe à celle du soleil pour éclairer nos vies. Il a vécu jusqu'au bout sa quête et sa promesse. Son âme est si pure, si blanche, si forte qu'elle nous entraînera tous dans son sillage: ton père, ton autre frère, toi et moi. Avant, il n'était que Petite-pantoufle, maintenant il est Grand-sentier. S'il avait été le père au lieu du fils, aucun homme de cette famille n'aurait jamais posé les gestes qui ont entraîné tant de mal.

– Plus jamais, maman, je ne veux revoir Henri. Il nous a trahies, a trahi l'image qu'on s'était faite de lui, a trahi des gens innocents qui ne demandaient qu'à vivre entre eux une vie familiale normale, a trahi tous les rêves que Fabien avait entretenus à son égard. Je ne veux plus jamais le revoir.

– Qu'aurait voulu Fabien, selon toi?

Christine hésita un moment, puis finit par hausser les épaules sans avoir trouvé de réponse.

– Lui donner une chance, et une autre, et une autre encore, jusqu'à ce qu'il s'amende et finisse par comprendre qu'il a emprunté le mauvais chemin. Moi, je sais que si Henri réapparaît ici, un jour, je le recevrai les bras ouverts, mon cœur de maman enivré de bonheur. J'oublierai sa vie de trafiquant que je n'ai pas connue, je me rappellerai uniquement le grand garçon qui se mettait devant Petite-pantoufle, toi et moi pour nous préserver des colères de ton père. C'est cela aussi que Fabien aurait voulu, lui qui a donné tant d'occasions à Henri de réparer sa faute. Tu sais, Chrissie, pardonner n'est pas si difficile, il suffit d'aimer. Et aimer non plus n'est pas si difficile, il suffit de tendre les bras.

Il y eut un petit bruit d'eau, comme un borborygme. Une dernière bulle d'air venait de s'échapper de la motte de terre qui entourait les racines de la calcéolaire. La plante se balança un moment, puis se stabilisa à demi immergée dans la baignoire. Un silence suivit, étrangement serein.

«Serein à cause de l'eau qui hante cette pièce, songea Marguerite. L'eau qui cherche à redonner la vie à une plante qui se meurt, et l'eau qui draine les chagrins par les larmes qui coulent sur nos joues. L'eau. Finalement, ce n'est pas loin de ce qui hante également les esprits en Indochine.»

*   *   *

C'était le matin. Un matin déjà chaud et humide en dépit du fait que le soleil ne perçait pas encore complètement derrière le bouquet de banians au loin. Les ombres des habitations et de la végétation alentour recouvraient la cour et la véranda de la maison de Sovit. La femme, vêtue de son éternel phâasîn, était assise au sommet de l'échelle d'où elle avait regardé disparaître les dernières étoiles. À ses pieds, un coq persévérant lançait des cocoricos éperdus depuis trois heures déjà.

Cette nuit-là, Sovit avait marché dans les petits sentiers bordant le voisinage, mais n'avait pas trouvé Khiang. Cela arrivait parfois. Certaines nuits, l'enfant était là. La femme lui tendait les bras et la fillette s'amusait à fuir en riant, comme dans un jeu. Mais parfois, l'enfant n'était pas là. Alors, Sovit revenait attendre chez elle que le jour passe et que revienne la nuit suivante.

C'était la première fois que Sovit voyait Khiang de jour. Elle la voyait traverser le chemin de terre battue qui séparait sa maison de celle d'une cousine. C'était également la première fois que l'apparition était autrement vêtue que d'une blouse blanche et d'une jupette d'écolière. Elle portait un t-shirt barré de caractères romains et une paire de jeans un peu grande. L'enfant marchait d'un pas hésitant, tournant la tête de tous côtés, s'arrêtant à chaque poteau de clôture, à chaque pierre, à chaque buisson, comme pour les reconnaître et les saluer. Sovit comprit que le fantôme, ce matin-là, était différent, et que, peut-être, il ne chercherait pas à fuir. Elle descendit dos aux échelons et ne se soucia pas de chausser les sandales qui se trouvaient au pied de l'échelle. Il y avait longtemps qu'elle ne sentait plus les petits cailloux et les brins d'herbe secs qui s'attaquaient à la plante de ses pieds. Elle avança vers l'apparition.

L'enfant l'aperçut alors que la femme tendait les bras. Il n'y eut qu'une seconde d'hésitation. Khiang poussa un cri et sauta au cou de sa mère. Sovit fut si surprise qu'elle faillit tomber en arrière. Ses longs bras émaciés enlacèrent l'enfant et, pour la première fois depuis de longs mois, rien ne disparut. Elle reconnut, bien qu'amaigri, le petit corps qu'elle avait si longtemps bercé. La peau avait bien le même parfum, les cheveux, la même douceur, les yeux, la même lumière. Oui, il s'agissait bien de son enfant qui s'accrochait à son cou, qui tremblait dans ses bras, qui pleurait contre son oreille. Sovit chercha encore à s'assurer qu'elle ne rêvait pas, mais comme aucun repère ne lui indiquait plus depuis des mois la différence entre la fabulation et le réel, elle se laissa aller au bonheur de croire qu'elle vivait la réalité.

– Maman?

Elle se retourna. Son fils de dix ans arrivait derrière elle. Il la regardait, étonné. La femme plia les genoux pour poser la fillette sur le sol. Celle-ci demeurait accrochée au cou de sa mère.

– C'est Khiang, mon petit, dit Sovit. Tu la reconnais?

– Khiang?

La fillette tourna la tête vers le garçonnet. Celui-ci s'approcha lentement, un peu gêné.

– Tu la reconnais? demanda Sovit.

– Khiang?

Les deux enfants se regardaient dans les yeux.

«Il la voit, songea la mère. Il voit sa sœur. Ce n'est pas un fantôme; elle est réelle.» Son cœur éclata de bonheur lorsque les deux enfants s'enlacèrent à leur tour.

– Je ne suis pas folle, hein? Tu la vois, hein? C'est ta sœur!

Pendant que les enfants se prenaient les mains, s'embrassaient, comme si eux non plus ne croyaient pas encore se trouver l'un devant l'autre, Sovit aperçut l'homme assis au pied du manguier. Le dos appuyé contre l'arbre, les bras allongés et appuyés sur ses genoux repliés, il était vêtu d'un jeans et d'une chemise safari. Il arborait des cheveux très courts et portait une œillère sur l'orbite gauche. À cause de l'ombre encore prononcée du matin, elle mit un moment à reconnaître le farang qui était venu la visiter en compagnie de l'Américaine. Pourtant, quelques jours auparavant, cette dernière avait rendu visite au village et avait fait part de l'échec de la mission du garçon. Et ce matin, il était là. Avec l'enfant.

Étourdie de bonheur, Sovit ne chercha pas à comprendre davantage. Elle poussa un immense cri pour appeler sa cousine dans la maison voisine et il ne fallut pas plus de cinq minutes pour que le village entier, ameuté par ses appels, n'accoure autour d'elle.

Dans une voiture stationnée sur le bord de la route, Gail et Robert Spence avaient observé la scène. Ni l'un ni l'autre ne souriait ou ne semblait se réjouir pleinement de l'événement. Gail chassa une larme d'un petit mouvement vif de la main, ce qui agita légèrement la queue de cheval blonde qu'elle avait nouée derrière sa tête. Spence, dans un geste qui se voulait désinvolte, éteignit un mégot encore fumant contre le rebord de la vitre de la portière. Il se décida à sortir de voiture lorsqu'il vit un groupe d'hommes s'approcher de Fabien.

En compagnie de Gail, il rejoignit le Québécois comme celui-ci venait de se remettre debout et tentait de répondre à ceux qui le questionnaient de leur anglais boiteux. En apercevant l'Américaine, les villageois l'accueillirent en exprimant davantage de questionnement.

— Que s'est-il passé? demanda l'un d'eux en isan. Il y a quelques jours à peine, tu es venue nous apprendre que le farang avait été tué et qu'il ne nous fallait plus garder aucun espoir de retrouver l'enfant. Maintenant, le voici, bien vivant, avec la fillette par la main.

— Je sais, répondit Gail en arborant une mine désolée, je suis vraiment navrée de mon erreur. Nous avons tous été bernés – les Triades aussi – par le frère de Fabien.

Elle songea à enlacer le bras de son ami dans un geste d'affection, mais se ravisa par respect pour la pudeur des Thaïs. Spence qui, de sa taille, dominait toute l'assemblée, enlaça les épaules du garçon comme pour bien démontrer toute l'amitié que chacun devait rendre au Québécois.

— Est-ce que tu parles du frère qui avait enlevé Khiang? s'informa l'un des villageois.

— Oui. Je parle d'Henri Denault qui, pour permettre à son frère d'échapper aux tueurs qui le poursuivaient, a usurpé son identité en volant ses papiers et en se faisant passer pour lui au moment opportun. Il a ainsi donné sa vie pour racheter la faute qu'il avait commise.

Les hommes se jetèrent des regards interrogateurs, scrutant également la mine sombre de Fabien, ses traits qui avaient vieilli, son œil mort dissimulé derrière un masque noir. L'heure était aux réjouissances, comme l'indiquaient les rires et les éclats de voix des femmes derrière eux; pourtant, les farang demeuraient étrangement soucieux.

— La police ne sera pas dupe éternellement, ni les ravisseurs, poursuivit Gail. Et comme il faudra bien que Fabien se fasse refaire de nouveaux papiers, il devra nécessairement ressusciter et raconter toute son histoire. Il se peut que des hommes de main reviennent rôder dans les alentours pour reprendre ce que Fabien leur a dérobé. Vous devrez les affronter.

L'homme corpulent qui avait frappé Fabien lors de sa première visite à Nonchad, puis qui avait noué le premier fil autour de son poignet lors de la cérémonie bai sii, s'avança face à Gail. Il semblait détenir une certaine influence chez tous ses compagnons.

— Qu'importe qui viendra et combien ils viendront. Ils nous trouveront sur leur chemin. Plus aucun enfant des villages environnants ne servira de pâture aux charognards de Bangkok.

— Ils ne viendront pas avec des tanks, dit un deuxième homme en s'avançant à son tour, ils auront droit à la raclée qu'ils méritent.

— Nous avons des couteaux, des machettes, des fourches, dit un autre. Il faudra qu'ils soient bigrement nombreux pour nous échapper. Un ou deux revolvers ne seront pas suffisants pour contenir la centaine de bras qui leur tombera dessus.

Gail hocha la tête en s'efforçant de sourire.

— Bien, dit-elle. Je crois... Je ne crois pas que les Triades déboursent davantage d'argent pour récupérer une petite fille à l'autre bout du pays, mais je me sens rassurée de savoir que vous saurez être vigilants.

— Que se passe-t-il? demanda le corpulent en observant à tour de rôle les mines sombres des farang. Quelque chose ne va pas? Vous remportez avec succès une mission pratiquement vouée à l'échec dès le départ, vous répandez le bonheur dans ce village et vous ne semblez pas vous en réjouir. Pourquoi?

Gail inspira profondément, puis regarda Spence d'un air interrogateur. L'homme inclina simplement la tête pour donner son approbation.

– Venez, dit Gail en s'avançant vers les hommes qui lui ouvrirent un passage en direction des femmes à l'arrière. Je dois vous apprendre une nouvelle grave et vous donner certaines directives. J'aimerais que tout le village se regroupe près de moi.

Fabien et Spence la regardèrent s'éloigner suivie du groupe d'hommes. Le médecin donna une tape sur l'épaule du Québécois, puis plongea la main dans la poche de sa chemise pour en retirer un paquet de cigarettes. Il porta une mild menthol à ses lèvres et l'alluma en penchant la tête, sa main gauche faisant écran afin d'éviter que son allumette ne soit soufflée par une hypothétique brise matinale. Il expira un nuage gris-bleu vers le ciel.

– Cet homme a raison, dit-il en regardant le bout incandescent entre ses doigts. Ce matin est un matin de bonheur, on devrait se réjouir.

Fabien se rassit lentement au pied du manguier et garda son regard vers le sol. Il ne pouvait pas se réjouir. Il n'avait pas l'impression d'avoir gagné quoi que ce soit; il avait plutôt la pénible sensation d'avoir échoué.

Lamentablement.

Sans relever la tête, il constata que Spence s'assoyait près de lui. Le Britannique tirait sur sa cigarette silencieusement, sans chercher lui non plus à briser le silence. Tous les deux, depuis plusieurs jours, avaient appris à s'apprécier mutuellement et avaient développé une sincère amitié. La présence de Spence à ses côtés suffisait à Fabien pour le moment. Il n'avait ni besoin ni envie d'entendre la moindre parole de réconfort.

Une famille de canards passa devant lui en se dandinant. Les canetons suivaient leur mère à la queue leu leu, émettant des pépiements qui ressemblaient autant à des cris de joie qu'à des appels au secours. Le garçon chassa ses pensées moroses en saisissant le dernier des oisillons qui traînait de l'arrière pour le caresser. La cane stoppa la marche et revint sur ses pas en protestant de petites exclamations nasillardes et inoffensives. Le Québécois ne put s'empêcher de faire le rapprochement entre une mère de famille impuissante et un prédateur omnipotent qui s'opposent à forces inégales.

Il remit le caneton au sol en s'excusant presque. La petite famille, de nouveau réunie, reprit sa marche insouciante en direction des mangeoires.

Fabien repéra Gail au loin qui parlait, comme à son habitude, en terminant chaque phrase d'un léger coup de tête. Parfois, il y avait une ébauche de sourire, mais elle se perdait rapidement dans le chagrin qui ravageait la jeune femme. Elle aussi avait bondi de joie, ce matin d'il y a trois semaines, en apercevant le Québécois et Khiang réfugiés dans une pièce peu utilisée de la clinique. Elle aussi croyait que les malheurs de Nonchad, en deux secondes, venaient de se transformer en formidable bonheur. Elle ne se contenait plus de joie, vibrante à l'idée de retourner au village et à Nong Khai faire part à tous leurs amis de la magnifique nouvelle dont elle était porteuse.

Spence et Fabien avaient réfréné son enthousiasme. Ils craignaient que l'information ne parvienne trop rapidement aux oreilles des Chinois. Il fallait que tombe un peu de poussière, que certains esprits se refroidissent... et que le sacrifice d'Henri ne serve pas seulement qu'à gagner un peu de temps.

Puis, au bout de quelques jours, il y avait eu cette autre nouvelle. Cette nouvelle que personne n'attendait. Gail en avait longuement pleuré. Ni Fabien ni Spence n'en avaient été témoins, mais les paupières de l'Américaine, tous les matins suivants, apparaissaient enflées, et la lumière qui brillait généralement dans ses immenses yeux bleus semblait éteinte sans plus trouver à se rallumer.

— Je retourne à Bangkok, dit Fabien.

— Quoi?

Spence avait failli avaler sa cigarette. Il se tourna vers le Québécois, mais celui-ci gardait son œil sur le sable qu'il laissait glisser entre ses doigts.

— Qu'as-tu dit? insista le médecin.

— Je retourne à Bangkok, Bob. Rien n'est terminé.

— Tu es fou. Tu n'iras pas plus loin que Hualamphong. Dès ta descente du train, les balles de 9 mm vont pleuvoir.

Fabien haussa les épaules imperceptiblement. Il leva la tête et vit une Sovit effondrée qui serrait contre elle sa fillette à peine retrouvée, comme si Gail cherchait à la lui reprendre. Il baissa de nouveau son œil sur le sable, mais le sable ne coulait plus.

– Je sais. Malgré tout, je dois y aller. D'abord, parce que c'est là que se trouve la femme que j'aime. Et puis, aussi, parce qu'une petite voix m'appelle. Si je n'y réponds pas, elle m'obsédera le reste de mes jours.

– Une petite voix? ironisa Spence. On appelle cela de la schizophrénie. Ne sois pas con; reste ici ou envole-toi pour le Canada, mais bon Dieu, ne retourne pas à Bangkok.

Fabien pivota vers le médecin. Son œil était humide une fois de plus et ses lèvres tremblaient sous l'effort de ne pas s'abandonner au chagrin.

– C'est important, Bob. Cette voix, je ne peux pas la faire taire. Ça fait des nuits qu'elle m'obsède, me rappelle qu'on en a jamais fini, que cette lutte sera perpétuelle. Et c'est ma lutte. Chaque fois que je m'apprête à m'abandonner au sommeil, une enfant prisonnière quelque part dans un bâtiment vétuste me demande: «C'est mon papa qui vous envoie, monsieur?»

\* \* \*

Aye s'était assise sur une dalle de ciment solitaire échouée sur les rives du Chao Phraya. Face aux eaux lacérées par le passage des bacs et des taxis longue-queue, elle observait fixement la rive opposée, là où s'élevait l'église de Santa Cruz. Même les cris des bateleurs et des clients venus du quai de Saphaan Phut non loin, même les appels des boutiquiers du marché Pak Khlong derrière elle ne semblaient pouvoir la tirer de sa rêverie. Elle méditait devant l'endroit où avait été retiré du fleuve le corps de cet homme à la peau blême dont elle s'était éprise.

Elle se souvenait de ce matin bête où, empressée de plaire à Henri Denault, elle lui avait transmis l'information à propos de la poursuite de son frère. À la fois intriguée et inquiète, elle avait discrètement suivi l'homme alors qu'il quittait sa chambre pour se rendre au bureau de Qing Yongyu.

Il était descendu au rez-de-chaussée en évitant le couloir menant au lobby. Il y avait une salamandre qui courait sur le mur, aussi à l'aise à quatre-vingt-dix degrés de la verticale que si elle s'était déplacée au sol. Le reptile avait atteint rapidement l'angle d'un corridor adjacent, s'était mis à parcourir le plafond et avait disparu derrière la plaque mal vissée d'un plafonnier.

Au bout du couloir, derrière une porte entrebâillée qui jetait sur le plancher une lumière blanchâtre en forme de pointe de tarte, une voix s'exprimait en mandarin. Du bout des doigts, Henri avait poussé la porte et trouvé Qing, debout au-dessus d'un bureau, un téléphone cellulaire à la main. Il semblait nerveux, sa main droite s'agitant sans but précis au rythme de ses paroles. Sa bouche était tordue dans une grimace mauvaise, dévoilant des dents noircies de caries. Son regard brillait de la même colère que celle qui faisait vibrer sa voix, et son poing, appesanti par quatre bagues en or serties de diamants, s'abattait à intervalles réguliers sur le bois de teck. Aye s'était dissimulée derrière un rideau de bambou dans la pièce voisine d'où elle pouvait tout voir et tout entendre.

Quand il avait aperçu Henri, Qing lui avait fait signe d'approcher sans interrompre ce qui semblait être des objurgations. Puis, dans un mouvement sec du bout de l'index, il avait coupé net la communication.

– Henri, avait-il commencé en thaï, sa colère mieux contenue, ton frère nous cause un bien grand souci, ce matin.

– Qu'a-t-il fait?

Qing s'était laissé choir dans le fauteuil de cuir qui avait protesté en renvoyant un craquement inquiétant.

– Il a fracassé la porte du logis des fillettes, kidnappé l'une d'elles et envoyé trois de mes hommes à l'hôpital.

Aye avait noté qu'Henri s'était retenu de siffler d'admiration à l'égard de son cadet. Elle-même songeait que, malgré sa naïveté et sa déraison, le jeune farang, au moins, allait au bout de ses idées.

– Il a le crâne aussi épais que celui d'un éléphant et le cerveau d'une souris, avait philosophé Henri qui – elle en était certaine – avait dissimulé son plaisir derrière un air stoïque.

– Tu comprends qu'on ne peut passer outre à un tel affront. Il a attaqué directement nos sources de revenus. J'ai des obligations envers les dirigeants, des responsabilités à assumer.

Qing avait posé sur Henri un regard sondeur, mais ce dernier avait plissé les lèvres dans une moue d'indifférence, ses yeux tournés vers la fenêtre. Cependant, Aye avait remarqué le rapide coup d'œil qui avait permis à Henri de repérer l'endroit où le Beretta de Qing faisait une bosse dans son veston.

– Qu'allez-vous faire? demanda-t-il.

– Je n'ai plus le choix, Henri. Ça fait déjà deux fois qu'il s'attaque à l'organisation. Il ne nous incommode pas de petits larcins comme ces pouilleux qui viennent parfois vendre sur notre territoire, il vole carrément notre matériel.

Qing avait posé un coude sur le bras du fauteuil en tenant son menton entre le pouce et l'index. Il se donnait un air paternaliste qu'il n'utilisait que devant son copain farang.

— Tu sais que j'ai cherché à le protéger, Henri. Que j'aurais pu le tuer avant, mais que j'ai préféré lui servir une simple leçon afin qu'il aille jouer ailleurs. Tu le sais ça, pas vrai?

— J'ai apprécié.

— Cette fois, il va mourir.

— Il a couru après.

Qing observa encore Henri pendant une seconde ou deux, puis relâcha légèrement sa garde. Il posa les deux mains sur le bureau en lorgnant le téléphone.

— L'avez-vous repéré? s'informa Henri.

— On a retrouvé la voiture qu'il a volée près de la gare routière nord. On vérifie auprès des préposés à la billetterie; il a sans doute pris un bus pour le Nord-Est.

Henri plissa les yeux en regardant Qing fixement.

— Quoi? s'était étonné ce dernier. Qu'est-ce qu'il y a?

— Tu te laisses prendre à ce jeu?

— Quel jeu?

— Enfin, Qing, tu crois qu'il vous aurait si facilement indiqué ses intentions? N'oublies pas que ce gars est mon frère; il n'est pas totalement stupide. Ce qu'il vous fait croire, en ce moment, est qu'il a pris le bus pour le Nord-Est. À ta réaction, je vois qu'il a réussi.

Le Chinois pencha légèrement la tête de côté.

— Selon toi, il aurait abandonné exprès la voiture près de la gare routière pour nous guider sur une fausse piste?

— Je te parie dix grammes de poudre.

Il fit une moue.

— On verra bien. Les gars me rappellent dès qu'ils ont repéré la piste. Si ton frère a pris le bus, ce téléphone va sonner d'ici cinq minutes.

Les deux hommes avaient continué de parler pendant un moment, désinvoltes, amicalement même. Puis le téléphone avait sonné. C'est à cet instant que tout a semblé basculer. D'un geste vif, Henri avait sorti un couteau dissimulé dans son dos et avait bondi par-dessus le bureau. Avant même que Qing ait le temps d'esquisser le moindre mouvement, la lame était déjà solidement appuyée contre sa gorge, un mince filet de sang s'échappant doucement de la chair qui commençait à s'ouvrir.

– Réponds, avait ordonné Henri en lui présentant le téléphone qui continuait à sonner, et ne parle qu'en thaï. Tu vas répéter exactement ce que je vais te dicter.

Et, son visage davantage enlaidi par ses yeux révulsés de peur, Qing répétait cette histoire aberrante, que lui soufflait Henri, d'un ennemi qui, pour fuir les Triades, avait tout bonnement choisi de revenir se cacher dans leur fief. Quand la ligne fut raccrochée après que Qing eut suivi à la lettre les instructions d'Henri, Aye croyait bien que le Québécois repartirait en laissant la vie sauve au Chinois. Elle n'avait donc pu réprimer un petit cri lorsque la lame avait tranché la gorge d'une oreille à l'autre. Une véritable cascade de sang avait éclaboussé le bureau alors que le corps de Qing s'écroulait au sol sans plus de réaction qu'un simple sac de riz.

Au cri de la jeune fille, Henri s'était vivement retourné vers le rideau de bambou et avait bondi de nouveau. En apercevant Aye, son visage avait exprimé davantage de tristesse que de colère. Il la tenait par les cheveux, la lame brandie au-dessus de sa tête. Il s'était écoulé une seconde – ou une minute, peut-être – où Aye avait fermé les yeux, attendant le coup qui lui ferait quitter un monde de souffrances et de cris. Le coup n'était pas venu. Elle avait levé les paupières. Henri la regardait tristement, la main encore agrippée à ses cheveux, mais d'une poigne beaucoup plus douce. Le couteau gisait par terre, maculé de sang.

– Aide-moi, Aye, avait-il demandé. Je ne veux pas te faire de mal. Aide-moi à trouver rapidement une robe ou un tissu pouvant faire office d'un vêtement de moine. Il faut fabriquer une œillère et tu vas me raser le crâne.

Aye ne pouvait pas répondre. Elle comprenait la terrible duperie que l'homme se préparait à mettre en scène et des conséquences fatales qui en résulteraient nécessairement. Elle comprenait le sacrifice qu'Henri s'apprêtait à accomplir dans le but de protéger un lien de sang. Elle avait été touchée par son courage. Elle avait choisi de l'aider.

Elle n'oubliera jamais l'étreinte et le long baiser qu'il avait posé sur ses lèvres au moment de la quitter. Il aurait pu la tuer, il n'en avait rien fait. Il avait simplement indiqué avoir confiance en sa loyauté... et en son amour. Elle était demeurée muette devant l'homme qui sautait dans un tuk-tuk et partait vers son destin sans regret ni peur, le regard apaisé par une étonnante sérénité.

Aye regardait les eaux du fleuve à ses pieds en se demandant si l'esprit d'Henri y baignait toujours malgré que son corps en eut été repêché. Elle se demanda si les eaux fraîches sauraient l'accueillir favorablement au cas où elle chercherait à y plonger. Elle rumina longuement son chagrin et ses rêves éclatés, puis choisit de remonter sur la rive retrouver le brouhaha des rues.

# 16

Même s'il se doutait du dénouement, Teelaphun, journaliste du *Bangkok Post*, ne put s'empêcher de laisser retomber les épaules. Il avait espéré, malgré lui, jusqu'à la dernière seconde que le farang réussirait. C'était pour cela d'ailleurs, pour cet espoir, qu'il avait choisi d'annuler sa rencontre avec un ministre afin de se trouver aux premières loges dans le cas où la police parviendrait à frapper un coup nuisible à la mafia locale. Mais, une fois de plus, l'opération s'avérait un coup d'épée dans l'eau.

Le journaliste n'avait pas trouvé immédiatement sympathique ce farang sombre aux lèvres crispées, aux traits durs, aux cheveux courts et à l'œil unique qui s'était présenté dans son bureau il y avait deux jours. Il lui avait paru calculateur et froid, totalement à l'opposé du sujet qui l'amenait: des enfants prostituées que les Chinois enfermaient quelque part dans un réduit près de Ngam Duphli. Cependant, à mesure que progressait le récit de l'étranger, Teelaphun découvrait un être d'un courage rare et d'une droiture peu commune. Les sentiments du Thaï avaient oscillé successivement de l'étonnement à l'horreur, et du doute à l'admiration. De toute évidence, le garçon avait fait preuve d'une grande sagesse en s'adressant d'abord aux journaux plutôt qu'à la police. Le reporter, à son tour, se devait d'être aussi sage, en contactant rapidement ses relations dans le milieu judiciaire afin d'éviter que les mouches à la solde des Triades ne soient mises au courant de l'opération.

Les Chinois, hélas, informés ou non de l'intervention policière de ce matin-là, n'avaient pris aucun risque. Derrière la barrière tordue et le cadenas rouillé qui avait sauté dès les premiers assauts de la barre de fer, la porte trop bien huilée s'était ouverte sur une pièce vide, abandonnée depuis plusieurs jours déjà. Pas de matelas ni de miroirs, pas de traces de pas dans la poussière sur le sol ni d'empreintes digitales sur les murs nettoyés à grande eau. Un bâtiment aussi désespérément vide que le ventre d'une femme qu'on venait d'avorter.

Teelaphun posa une main sur l'épaule de Fabien. Le journaliste s'étonna de la spontanéité de son propre geste, lui qui, d'ordinaire, avait la réputation d'être réservé, détaché même des événements qu'il couvrait. Mais la détresse qu'il avait vu se dessiner dans les traits du garçon au moment où la porte s'ouvrit, le toucha en pleine poitrine. La mafia avait perdu une manche en perdant Khiang aux mains de ce Canadien, mais de toute évidence, la guérilla que ce dernier comptait leur mener, était loin d'un dénouement et encore moins d'une victoire.

Le lieutenant Siriboomvinit de la police locale laissa échapper un juron qui ressemblait bien peu à la sérénité de l'enseignement bouddhique, trahissant ainsi l'éducation chrétienne qu'il se targuait d'avoir reçue au Viêt-Nam. Teelaphun se demanda si la mauvaise humeur de l'officier était dirigée contre la réaction rapide des Triades ou le revers que lui faisait subir le farang. Le journaliste connaissait bien le policier, honnête dans sa lutte anti-mafia au point d'en faire une affaire personnelle, mais acceptant mal qu'un blâme d'échec puisse rejaillir sur sa personne. Le lieutenant donna un coup de pied sur un corps imaginaire étendu sur le sol et sortit du bâtiment.

– Il fallait un peu s'attendre à ce résultat.

Celui qui venait de parler s'appelait Donovan Hewitt, attaché à l'ambassade canadienne à Bangkok. Il accompagnait Fabien d'une part à cause de son statut irrégulier de touriste sans passeport et sans demande de visa pour un séjour aussi long en Thaïlande et d'autre part à cause de son état plus étonnant de... cadavre ressuscité. Le diplomate, d'une quarantaine d'années environ, avait l'étrange manie, dès qu'il avait une main libre, de caresser son ventre proéminent comme s'il sortait perpétuellement de table. Il venait d'ailleurs d'émettre son opinion en se frottant la panse de la main droite, l'autre soutenant son veston jeté par-dessus son épaule. Sa chemise, dont l'étiquette devait arborer un nombre impressionnant de X avant le mot large, aurait pu être tordue tant elle était trempée de sueurs. Son col était ouvert et un bout de cravate débordait de la poche de son pantalon.

Hewitt abandonna sa bedaine pour poser, lui aussi, une main sur l'épaule libre de Fabien.

– Les salauds n'auront pris aucun risque, poursuivit-il. Bien qu'ils t'aient cru mort pendant plusieurs jours, ils ignoraient si tu avais parlé de cet endroit à quelqu'un d'autre. Ils se seront empressés de faire le ménage avant l'arrivée inopinée des forces de l'ordre.

Fabien se tortilla légèrement pour se libérer des deux paumes posées sur ses épaules. Il restait le regard fixe devant lui, là où une petite fille se tenait debout, quelques semaines plus tôt, attendant qu'un sauveur vienne la tirer de son enfer. Devant le garçon, il n'y avait plus qu'une constellation de poussières scintillant sous les rayons d'un soleil de fin d'après-midi. Autour de lui, des policiers s'évertuaient à retrouver des indices que Fabien lui-même n'espérait pas.

Comme Siriboomvinit, il avait envie de frapper sur un mafieux imaginaire. Comme le garçon qu'il avait déjà été, il avait envie d'abattre les murs, d'épancher son désappointement dans un tourbillon de cris et de coups, dans une démonstration de violence qui apaiserait sa colère. Il n'était plus ce garçon. Il canalisa son énergie destructrice, la sentit couler en lui par des sources et des lits jusque-là inconnus, et constata qu'elle se transformait en vitalité supplémentaire, redonnant de la force à ses aspirations, ses convictions, le renforçant dans ses idées de poursuivre la lutte, d'être le moustique qui dérangerait le géant sur sa couche et l'empêcherait de dormir.

Il se tourna calmement vers l'officier de police.

– Lieutenant?

L'homme répondit sans le regarder, d'une voix bourrue, considérant sans doute le garçon responsable du sentiment d'échec qui l'affectait.

– Les papiers temporaires qui m'ont été remis par les autorités canadiennes m'autorisent-ils à circuler dans Bangkok? demanda-t-il.

– Vous êtes cantonné à l'ambassade de votre pays aussi longtemps que votre statut n'aura pas été clarifié. Vous n'êtes donc autorisé à circuler dans Bangkok que pour rejoindre l'édifice en question.

– Seul?

– Accompagné d'un membre des forces de l'ordre ou d'un diplomate de votre pays.

– Et uniquement pour me rendre à l'ambassade?

– Uniquement.

– Peu importe le temps que je mettrai pour y arriver.

Cette fois Siriboomvinit tourna la tête vers le garçon.

– À condition qu'il s'agisse d'un délai raisonnable, répliqua-t-il. Sinon, je vous considérerai en situation de séjour illégale, et j'enverrai mes hommes à vos trousses.

– Je demande cinq minutes en compagnie de monsieur Hewitt pour retrouver une fille de mes amies et l'inviter à me suivre. Ensuite, je disparais au milieu des miens.

L'officier haussa les épaules en pinçant les lèvres dans une moue d'indifférence.

– Si Hewitt en prend la responsabilité, dit-il, ça m'est égal. La suite vous appartient. N'oubliez pas, cependant, que les Triades ont mis votre tête à prix et que plus vous vous promenez dans Bangkok, plus vous vous exposez à tomber sur un de leurs tueurs.

Sans paraître inquiet le moins du monde, Fabien pivota sur ses pieds pour se trouver face au journaliste. Il lui tendit la main.

– Je m'excuse pour le résultat, Teelaphun. Je vois bien qu'on ne peut pas toujours gagner, surtout pas contre les Triades. Mais je te remercie de m'avoir fait confiance, d'avoir cru mon histoire et aussi d'avoir bien voulu prendre les mesures nécessaires pour tenter de mener à bien l'opération.

L'homme serra fort la main du garçon.

– Le peu que j'ai pu faire n'est rien en comparaison de ce que tu as réussi à accomplir, mon copain. Je ne crois pas que tu aies à rougir ou à te reprocher le fait d'avoir perdu la trace de ces enfants. Si une information quelconque nous permet un jour de poursuivre la lutte, sois assuré de mon soutien sans retenue.

Fabien hocha la tête, l'œil un peu triste.

– Merci.

– Que feras-tu, maintenant? demanda le journaliste.

– Je veux d'abord retrouver la fille dont je suis amoureux, obtenir pour elle les papiers nécessaires à sa citoyenneté canadienne, quitte à l'épouser, et l'arracher à cette cité malade. Ensuite, quand elle sera loin de toute cette folie, je reprendrai mon enquête. À ce moment, je compterai sur toi pour m'aider dans mes recherches.

Teelaphun cligna légèrement des paupières, seul indice du plaisir que provoquait chez lui la confiance du garçon. Il était fier de compter un ami aussi brave parmi ses relations.

– Je serai là dès que tu auras besoin de mon aide, dit-il.

Les deux hommes demeurèrent encore une seconde ou deux les mains serrées à apprécier mutuellement l'amitié qui se dégageait de l'autre. Puis, sans plus un mot, Fabien se détourna et entraîna Hewitt qui, bien qu'un peu réticent, n'osa pas protester devant le caractère farouche de ce compatriote un peu trop énergique à son gré.

Un tuk-tuk emmena les deux hommes jusqu'au Pink Panther. En cette fin d'après-midi, Patpong s'animait des ouvriers qui bourdonnaient autour des premiers échafaudages de kiosques qu'on avait empilés ici et là en pièces détachées. Sous l'air irrespirable des embouteillages de l'heure de pointe, le quartier s'éveillait de sa torpeur du jour et se préparait à vibrer au rythme des commerces nocturnes. L'atmosphère était étourdissante de coups de Klaxons, de clameurs, de ahans, de mouvements et d'odeurs.

Suivi d'un Hewitt qui avait peine à traîner sa graisse, Fabien pénétra dans le bar et demeura quelques secondes à attendre que son œil s'habitue à la noirceur. Un seul client, à cette heure précoce, profitait des caresses d'une prostituée dans un angle retiré du bar. Un Japonais, semblait-il, de cette distance. L'estrade où dansaient généralement les filles était vide et deux serveuses seulement, accoudées à un comptoir, attendaient l'arrivée des premiers clients.

– Votre... Votre amie est une danseuse? s'informa Hewitt, nerveux, les mains caressant son abdomen.

Fabien ne jugea pas utile de répondre à sa question et s'avança vers les serveuses qui l'accueillirent d'un large sourire un peu forcé.

– Hello! fit l'une d'elles. Tu veux boire quelque chose? Le spectacle va commencer bientôt.

– Non. Je cherche une fille qui danse ici. Elle s'appelle Nham.

La première serveuse, peu jolie, la joue droite ravagée par les boutons, plissa les yeux en exagérant une expression perplexe.

– Nham, dis-tu? Je ne la connais pas. Ça te dit quelque chose, toi?

Elle s'était tournée vers sa compagne, une fille si petite qu'on lui donnait à peine quatorze ans. Cette dernière haussa les épaules en faisant une moue qui exprimait aussi bien un «Je ne sais pas» qu'un «Je m'en fous».

– Son macaron porte le numéro quatre-vingt-dix-huit, insista Fabien.

La fille leva les yeux au plafond comme si elle réfléchissait profondément, puis revint vers le garçon en inclinant légèrement la tête de côté en signe de négation.

– Non, dit-elle, je ne vois pas. Il y a déjà deux semaines que je suis ici et, à ma connaissance, il n'existe pas de numéro quatre-vingt-dix-huit. Il y en a par contre de nombreuses autres...

Le garçon n'attendit pas qu'elle eut terminé sa phrase. Il pivota de quatre-vingt-dix degrés et se dirigea d'un pas vif en direction de la porte d'où apparaissaient les filles avant de monter sur scène.

– Hé! Monsieur! Vous n'avez pas le droit d'aller là! Monsieur!

– Holà! Où tu vas? s'inquiéta Hewitt que l'atmosphère sombre du bar et la présence des filles à demi nues rendaient inconfortable. Reste avec...

Fabien n'alla pas plus loin. Comme il atteignait la porte, celle-ci s'ouvrit sur trois filles qui arrivaient. Parmi elles, Puyi. La jeune fille avait noué ses cheveux en un chignon bas, décoré de fausses perles. Piquée de son macaron, elle portait un bustier trop petit qui enserrait ses seins en gonflant la partie supérieure qui émergeait en une masse charnue, mais en écrasant les côtés. Son ventre, un peu trop rond, présentait un nombril proéminent autour duquel un tatouage imprécis dessinait un serpent. Un slip blanc, brillant sous la lumière violette, découpait ses hanches et ses aines hâlées. Elle hoqueta de surprise en se trouvant face au garçon. Elle cambra le corps pour pivoter sur elle-même, mais Fabien la rattrapa par le bras avant qu'elle ne disparaisse de nouveau derrière la porte.

– Laisse-moi! supplia-t-elle alors qu'elle se débattait contre deux poignes solides qui la plaquaient contre le mur. Laisse-moi!

– Arrête de te débattre, Puyi! supplia Fabien à son tour. Mais qu'est-ce que tu as?

– Laissez-la tranquille! protesta l'une des filles en agrippant le bras du Québécois. Vous voyez bien qu'elle ne veut pas vous voir.

– Puyi, insista le garçon sans se soucier de l'intervention, je ne te veux pas de mal, je cherche simplement Nham. Est-elle ici?

La danseuse cessa immédiatement ses contorsions en levant vers Fabien des yeux arrondis.

– Où est-elle? répéta-t-il.

– Tu... Tu n'es pas au courant?

– Au courant de quoi?

Le regard de la jeune fille se mit à briller d'une lumière humide, sa lèvre inférieure tremblant légèrement. Face à elle, il y avait cet œil unique, un peu froid, pas vraiment mauvais, et dans lequel elle lisait une inquiétude naissante.

– Tu n'es... Tu ne sais pas? répéta-t-elle.

– Mais quoi? lâcha Fabien un ton plus haut, sans se rendre compte que ses doigts rougissaient la chair de la danseuse.

– Nham est morte, Faby. On a tué Nham.

C'était comme recevoir un coup de poing au plexus solaire. «Nham est morte.» Le garçon souffla tout l'air de ses poumons et l'univers autour de lui se referma pareil à une couverture noire qui le recouvrait soudain. «Nham est morte.» Il sentit ses jambes mollir et se rattrapa juste à temps sur le poteau poli de l'estrade. Il combattit une nausée, le vertige qui lui masquait la droite de la gauche, le plafond du plancher, et il eut l'impression de lutter contre un vent violent qui l'obligeait à courber l'échine et à chercher son souffle. «Nham est morte.»

– Qu'est-ce... que tu dis?

Puyi demeurait adossée au mur, la tête appuyée contre le bois, observant devant elle le garçon qui ressemblait à un boxeur assommé. Elle ignora les larmes qui se remirent à attaquer ses joues, ruinant son maquillage.

– Quand tu as enlevé la petite fille, dit-elle, la voix entre-coupée de sanglots, ce même jour des hommes ont pénétré dans notre chambre, à Nham et à moi. Ils nous ont battues pour nous faire parler. Moi, je ne savais rien, ils l'ont compris, mais ils n'ont pas cru Nham. Ils l'ont obligée à les suivre. Ils...

Elle s'interrompit, la voix étranglée. Elle renâcla, toussa et renifla avant de reprendre.

– On a retrouvé Nham deux jours plus tard, flottant dans le Chao Phraya, la gorge ouverte.

Elle présentait au Québécois une bouche tordue, des dents serrées entre lesquelles sa salive roulait en une broue sifflante.

– Ils l'ont tuée, Faby. Par ta faute, aujourd'hui ses cendres coulent avec le fleuve. Je n'ai pas envie de finir comme elle, alors tu cesses de me poursuivre, d'accord? Je ne veux plus te voir.

«Tu mens!» aurait voulu répliquer Fabien, mais il n'avait plus d'air dans ses poumons. Son corps était secoué par l'ouragan autour de lui et il ne distinguait même plus le visage de Puyi qui lui faisait face. Un animal terrifiant s'attaquait à sa poitrine, le lacérant de ses griffes, le déchirant de ses crocs. Il tomba à genoux, les tempes résonantes de tous les bruits qu'il ne parvenait plus à séparer les uns des autres et qui ne ressemblaient qu'à un tonnerre furieux et incessant.

Puyi émit une longue plainte en guise de sanglot, frappa les poings contre le mur derrière elle, puis disparut de l'autre côté de la porte demeurée entrouverte. Hewitt se pencha vers Fabien; il avait un air faussement désolé.

– Venez, dit-il. C'est malsain, ici.

# Épilogue

La calcéolaire explosait littéralement de fleurs oranges en forme de sabots et réunies en corymbes. Une pigmentation capricieuse dessinait des points aléatoires, donnant aux pétales une allure de joue de fillette rousselée. Ses larges feuilles cordiformes s'étendaient en un tapis densément fourni, d'un vert lumineux et aux reflets jaunes. Le pot en grès, écrasé par la masse, semblait prêt à éclater. Marguerite hocha la tête en souriant.

— Tu es une vraie magicienne, Christine, dit-elle.

La jeune fille gloussa en guise de rire, le nez relevé, les mains sur les hanches. Elle portait un chandail de coton ouaté jaune soleil beaucoup trop grand pour elle et qui retombait jusqu'au milieu de ses cuisses. Des jeans, largement troués aux genoux, finissaient en franges usées sur des pantoufles multicolores, tricotées à la main.

— Le traitement choc lui a fait du bien, ricana-t-elle d'un ton moqueur. Maintenant, je veux bien croire aux signes.

Marguerite rit à son tour. Le gilet beige, jeté sur ses épaules en guise de châle par-dessus sa blouse frileuse, battit l'air à la manière d'une aile légère lorsqu'elle se tourna vers sa fille.

— Tu sais quelle décision j'ai prise?

— On achète une vingt-quatre et on prend un coup.

La femme éclata d'un rire franc, très réceptive à ce genre de blagues absurdes que Christine aimait bien faire. Ses yeux se morcelèrent de dizaines de nouvelles rides apparues au cours des derniers jours, craquelant le haut de son visage et le tour de sa bouche. Elle chercha à prendre un air plus sérieux.

— On vend la maison et on déménage.

Dans l'expression de Christine apparut la subtile différence entre un sourire d'amusement et un sourire de bonheur.

— Vraiment?

– Je n'en peux plus de voir ce cimetière jour après jour. Je n'en peux plus de voisiner la mort et le chagrin qu'elle suppose chaque fois que je cherche, par la fenêtre, le réconfort du soleil. Ce toit a abrité trop de pleurs; il est temps de trouver, pour notre avenir qui s'annonce désormais heureux, un décor adapté à notre nouveau bonheur.

Le visage de Christine se rembrunit légèrement.

– Même si tu as perdu un fils, et moi, un frère?

Marguerite secoua vivement la tête.

– Pas du tout. J'ai gagné deux fils, et toi, deux frères. L'un que l'on croyait mort et qui est soudainement réapparu plus homme et plus vivant qu'avant. L'autre dont l'âme était morte et qui déserte ce monde après avoir racheté les peines qu'il avait répandues. Plus jamais je ne m'attarderai à un certain passé d'Henri. Je ne me souviendrai que d'un enfant perdu qui a compris son devoir et respecté ses obligations au moment opportun. Je ne me souviendrai que du fils qui faisait rempart contre le mal qui nous menaçait jadis, et qui a accompli le sacrifice ultime en continuant de protéger les siens. Henri est désormais aussi digne que Fabien, car c'est grâce à lui si le cadet peut poursuivre son œuvre de bonté.

La femme s'approcha de la fenêtre, où elle pouvait apercevoir les dernières plaques de neige fondre entre les pierres tombales. Un chaud soleil de printemps jetait généreusement ses rayons sur Charlesbourg, portant le coup de grâce à un hiver qui avait été long et pénible et qui finissait enfin de s'éteindre.

– J'ai l'impression de renaître, Christine. Comme les bourgeons des érables en face, j'ai l'impression de m'ouvrir à une nouvelle vie, sans plus de froidure ni de vent violent. J'ai l'impression que la lumière qui m'inonde ne pourra plus être masquée, jamais.

Christine vint se blottir contre le dos de sa mère. Elle ressentait chaque parole pour elle-même, vivant le même bonheur, le même espoir.

– J'ai encore envie d'entendre la voix de Fabien, maman.

Marguerite se retourna, serra sa fille contre elle une seconde et posa un baiser dans ses cheveux.

– Alors, qu'est-ce que tu attends? Refais jouer la cassette.

«Chère maman, chère Christine,

«J'enregistre ces paroles quelques minutes après vous avoir parlé au téléphone. Je m'excuse encore de la terrible souffrance que j'ai provoquée chez vous en entretenant le mythe de ma mort. Je ne pouvais faire autrement. D'une part parce que je n'ai appris le sacrifice d'Henri que par Gail, le jour où la nouvelle est sortie dans les journaux. D'autre part parce que je ne pouvais me risquer à faire un appel outre-mer, les lignes internationales étant sans doute filtrées par des mouches à la solde des Triades. Celles-ci auraient rapidement repéré la clinique de Bob, où je m'étais réfugié, et le sacrifice d'Henri s'en serait trouvé inutile.

« En fin de compte, mon grand frère aura fait plus que tout ce que je lui avais demandé. Comme autrefois, il s'est placé en travers du danger qui me menaçait. Comme autrefois, il s'est exposé pour m'éviter les mauvais coups. Il est redevenu le héros que j'ai vénéré pendant si longtemps.

« Quand Khiang est réapparue au village, le bonheur s'est répandu comme l'averse qui s'abat soudain sur une plaine desséchée en éclaboussant tout le monde. Le bonheur à l'état brut. J'ai beaucoup pleuré en moi. Sans larmes, sans sanglots. J'ai beaucoup pleuré. Je savais leur bonheur éphémère, je savais la tristesse qu'il me fallait maintenant épandre en refroidissant d'autant leur euphorie.

« Pendant les jours où nous nous cachions, Khiang est tombée malade. Bob avait diagnostiqué une pneumonie. Par mesure de précaution – et par expérience du milieu aussi, sans doute –, il a fait faire certaines analyses. Khiang est séropositive. Elle a contracté le virus du sida au cours de sa terrible aventure. Les ordures qui lui ont volé son enfance ont donc fait pire encore : ils lui ont également volé sa vie d'adulte. Khiang mourra avant d'avoir vingt ans. Je sais donc que les Triades ne mettront pas trop d'ardeur ni d'argent à retrouver un produit qui a perdu autant de valeur. C'est le seul aspect positif de toute cette situation merdique.

« Je n'y comprends rien, maman. Je n'y comprends rien, Christine. On dirait que tous ceux qui me sont chers, ici, se trouvent frappés de malédiction. Ils se trouvent tous pointés par la Mort, qui s'empresse de les éloigner de moi. Henri, Khiang... et Nham.

« Nham.

« Elle occupe le moindre recoin de mon esprit, elle vit encore dans chacun des gestes que je pose. Mes désirs les plus banals sont pour elle. En m'éveillant le matin, mon premier geste est de la chercher à mon côté et je m'endors chaque soir bercé par l'écho de son rire. Combien de temps faut-il pour mourir d'amour ?

«L'Indochine ne vit plus qu'au rythme de ma peine; je pense à Nham. On me glorifie; je pense à Nham. On m'héberge, on me nourrit; je pense à Nham. Spence me fait travailler à sa clinique; je pense à Nham. En compagnie de Therng, je pense à Nham. Elle occupe mon cœur à jamais. Plus qu'un souvenir, plus qu'un moment de ma vie, elle fait désormais partie de moi. Dire que je ne l'oublierai jamais est une phrase aussi dépourvue de sens que prétendre ne jamais oublier qu'un cœur bat dans ma poitrine. Nham est ma vie.

«Je combats en partie mon désarroi en passant le plus de temps possible à Nonchad, auprès de Khiang. J'ai l'impression de chercher à combler ce qui lui reste de vie avec tout l'amour que je ne peux plus partager avec Nham. Souvent, avec ses grands yeux intelligents, son sourire généreux, il m'arrive d'imaginer qu'elle est l'enfant que Nham et moi aurions pu concevoir. Comme on dit ici: «dans une autre vie peut-être», il m'arrive de rêver que ce sera un jour possible.

«Vous me manquez, maman et Christine, mais je ne parviens pas à m'arracher à l'Indochine; une trop grande part de ma vie s'y trouve désormais. Je devrai bientôt retourner à Bangkok. Je hais cette ville, mais c'est là que réside mon karma. Je ne prétends pas pouvoir régler le sort de tous les enfants prostitués d'Asie, mais ceux que j'arracherai aux tentacules de la Bête pourront toujours se réjouir de ma résolution. Le plus difficile à admettre est que Bangkok n'est pas seule à casser ses poupées pour l'argent des farang. On parle de Phnom Penh également, de Hô Chi Minh-Ville, de Delhi, de Manille, de Colombo... La liste semble sans fin. De toute une génération d'enfants, l'Asie fait un désert.

«Je reviendrai, oui, à Bangkok-l'immonde, et j'irai pleurer sur les rives du Chao Phraya les cendres du destin qui ont été drainées hors de ma portée. J'y laisserai mes larmes suivre le cours de l'eau et, ainsi, j'aurai un peu l'impression qu'une partie de moi se sera liée aux âmes de Nham et d'Henri. Tous les deux, désormais côte à côte, ils veillent sur moi... sur nous.»

# Remerciements

J'aimerais remercier plus spécialement les personnes suivantes pour leur soutien soit au moment de la préparation du présent ouvrage, soit en cours d'écriture, soit encore lors de la correction du manuscrit.

Dans un ordre chronologique, sans prétention d'importance, merci à : Lorraine Kirouac qui, la première, a cru au projet ; Réginald Poirier et Emmanuèle Besner, pour leur soutien logistique ; Bhusobung Charphakdee, une amie fidèle et une traductrice patiente ; Dhan, Twreh et Howr. Merci à Marielle Gaudet et Dahlia Bouchard. Merci aux filles et fillettes que j'ai rencontrées tout au long de l'enquête et qui m'ont entrouvert une partie de leur âme. Merci à Lah, qui fut une amie, une confidente et une grande source d'informations. Merci à Duang et à Pam. Enfin, merci à tous les autres, nombreux, qui m'ont soutenu de leurs encouragements, tout au long du projet.

**IMPRIMERIE QUÉBECOR**
L'ÉCLAIREUR